アイアム精神疾患フルコース

瀧本容子

彩図社

はじめに

わたしが現在つけられている診断名&病名は、「鬱病、パニック障害、統合失調感情障害、複雑性ＰＴＳＤ、薬物依存症、残遺性障害、自傷行為、アルコール依存症、強迫性障害」。

そのほか今までつけられた診断名&病名は、「境界性パーソナリティ障害、解離性障害、睡眠障害、摂食障害、不安神経症」。

24歳の精神病発症から始まって、47歳現在（２０２1年9月9日時点）まで、14の精神病と闘ってきたけれど、それでもわたしは、生きている。

わたしのように毎日が生きづらかったりで、実に様々な精神疾患と闘っている皆に、読んでもらったり知ってもらえるならばと、もしも共感しあえてお互いに少しでも救われるならと、この本を書いたのかも知れない。

精神病は、脳や心の疾患だ。症状が軽くなることはあれど、もしかして、一生治ることはないかも知れない。特に依存症ともなると、病気が治る確率はゼロで、死ぬまで欲求と闘っていく勇気と覚悟がいる。

「また、朝がやってきたのか……。このまま、一生目が覚めなければいいのに……」

そんなダルくてうんざりとした朝を迎えたり、死にたくなる日はもちろんあるが、そもそも〝精神病自体〟で死ぬことは絶対にないということは、まず断言しておきたい。

だからと言って、いま頑張っている皆に対して、「一緒に頑張りましょう！」なんて安いセリフも簡単には吐けない。そんなことを言ったなら、皆が口を揃えてこう反論するだろう。

「これ以上、何をどう頑張ればいいの？」

わたしだって、そう思うことがある。たとえねぎらいの優しい言葉だと、頭では理解していても。だから、わたしも皆に対して、「頑張れ！」なんて陳腐な言葉を、とてもおこがましくて言えるワケがない。実際、わたしも4度の自殺未遂を繰り返した後ただ生きている、精神病人生の通過地点にしか過ぎないのだから。

だけど、これだけ多くの精神病を患っていても、何とか生きているわたしがいるのも真実なのだから、そこには何か生きるヒントが隠されているのではないか？　とも思った。

精神病だからって全部が全部、不幸だらけの人生でもない。どうせ人間放っておいても、確実に死ぬ時はやってくる。ならば、まず「今日生きてみること」を目標に、今日なんとか生きてみた、明日もとりあえず生きてみるかと、死ぬことを先延ばし先延ばしにしながら、最後まで生ききってみるのもアリじゃないだろうか。

仕事、友人、人間関係。心が疲れたすべての人々に、この本を捧げます。

アイアム精神疾患フルコース

【目次】

イラスト　山本直樹

第1章
予兆

はじめての精神科

ことの発端は、24歳の時。当時勤めていた出版社へと向かう、快速電車のなかでのことだった。突然「めまいがする」「呼吸ができない」「死ぬのではないか」という、強烈な不安に襲われて、わたしは床に倒れこんだ。しかし一緒に乗り合わせた乗客の通報だったのか、すぐさま駅員が駆けつけて、次の停車駅でわたしを待ってスタンバイしていた救急車に、タンカで運び込まれた記憶がある。意識が朦朧《もうろう》とする状態のなか病院に運ばれ、脳波など様々な検査をひと通り受けた後に、医者はこう言った。

「検査の結果、何も問題はありませんでした。恐らく心の問題かと思われます。精神科の受診をおすすめします」

当時、精神科なんてものは、今時のようにそこらへんに乱立しているものではなくて、とても少ないうえに敷居も高く、〝精神病＝キチガイ〟という認識すらあった。

わたしはタウンページを広げて精神科を探し、自宅から一番近い精神科の門を、後日、叩いた。おじいちゃんに近い精神科医がひとりいるだけの、とても規模の小さな精神科だった。

「電車に乗っている時、突然強い不安がこみあげてきて、呼吸ができなくなった」

そう、その時の状況をおおざっぱに伝えると、少し頼りなさそうなおじいさん医者は、

「恐らく、パニック障害を含む不安神経症だと思われます」とわたしに告げた。

「パニック障害？　不安神経症？」

そんな知識もないし、そもそも自分がキチガイなのだとは信じたくなかったし、精神薬を処方されることもなく、その日は自宅に帰った。

出版社での挫折

先述した通り、その当時わたしは、大阪は梅田にある大手出版社に在籍していた。アシスタント業務の契約だったが、その1年間を過ぎれば、保険の関係なのだろうか。退社をしないといけないシステムだったかと思う。1年後、わたしはアシスタント業務から離れて、フリーの委託デスクへと言わば昇格を遂げた。仕事だけはできた。ただ、人間関係が問題だった。思うにわたしはココで、「鬱病」という精神をむしばまれたのであろう。

その出版社にはいる2社前の編集プロダクションでわたしは、まさにお山の大将であった。どこぞのCMにありがちなような、「明るく楽しく元気よく！」を実践し、やりがいと楽しさに満ち溢れていた。徹夜だらけの作業で、給料はわずか8万円未満。だけど、わたしには夢があった。それは今も変わっていないが、「誰かの本棚に並べられるような、自分の本を作りたい！」。そういう夢が中学生時代からあった。

仕事はグルメや街ネタなどを紹介する一般情報誌がメインだが、「書く」という作業に並々ならぬ情熱を燃やしていたし、実家からの自転車通勤だったから、メシ代と家賃という大きな出費がなかったし、そんなことよりとにもかくにも楽しくて仕方がなかったのだ。

そこからのステップアップとしてはいった出版社だったのだが、そこには今まで挫折を知らなかったわたしが、天から地へと一気に叩きつけられるような、あまりにも大きな挫折が待ち受けていた。愛されキャラのわたしよりもずっとずっと強く愛される、同い年の同僚がそこにはいたのだ。

わたしはそれに圧倒され、同時に強烈なコンプレックスと狂おしいほどの嫉妬を抱いた。

「そこはわたしがいるハズの位置。どうして貴女がそこにいるの。わたしの居場所を返してよ」

そんなドロドロとした黒い気持ちに気づいた頃からわたしは、その同僚と会話をすることができなくなり、その同僚を囲む楽しそうな笑い声や話し声が聞こえただけでも、並々ならぬ苛立ちや羨ましさ、そして憎しみや恐怖さえ覚えるようになっていた。

ウイルスが繁殖するように、だんだんその症状は悪化し、そのうち、その同僚ではない誰かから話しかけられても、言葉を発することができなくなっていった。終いには「お早うございます」「お疲れさまです」の挨拶すらできなくなって、みんなの輪から孤立した。視線はいつも、床、だった。

そんな最悪な日々を送っていたある日、突然フロア中に響きわたる大声で、皆に向かって部長が言った。

「おい！　誰か瀧本と昼メシ行ったれや！」

皆は楽しく連れだってランチに行く。わたしは思い切り時間をズラしてひとりでランチに行く。仕事ばかりか、昼ごはんもひとりで食べているわたしを気遣って、部長が発した一言であった。

顔から火が出るとはこのことだ。あまりにも恥ずかしくて一気に顔面が熱くなり、紅潮していることをリアルに感じた。

お願いだからほおっておいてくれ、誰とも喋ることすらできないのだ、ならばせめてひとりにさせてくれ。そんな気持ちを胸に抱きながら、声をふり絞ってポツリと言った。

「お昼休みは読書したいんで、ひとりのほうがイイんですよー、昼休憩行ってきまーす」

ホワイトボードに水性マーカーで「昼メシ」と書いて、逃げるようにフロアを飛び出す。

「みんな死ね！　死ね！　死ね！」

部長の言葉が優しさなのは理解できる。だが、優しさは時に、こんなにも残酷だ。

酔うと饒舌になれた

その頃、いやもっと前からだっただろうか。今現在の精神疾患でもある「アルコール依存症」に通ずるのかも知れないが、わたしは酒を飲むと少し明るく饒舌になる。対人間と話すことができるようになる。

出版社の夜は長い。いつもだいたい仕事が終わるのは真夜中だ。結婚しているしていないも関係あるのだろうが、夜中会社に残っているメンツは、だいたい同じになってくる。

まだ現在とは違い、会社の規則もでたらめで緩い時期だ。一応定時となっている夕方6時から、会社でも酒を飲みながら仕事をしてよいという風潮があった。酒を飲むと少し人が怖くなくなるわたしは、これ幸いと夕方6時から酒を飲みだすようになった。

今思えば笑えるが、夕方からの定番は、サンドイッチにブリックパックの鬼ころし。パッと見、OLのランチのようにも見える、酒ナシでは生きられないわたしの苦肉の策。

夜がふけていくに連れて酒もまわり、わたしの「人間と喋られる病」にも、少しずつ拍車がかかっていく。どうせ家に帰っても、ウイスキーの角瓶を1本空けないと眠れないカラダになっていたし、「瀧本クン、ちょっと飲みに行かない?」、そんなありがたい誘いにはすべてのった。

こんなダメ人間なわたしであっても、酒ありきなら〝夜中のわたし〟を誘ってくれるのだ。嗚呼、この普通に人間と会話ができる喜び!

わたしは校了前以外ならすべて誘いを断らず、酒を飲みに行くようになった。けれど、すでにもうわたしは夕方6時から、ブリックパックの鬼ころしを飲んでいるのだ。夜、酒を飲みに誘われる頃には、とてもいい感じで自分的には気持ちも上がってる。

ガソリンはすでに入っている。すると、飲みに行っても、ベロンベロンに酔いつぶれることが必然と多くなる。朝目覚めると、顔も覚えていない違う部署の男とラブホテルでした! そんなことが起こるようになり、

「〇〇事業部の瀧本は酒癖が悪い」

「○○事業部の瀧本は会社中の男全員とヤッてる」

などの噂がたっていたと後から耳にする。

大きな出版社だったから、会社中の男とヤるなんてもちろんムリだし、それよりそんな噂なんて、わたしにとってはどうでもよかった。セックスごときどうでもよかった。

「精神病者の女性には、そういう人がとても多いのよ」

とは、現在の主治医から聞いた言葉。

本当はセックスなんて全然好きじゃない。ただ、セックスを求められたという「承認欲求」がとても強く、一瞬だけでもいいから必要とされたい、寂しい心を満たしたいだけでしかない。

「ヤリマン上等！」

当時のわたしは本当にそう思っていた。

そんなわたしにも、2人だけセックス抜きで、酒に付き合ってくれる上司がいた。その2人との夜飲みだけはとても楽しく、だいたいは記憶もなくさず会話や酒を楽しむことができた。会話がふと途切れた時、そのうちのひとりの上司に、突然聞かれたことがある。

「瀧本、お前、昔イジメられてたやろ？」

まさか、昔はお山の大将なわたしだったのだから、過去にイジメられた経験は一度もない。しかし、飲まないと誰ともコミュニケーションがとれないわたしのことを、上司だけではなくほかの誰もが、そういう目で見ていたのだろうと思う。

「いや、それが、まったくイジメられたことがないんですよ」

「ただ、○○ちゃんと出会ったことで、自分という自信を失いました」

「そうか、俺はイジメられてたから、お前もそうなんかな思うたんや」

会社では、コワモテで知られる上司だったが、そんな人にもイジメられた経験があったのだ。上司の過去のカミングアウトは、わたしに心を許してくれたようにも感じられ、とてもうれしかったのを覚えている。

夜は元気なヨーコちゃん。だけど、昼間の編集作業は、否が応でも誰かと接しなければいけない時があるからツラい。「瀧本といるとダークになる」とわたしが勝手に嫉妬を抱いていた同僚の声が耳に入ったり、部署違いの女上司に面と向かって「どうしてそんな子になっちゃったの？」と聞かれた時には、あまりにも強い怒りがこみ上げて、殴ってやろうかとさえ思ったこともある。

だから、当時、車を持っていたわたしは、極力皆と出くわさない夜に、自分の車で通勤するようになっていった。社内では、

「瀧本を見つけることがレア、出会えたらラッキーなことが起きる！」

「夜中にしか出没しないから、ぬえ！」

馬鹿にされていたのだろう、面白おかしい噂まで広がり、さらに自分の殻に閉じこもるようになっていった。

ドクターショッピング

そんな矢先、わたしは車で事故ってしまい、夜の車通勤をすることができなくなり、電車を使うことを余儀なくされてしまった。そしてまた、先述したように電車内や社内でも過呼吸を起こし、「パニック障害を含む不安神経症」を受け入れざるを得なくなってしまったのだ。

そんな病気なんてよく分からないし、今のようにネットが氾濫していない時代、精神病のことを調べることすらもできやしない。けれど、ただひたすら、生きていることが苦しい。

「一体どうすれば昔のわたしに戻れるのか、明るいヨーコちゃんに戻れるのか」

何も情報がないわたしは、何十軒もの精神科を調べては受診し、看板を見かけては受診し、ただひたすら精神薬をもらい続けることになる。いわゆる「ドクターショッピング」に陥ったワケだが、どの精神科にかかっても、生きる答えに導かれることはなかった。

しかし、ある日、偶然が訪れた。会社にほど近い、薄汚れて小汚いが大きなビルの3階に、○○精神科と看板が掲げられた、「いまいちそうな精神科」を発見したのだ。当然、期待はしていなかったが、藁にでもすがりたいわたしは、その精神科を訪れた。

中年で小太りでとても穏やかな口調をした、優しそうな精神科医はこう言った。

「瀧本さん。瀧本さんは、ロープの上のほうばかりを掴もうとする。すると、腕が疲れる。心もそれと一緒。瀧本さんは頑張ろう頑張ろうとする。だから、心が疲れる。例えば今日、瀧本さんに、飲み会の約束があったとする。瀧本さんは気乗りがしないけど、そこに行けば楽しい気持ちになるのではないかと思う。そして結局は疲れ、家に帰って大きな溜息をつく。瀧本さん、行きたくなければ行かなくてもいいんです。頑張らなくてもいいんです。だけどもし、頑張ろうと思える日がきたなら、その時は頑張ればいい」

わたしには、幼い頃から自分の感情を押し殺す癖がある。もちろん何十軒とまわった精神科でもそれは一緒で、「それはええから早くラクになる薬と眠れる薬を出せや」と思うだけだった。心のなかすべてをぶちまけたりするようなことはなかったし、しかし、その話を聞いたとたん、わたしの中の何かが決壊した。知らず、涙がこぼれていた。

「しんどい、です……」

精神科医はうなずきながら微笑みをたたえた。わたしはありがとうございますと精神科医に感謝の言葉を告げ、そこからは明るく楽しく何よりも自分らしい生活を送ることができるのではないかと希望をもった。が、そんなに事がうまく運ぶことはあり得なかった。

偶然発覚した真実

精神科医の言葉に一時は心を救われたわたしだが、人間そんなすぐに変われるものではないのが当然で。

人間関係で新たにつちかった「鬱病」では、抑うつ気分、興味、活動意欲がまったく湧かず、焦燥感、不眠、悲観、不安ばかりがつのる。

会社に行くのがとても苦痛だから、「パニック障害」もしだいに強く頻繁になってくる。満員電車や快速電車などで突然動悸、息切れ、めまい、そして強烈な不安感に襲われ、漠然とした不安と動悸から呼吸困難などに陥り、「このまま死ぬのではないか?」という恐怖感を覚える。

どんどん悪化していく精神疾患は、もう自分だけの力ではどうにも変えることもできなかった。

出版社在籍中に、その2つを同時に発症してしまったわたしだが、だからといって働かないワケには、メシさえ満足に食うことができない。散々ドクターショッピングをしてため込んだ、デパス、ワイパックス、ハルシオンなどの薬を飲みながら、なんとか夕方の電車で会社に向かい朝方帰るという生活で、消化しなければならない編集業務をこなした。

編集業務とは、下請けとの打ち合わせをかねる接客業的な一面もあり、その際にはダルいカラダを何とか起こし、精神薬をオーバードーズ(薬の過剰摂取)して取引先に向かった。もう何もかもにテンパッていたし、うまく会話や進行を進めることができずにドモる、めちゃくちゃな内容ではあったけれど。

そんなある日、わたしをセックスするだけの人間だとは見ていない、たった2人の上司のひとりと、仕事後に飲み屋で夜中の雑談を楽しんでいた時、衝撃的な事実を知ることとなる。

「瀧本クンって血液型何型なの?」

「わたしはO型ですけど」

「意外だな、A型だと思ってたわ。ちなみに俺、A型」

「何ですかこの合コンみたいな会話！」

「ちなみに父ちゃんと母ちゃんは？」

「おとんがＡＢでおかんがＯですねえ」

「ん？　それっておかしいぞ？」

「何でですか？」

「ＡＢ型とＯ型から、Ｏ型は生まれないぞ？」

「え!?」

Ｏ型は生まれない？

わたしは頭がこんがらがってしまって、ちょっとトイレに行ってきますと頭を冷やしにはいった個室で、その答えに気づいてしまったのだ。

「ワハハハハハハハハ！　だからか！　なるほどね！　そーいうことね！」

幼少期の思い出が、頭をぐるぐると走馬灯のように巡る。

「そっか！　わたし、ホンマの子じゃなかったんや！」

わたしは笑った。めちゃくちゃに笑った。

「だからか！　だからずっと虐待をうけてきたのか！」

後にれっきとした事実が判明することになるのだが、要するにわたしは、瀧本家の「養子」であったのだ。まだ幼かった頃、なぜこんなにも殴られるのか、または透明人間のように無視をされるのか。それがなぜなのか意味がまったく分からず、ずっと疑問をもっていた。難しいパズルのピースがはまったように、すべてに納得がいって、わたしはまた声を出して笑った。

「しゃーない、しゃーない、ホンマの子じゃなかったらそりゃ当たり前やわ！」

すべての謎がとけた。わたしはショックなどひとつも受けることなく、むしろ正解が見つかって、スッキリ爽やかな気分だった。

「○○さん、飲みましょ！」

心は晴れやかだった。

血のぬくもり

ここからは、わたしが後に精神科で診断名をつけられた、「複雑性ＰＴＳＤ」の起因となる、家族や幼少期の話にさかのぼる。

家族構成は、お父さん、お母さん、お兄ちゃん、わたしとの４人家族。ただ、物心がついた時からお父さんは離婚して家にいなかったので、クリスマスや誕生日などのイベント日に、キキララやキティちゃんなど、わたしの大好きなサンリオグッズをプレゼントしてくれるおじさんという認識しかなかった。いわゆる、「お父さん」というものを知らなかった。

洋服はイタリア製のみ、革ジャン、革パン、レイバンのサングラスにロレックス。車はカウンタックを乗りまわす、道楽者のおじさんだった。職業も、ボクサー、船乗り、不動産屋、イカ焼き屋、絵描きなど、なんの脈略もなく好き放題だ。

「容子ちゃんはホンマお茶目やなあ！」

わたしのことを溺愛していたらしいが、違う意味でもわたしは執拗に可愛がられた。

「容子ちゃん、ちょっとこっち来てみ？　ホラ？」

お父さんの膝の上に座らされる。一緒にお風呂に入る。カラダ中を触られる。そして、逆に触らせられる。これ以上はもう書きたくない。お父さんはわたしに玩具をくれたけど、わたしはお父さんの玩具だった。

お母さんは、ちょっとおかしいくらいの潔癖で、神経質で、頑固で、真面目一徹。ウチの空気はいつも緊張感で重く、ピリピリとしていたように思う。

「容子！」

お母さんの近くや後ろにいるだけで、何もしていないのに怒られる、目に火花が散るほどビンタされる。もしくは、いないものとして徹底的に無視される。

お母さんひとりきりだけの、養育費もなく市の援助も受けず、貧しい母子家庭で出てくるゴハンは、もやし炒めやうどんやはったい粉を団子にした汁物や、そんな質素なものばかりだった。

ある日、お母さんが味噌汁を作っている時に、わたしはお母さんの背後に立ってしまった。

「そんなとこで何してるんや！」

別に何もしていない。ただ、立っていただけのわたしに、お母さんは煮えたぎった味噌汁をぶっかける。

「お母さん熱い熱い熱い！」

熱さでTシャツがカラダに張りつく。味噌汁をぶっかけたおたまで、転げたわたしを殴りつける。

お母さん熱い、だけどお母さんに好かれたい。もっといい子にならなければ！

「もう熱くないで！」。熱さと痛みでのたうち回ったあと、子どもながらに精一杯の笑顔を作る。カラダに水ぶくれができる。

「いらんのやったらもう食べんでええ！」

そんなことひとつも言ってないのに、わたしの両手首を掴み、玄関へと引きずっていく。玄関はコンクリートだ。服がめくり上がって、むき出しのコンクリにガリガリ背中や足が削られ血が滲む。

「痛い痛い痛い痛い！」

ヒーヒー泣くわたしの頭からバケツに汲んだ水をぶっかけ、玄関の外にほおりだして鍵を閉める。

「ホラ！　ホラ！　どこでも好きなところに行け！　帰ってこんでええ！」

「お母さんごめんなさい！　お母さんごめんなさい！　いい子にするからごめんなさい！」

けっこう暖かい季節であっても、夜中はやっぱり底冷えしたりする。けれど、お母さんが鍵を開けてくれることはなく、わたしは泣きすぎてしゃっくりを上げながら、早朝、新聞配達のおじさんがやってくるのを待つ。すると体裁が悪いからか、おじさんがやってくる頃には、家のなかに入らせてくれるから。

玄関のドアの前で三角座りをし、真っ暗な闇のなかで、ただひたすらに朝日が昇るのを待つ。

「血は鉄の味がする」

とは、何かのマンガでみかけたフレーズだが、コンクリに削られた膝の血を舐めると、本当に鉄の味がした。

血はいずれ少しずつ固まり、薄いカサブタになってくる。

「痛っ」

カサブタを剥がすと、また新たに血が滲みだしてくる。それをまた舐める剥がすを繰り返す。血は鉄の味もするが、何よりもあったかい。その痛みと温もりだけが、生きていることを実感させてくれた。

だけど、そこに救いの手がなかったワケではない。わたしがまたいつものように外に追い出され、水びたしで三角座りをしていると、よく近所の人たちがわたしを見つけ、

「容子ちゃん何してんの！　おばちゃんとこおいで！」

家まで招いてくれて、あったかいお風呂に入らせてくれたり、家では見たこともない熱々のハンバーグなどを食べさせてくれたりした。

「容子ちゃん、遊ーっぼ！」

おばちゃんの家の子どもがわたしの遊び相手をしてくれ、キャッキャキャッキャッキャッとはしゃぎまわったりして、暖かくて美味しくて最高に楽しかった。あまりにも楽しくて羨ましくなって、遊んでいたウサギのぬいぐるみを、力一杯壁に投げつけた。

「どうもウチの子がすいませ〜ん、ほらっ、容子もありがとう言いなさい!」

いつもわたしが三角座りをしている定位置、そこにわたしの姿が見当たらないのを知ると、お母さんが近所のおばちゃんの家までわたしを迎えにやってきたりもした。その後、タバコの火を押しつけられたりの、折檻をされることは分かっているので、わたしは家へ帰るのがとても怖かった。

「……もうちょっと、ココにいる」

「何いうてんの、ほら、帰るで!」

案の定、家に帰ったらお仕置きだ。

わたしのカラダにセブンスターの火が押し付けられる。あまりにも温度が高いと、肌が雄叫びを上げているかのように、カラダ中に一気に鳥肌がたつ。

いまだカラダに残っているタバコのやけど跡はあるし、コンクリで引きずりまわされていたわたしの肘や膝はとても醜い。まるで象のように皮膚が硬くなって、とても女の肘膝とは思えない。

だけど、カラダに傷がつくことよりも、もっとわたしが恐れていたのが、お母さんに「無視」されることだった。

幼少期わたしはお母さんの笑顔を、一切見た記憶がない。

振り向いてほしくて、好きになってほしくて、それでいっぱいいっぱいだった。

「お母さん！　算数のドリルしたで！」

「お母さん、今日ここまで頑張ったからシール貼って！」

「お母さん、学級委員長になったで！」

お母さんお母さんお母さん！

お願いだからわたしを見て笑って！

お母さん大好き、いい子にするからわたしを見て！

どんなにぶたれてもタバコで焼かれても、わたしはお母さんが大好きだった。

かまってほしくて必死だった。でも思いは届かない。お昼のオヤツも、お兄ちゃんは甘〜いアイスクリームやチョコレート。わたしはジャコ。

「容子ちゃん、ちゃんとゴハン食べてるんか？」

あまりにもやせ細っていたから、近所のおばちゃんに心配され、病院に連れて行かれたこともある。

「栄養失調ですね。とにかく食べないと胃が小さくなっていくばかりなので、お菓子でもなんでもいいから好きなものを食べさせるようにしてください」

元々食が細かったうえに、ろくな食事をとっていないから、戦時中でもないのに栄養失調である。

殴られても無視されてもゴハンを食べさせてもらえなくてもいい。それでも好きなのお母さん!!!

ある夜の出来事

もういい。

そんな色んなものに失望したのは中学2年生の時。性虐待をしてそのうち浮気した女と消えたお父さん。言葉を交わした記憶もないが優等生でお母さんに可愛がられたお兄ちゃん。わたしの何もかもに苛立ち折檻するお母さん。

わたしはそんな家族や体罰教師に大きく失望して、ほとんど学校に行かなくなっていた。毎朝「行ってきます」と言って家を出ては、たまり場になっている友だちの家に向かい、シンナーやタバコを吸う日々に明け暮れる。

ある日、家出をして帰らなくなったわたしを、どう情報がはいったのかお母さんが3日後に見つけ、むりやりタクシーに突っ込んだ。そのドアを開けて飛び降りようとしたわたしの右腕を、ガッシリと掴む。

その夜中、妙な重みをおなかに感じてうっすら目を開けると、お母さんがわたしに馬乗りになって、わたしの首を両手で絞めていた。

「容子、一緒に死のか?」

わたしが人に対して心を開かなくなったり、顔色をうかがうようになったり、ごめんなさいスイマセンの言葉が口グセのようになってしまったのは、幼少期を今でもひきずっているんだろうかと思う。

上京

そして年月は経ち、フリーランスとして出版社の編集やライターの仕事に日々追われていたわたしだけど、20歳からはじめたグルメ取材などの一般情報誌のルーチンワークに、相当飽きがきていた。大人になったわたしの興味や趣味は、色んな「裏」を取り上げている、サブカルチャー文化に移っていた。だが、大阪の土壌には、サブカルを扱う出版社など、当時も今も存在していなかった。

お母さんからの虐待はさすがになくなったけれど、やはりそこには養子という壁があって、家にいることが一番しんどくて気をつかう。

それに、その頃、関西だけではなく東京からの仕事も受けていた関係で知り合った、東京在住の男性編集者がおり、お互いに好意を抱いていたことも後押しした。

仕事に男に家族に、駒は揃った気がした。

「行くか」

捨てるものなど何もない。いや、そんなことよりも、家族や親戚や友だちやわたしに関わるすべてを捨てて、わたしのことを誰も知らないどこかの地へ、逃げてしまいたかったのかも知れない。

わたしはなんのツテもないまま、文庫本に5万円だけはさんで、東京へと上京した。

27歳の春だった。

第2章
しあわせ

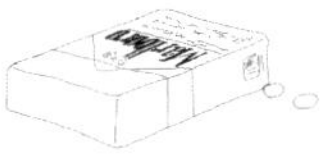
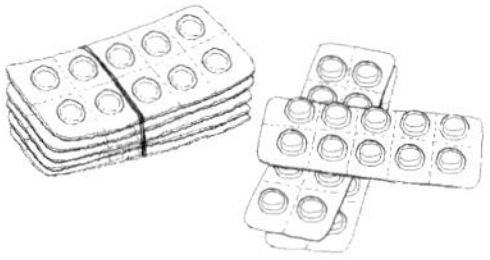

憧れの東京

車は中古車屋に売った。軽自動車でさらに事故車だったし、車はただの移動手段であまり興味はなかったし、売りの相場はよく分からなかったが、25万円くらいにはなったと思う。あと手元に残るのは、文庫本にはさんだ一万円札が5枚だけ。

「金は使うためにある！」を信条に、貯金なんてまったくしてこなかったから、それだけがわたしの全資金となった。

合計30万円相当の軍資金で仕事のツテもなく、これからどうなるかなんて正直少しも分からなかったけれど、家や会社やすべてから逃げることができたわたしは、それだけで何もかもから解放された気分だった。もう視線や声に恐怖を覚えなくていい。自分を一からリセットできると、最高にらくちんな気分になった。

何もかもを捨てると人間はラクに、そしてちょっと強くなる。お金なんてのはその典型で、へんな話、ホームレスのおっちゃんの気持ちが、少し分かった気がした。

どこに住居をかまえるか。サブカル系統が大好きだったわたしは、当然のように中央線文化に憧れていたが、なにぶん軍資金と入居審査の関係で、高円寺などからずいぶん離れた武蔵小金井にひとり暮らしの住居を構えた。普通のアパートやマンションでなく、単なる「ビルの一室」だったことも、その部屋に決めたポイントだった。

部屋は20へーべーくらいのワンルームで、家賃は6万円ジャスト。団地暮らしだったわたしにとっては憧れの、擦り切れて毛羽だった畳ではない、初めてのフローリング。一から何もかも始めるつもりで家具類は一切なく、部屋にあるのは宅急便で送った、わずかな洋服と本とCDと身の回りの小物類のみ。すべて宅急便で送れる量だった。

季節は春だったが、夜になるととても冷えてくる。照明も何もない真っ暗な部屋で、ありったけの服にくるまる。CDデッキから流れてくるのは、寂しさをより駆り立てるフィッシュマンズ。

「本当にひとりになったな」

わたしはひとりっきりになりたくて、長年住んだ大阪を捨てて上京したのに、どこにそんな感傷的な気持ちを持ち合わせていたのか。寒さと暗闇のなかで少しだけ泣いた。だが、心細い夜をやりすごすと、新しい朝がやってくる。

「わあ！　気持ちいいなあ！」

天気は快晴！　大きくとられた角部屋の窓から、春の陽光が降り注ぐ。昨晩とは裏腹に、希望に満ちた東京ひとり暮らし、第1日目のスタートだ。

「東京に負けていられるか！」

わたしはドラッグストアでブリーチを3箱買い、むせかえるようなケミカル臭のなかで、髪の毛の色を金髪に抜いた。少しヤンキーくさくなってしまったわたしが向かう先は、やっぱり憧れていた高円寺。

身支度を整えていると、ふいに玄関のチャイムが鳴る。2階に住む、韓国人の大家さんだった。

「お前、貧乏だろ！　その服もユニクロだろ！」

服はユニクロではなかったが、ありがちなボーダーのロンTだったし、着る人によって服の価値は違って見えてくるから、そのように見えてもおかしくはないだろう。さらに、貧乏なのは確かなことだ。

「お前、貧乏だろ、腹減っただろ、おにぎり食え！」

「どうせ発泡酒だろ、ビール飲め！」

住居のすぐ近くに大学がある。その頃とても若く見えたわたしは、どうやらその大学へ通う貧乏な大学生に間違われていたようだった。

「そうなんです、貧乏なんです、服もユニクロです。おにぎり、遠慮なく頂きます!!!」

憧れの東京、ひとり暮らし、カタコトで優しい韓国人の大家、降り注ぐ暖かな陽光。何もかもが希望に満ちている。

わたしはこの街と住居がすこぶる気に入った。

「とりあえず、照明はいるよなあ」

高円寺でてきとうな安い洋服を揃え、駅前のイトーヨーカドーで裸電球を買う。気が付くともう夕方になっていて、すでにその頃には彼氏同然となっていた年下男の編集者が、部屋をたずねてやってきた。

「いい部屋じゃない！　ビルだし、天井が高くて解放感があるね！　多分この部屋、何かの事務所だったんじゃない？」

「せやねん、悪くないやろ？」

昼過ぎに大家さんが差し入れてくれたアサヒスーパードライを、部屋にあらかじめ備え付けられていた、小さなボックス型の冷蔵庫から出して乾杯をする。部屋に布団やベッドはないから、洋服にくるまってセックスをする。

「2人だと寒くないね！」

「ホンマやなあ、けっこうあったかいなあ」

もつれあいながらクスクス笑う。

「家具とかはどうするの？」

「うん、通販で頼んでる。ベッドはイトーヨーカドーに無印が入ってたから買った。近いうちに届くわあ」

「俺の部屋にきても全然いいけど？」

「せやけど、でも、洋服のベッドもなかなか悪くないやろ？」

「セックスん時に膝が痛い（笑）」

またクスクスと笑いあい、抱き合ってキスをする。

「あんな、めっちゃ大事な話があんねんやん」

「ん？　どうしたの？」

「あんな」

「うん？」

「好きやで」

自分で自分を犠牲にする、身を切るような出版社時代のセックス。そんな単なる「行為」とはまったく違う、ただひたすら幸福なセックス。わたしは幼少期時代のトラウマからか、幸せになってはいけない気がしていた。この世に生きていることすら、罪ではないかという気もしてた。幼児虐待、精神病、対人関係の破綻。そんな何もかもから逃げてきた、新しい街、東京。

「わたし、もう、幸せになってもいいやんな」

わたしたちは付き合うことになった。

「病み」と「死」

大好きな彼氏に新しい環境。あと問題として残るのは、やはり金銭面のやりくりだ。わたしは大阪時代、何も出版社の委託デスクだけをしていたわけではない。当然、ほかの出版社から、編集プロダクションから、同業者のフリーライターから、実にさまざまな編集やライター仕事を請け負っていた。

「瀧本さん、いま東京にいるんですか？」

ありがたいことに自分から営業をかけずとも、大阪時代にコツコツと頑張っていたおかげで、仕事のほうは向こうからやってきてくれた。とはいっても、フリーの編集やライターの仕事でギャラが入るのは、だいたいが2～3ヵ月後という遅い入金で、それがMOOK本ともなると半年後くらいになることもある。

その時代、メインで仕事をもらっていた出版社ではないが、誰もが知っているであろうデカい出版社のライター仕事も受けており、仕事だけではなくプライベートでもよく飲みに連れて行ってくれた担当編集者がいた。が、くだんの編集者は関西でも大ヒットを飛ばした一般情報誌での編集デスクに抜擢されるものの、その雑誌を休刊という名の廃刊に追い込んでしまい、花形であった編集部から一転、東京にあるデータ管理部へと飛ばされていたのだ。

「○○さん、メシ、ゴチッてくださいよ！」

「おー、5時で終わるから新宿でいいよな？」

元編集者はまだギャラが入らず、腹持ちがするのではないかとスルメや韓国海苔ばっかり食っては吐いているわたしのことを気にかけ、色んなメシ屋や飲み屋に連れて行ってくれた。

「瀧本、お前食えてんの？」

「けっこうキツいっすね。だけど、何とかやれてますわ！」

「あれだぞ、あれ、瀧本。米だけは買っておけ。あと、ふりかけと味噌汁な」

大手出版社に勤める元編集者にも、恐らく食えない時期があったのだろう。散々メシと酒をごちそうしてもらっていたが、なぜか最近連絡がとれないなあと思っていた矢先、人ヅテに元編集者が飛びおり自殺したことを知った。奥さんも子どもも新しい家もあったのに、大事な人たちを残してひっそり死んだ。

恐らく左遷させられたことが理由だろうが、あんなに普通で元気だったからこそ、現在もまだ「死」という現実を受け止めることができない。「元気そうだから生きている」、と思うのは大間違いだ。彼のなかでは「死」に通ずる色んな闇が、たくさん交錯していたのであろう。

自分だって他人事ではない、常に「病み」と「死」は隣り合わせなのだと、実感した出来事だった。皆も少しでも心に「病み」を抱えたのなら、もっと迷わずもっと簡単に、精神科を受診してほしい。

精神薬の離脱症状

上京して何ヵ月かが経ち、わたしの仕事は安定し、彼氏との関係も安定し、金銭面も安定し、一からやり直した人間関係もすこぶる良好であった。何も申し分のない生活を送り、わたしは精神的にもとても安定していた。

それからどれぐらい経った頃だろうか。その期間はハッキリとしていないのだが、はじめのうち精神薬をバッサリやめたことによる、軽めの「離脱症状（クスリをやめた時などにあらわれる、いわゆる禁断症状）」が出、ふわふわと自分が自分でないような「離人感」が現れた。ふと気がつけば、わたしは精神薬を一切飲んでいなかったのだ。それくらい、わたしの心は安らかでやる気にも満ちていた。

昼は昼であれだけ恐怖を感じた電車にひとりで乗り、取材先へと出向き、笑いを交えながら話をし。夜は夜で大好きな彼氏と、愛と思いやりのあるセックスをする。

ならばそのままで十分良かったはずなのに、「もう、大阪時代のような、あんな苦しい思いを二度としたくない」という思いがむくりと芽生え、わたしはあくまでも何かあった時のお守りとして、精神薬のストックが欲しくなったのだ。

「念のため、もらっておくかーーー」

いま思えば、それが悪かったのだろう。

わざわざ精神科に行くほどでもない、とても落ち着いた状態だったから、ネットで家近くの「心療内科」を検索し、お守りとしての精神薬を処方してもらいに向かった。ビル2階にある小さな心療内科には、5人くらいの患者が順番を待っていた。まだまだ精神病がメジャーではない時代なのに、「案外いるもんなんだなあ」が、最初に受けた印象だった。

病院に置いてある雑誌を読みながら順番を待つ。そして、受付を終えてから30~40分くらい時間が経った頃だろうか。

「瀧本さーん」

受付のお姉さんに名前を呼ばれ、フロアの一番奥にあるカーテンで仕切られただけの診察室へ通されると、白衣を着た中年くらいの男性の医者が居、向かい合わせた丸椅子に座るようにと促された。

「今日はどうされました?」でもなく、精神科医はこちらをゆっくりと見、開口一番こう言った。

「極度の緊張状態にありますね」

「え!?」

思いもかけない言葉をかけられたので、わたしはとても間の抜けた面もちで、医者の顔を見つめかえした。

「いいですか、普通の人間はこうです。リラックスしているとこういう姿勢になります」

医者は自らのカラダをダランと弛緩させ、リラックスしているという状態をあらわす。

「はあ……」

「あなたの場合はこうです」

今度は背筋をシャキンとまっすぐに伸ばしてから、寒い時にカラダをすくめるような、肩を縮こめた姿勢をとる。

「緊張状態にあると、人間は知らず肩が上がります。さっきからあなたの様子を見ていますが、あなたはずっとその体勢です。肩こりもヒドいんじゃありませんか?」

確かに肩こりはキツいほうだけど、それは単純に姿勢が悪いせいだけだと思うし、何より初めて会う人間を前にしたら、誰でもそういう姿勢になるんじゃないの?

そういう疑問が湧きあがるけど、いちいち反論するのも面倒で、「そうなんですか」と、とても適当な相槌をうってその場をおさめる。

「処方箋を出しますので、お薬を飲んでください。あまりストレスを溜め込まないように」

そう言われても、わたし今、そんなにストレスないしなあ。なんとも腑に落ちない気持ちのまま、時間にして10分にも満たない診察を受け、受付で処方箋を受け取った。薬はレキソタンとサイレース（ロヒプノール）だったかと思う。診断名は聞かされなかった。

「何だかなあ……」

少し気疲れしたのと空腹を感じ、家に帰る前に近くのモスバーガーに寄って、ハンバーガーとポテトとアイスコーヒーのセットを頼む。精神科医の言う、とても「リラックス」した状態で、疲れとお腹を満たす。まあ、いい。とりあえずお守りはもらったのだから。

誰でも生きていれば、多少は日常生活や仕事でのストレスはかかる。わたしにもその程度のストレスはかかっているだろう。だけど、それは健常者でも十分にかかる軽い程度のものだ。

「う～ん、特別ストレスは何もないけど、久しぶりだし一錠だけ飲んでみるかあ～」

わたしはとても軽い気持ちで、レキソタンを口のなかにほおり込み、アイスコーヒーで流し込んだ。

「え!?」

薬を飲んでから数分後であった。精神薬が本当に効いている時にだけ感じる感覚。脳の後頭部がジーンとしびれるような感じと、肩から力がスーッと下へ降りていく感じに見舞われた。

「え!?　ウソやろ!?　なんでやねん。何もないのになんで効くねん!?」

頭の中が「?」の疑問だけでいっぱいになる。

精神薬の安定剤というのは、だいたいが本当に心が病んでいる時にだけ力を発揮する。血中濃度という言葉を聞いたことはあると思うが、あまりストレスがない状態の時は、なんにも現れることがない。ただ血中に精神薬の成分が巡るだけで、飲み続けていれば薬をやめた時に現れる離脱症状によって、効いていたことを実感できるに過ぎない。通常時では心の状態をアップさせたり、ラクにさせたりすることはなかなか難しい代物なのだ。

何もないどころか、幸せいっぱいだったわたしに、なぜ精神薬が効くのか意味が分からなかった。わたしはわたしが精神薬を飲み、その薬が効いてしまったことで、逆にストレスを感じてしまったのだ。

「わたしはまだ、あの精神病の呪縛から解かれてへんのか?　わたしは今でも精神病者なんか?」

精神薬ではないが、わたしはすでに心のお守りを持っている。「大好きな彼氏」というとても強力なお守りだ。こんなことになるなら、そもそも心療内科になんて行かなければよかった。

だが、時すでに遅し。わたしは心療内科へと出向き、苦しくも精神薬が効いてしまったのだ。精神薬が精神病を招くという、最悪な結果になってしまったのだ。このことから、わたしはその後も心療内科へ通うことを余儀なくされた。

あの時のあの一錠さえなければ……。わたしは今、精神病者ではなく、健常者として生きていたのかもしれない。

告白と裏切り

くだんの、「精神薬を飲んで逆に、精神病にとらわれてしまった」事件が起こってからも、わたしの仕事はうまく運んでいたし、人間関係も良好だったし、彼氏とも幸せな状況だったし、一見何もかもが少しも以前と変わらないように見えた。

彼氏のご家族にも会い、「なんて愛想の良い子なんでしょう！」と、ご両親からのお墨付きさえいただいて、晴れて彼氏の「婚約者」になるという、幸せこの上ない立ち位置にいた。だからこそ、伝えなくてはならないのかなとも思った。

ある晩、わたしは彼氏と一緒に、近所の焼き鳥屋で夜メシとお酒を楽しんでいた。そして、色んなおしゃべりをしている途中、ふと沈黙が訪れた。そんなものもう、「無言でも何も気にならない空気感」がすでに2人の間では流れていたし、ただ過去をひた隠しにし、ひたすら沈黙を守ればよかったのだろうか。

だけどわたしはそこで、いつかちゃんと伝えなければいけないと、わたしの家庭環境のことや精神病のことを、切り出してしまったのだ。ツラかった苦しかったしんどかった、わたしの経歴書のようなすべてを。

全部を語るのにかなりの時間を費やしたと思われるが、わたしはせきとめたダムが決壊するように、次から次へとそれを語らずにはいられなくなっていた。もう、フラれても嫌われても捨てられてもしょうがないと思いながら。

その間、ずっと黙って話を聞いていた彼氏が言った。

「じゃあ、結婚しなくちゃいけないね」

こんな嬉しいことなんて、ほかに何があるというのだろうか！

彼氏はわたしの過去も何もかもすべてを受け入れ、そして結婚を申し込んでくれたのだ！

わたしは焼き鳥屋という雑多な場所のなかに居ながらにして、知らずうれし涙が溢れて止まらなくなり、場違いにボロボロと涙をこぼした。

「○○さん大好き！　○○さんありがとう！　○○さん本当に大好き！」

何回、それを言葉にしても全然足りない。大げさではなくわたしは幸せのてっぺんを感じ、一生この人とともに生きることの幸せを実感した。その、一週間後くらいに、わたしはほかの男と寝た。

第3章
蟻地獄

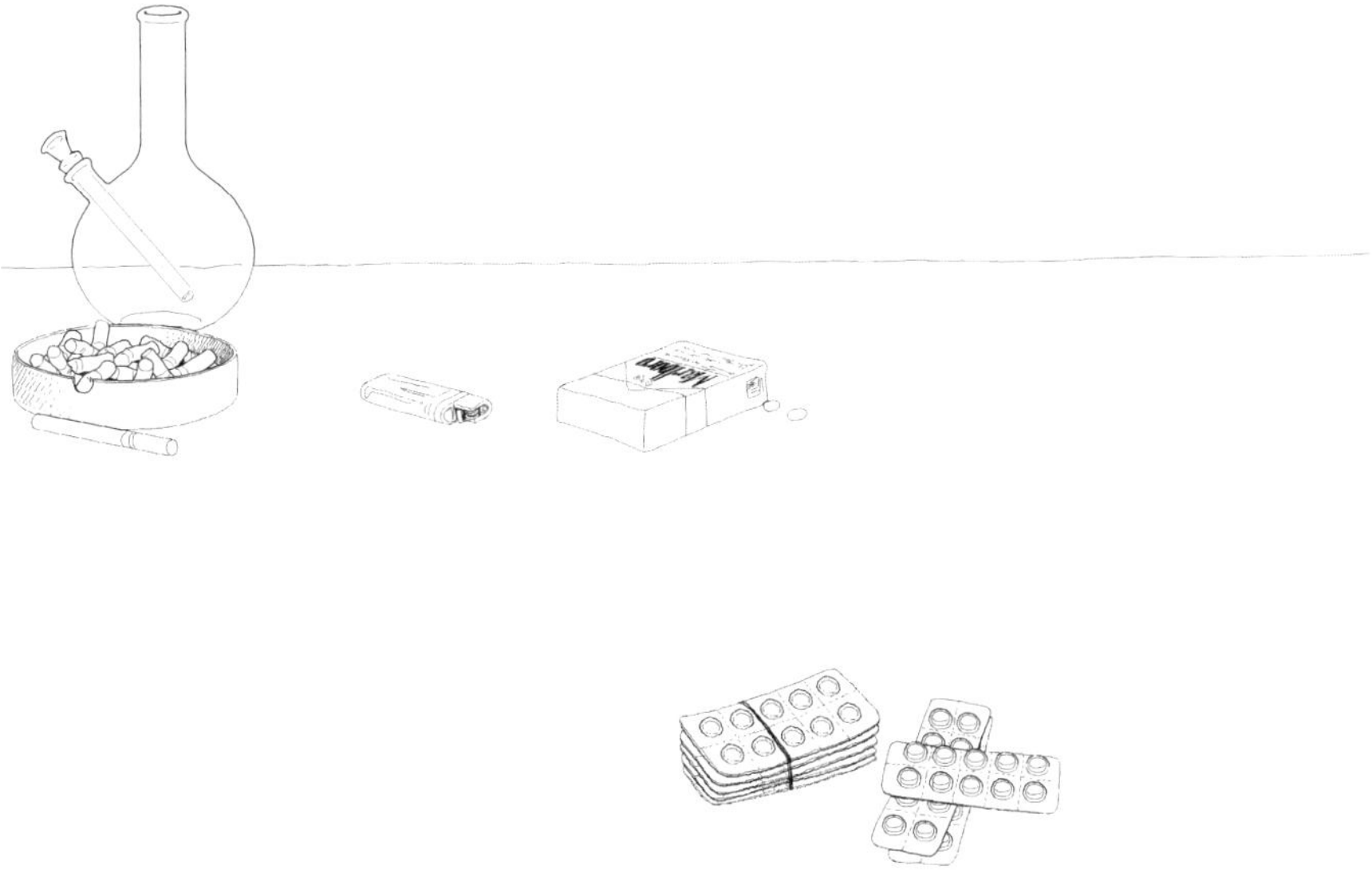

幸せが怖かった

親から愛情を受けた記憶はない。今までつきあってきた彼氏もたくさんいたが、今の彼氏への愛情度合を考えると、とてもちっぽけな付き合いでしかなかった。彼氏はわたしのすべてだった。

おなかが痛かったら腹をさする。風邪をひいたら暖かくして眠る。普通なら親から教えてもらうそんなことさえ、わたしは彼氏から教わった。

わたしにとって、とても特別でかけがえのない人だった。素直で純粋でけがれを知らない人だった。だけどわたしは、2人もの別の男と寝た。何故そんなことをしたのかと問われると、「あまりにも幸せすぎたから」「幸せが怖くなったから」

だって、彼氏がどこかへいってしまったら、またわたしはひとりぼっちになる。そんなこと、もう耐えられない。本当の愛情を知ってしまったから、もうひとりぼっちになることに耐えられない。

「○○さん、わたし○○さんが好きで好きでたまらへん。好きすぎて胸がヒリヒリする。だけど、永遠なんかないってことも、自分でも分かってる」

ひとりに耐えられないから浮気をした。100%で彼氏を愛しているから、愛情のパーセンテージを分散させたかったのかも知れない。どんな男でもいい。そこら辺にいるカラダ目当ての男が逆にいい。それのほうが、後腐れがなくてラクチンだ。それに、わたしにとっては彼氏以外、ただの「その他」の男でしかなかったから。

わたしを含め、複雑性ＰＴＳＤをわずらう女性にとても多い「負のループ」。

「幸せすぎると、逆に怖くなる」

そんな蟻地獄または底なし沼に、ズッポリとハマってしまったのだ。

今でも思い出す光景がある。セミダブルのベッドのうえで彼氏が寝、わたしは三角座りの体勢になって写真集を見、窓からは春風がはいってきてカーテンが揺れている。

なんてことのない恋人同士の一場面だが、彼氏の無防備な寝顔を見ながら、「多分、こういうのを幸せっていうんだろうなあ」とひとり微笑み、眠っている彼氏の頬にキスをした。浮気をしたあとだからこそ、どれだけ大切な人だったのかが密に分かる。あの頃に戻りたい。〇〇さん愛してる。

監禁事件

２人の男と寝た。

実にくだらない男たちだった。

１人目は、編集とライター業務をまかされていた出版社の男。かねてから、「気持ち悪い男だなあ」とは思っていた。そんなくだらない男と、打ち合わせも兼ねて荻窪にある立ち食い焼き鳥屋に行った時、その男があまりにも物欲しそうな顔をしていたから、わたしから誘って男の家でセックスした。

セックスの前も最中も後も、「気持ち悪いなあ、この男、気持ち悪いなあ」と延々思っていた。行為だけではなく、粘着質な性格も神経質そうな面持ちも、何もかもが最高に気持ち悪かった。生理的に受け付けないとはこのこと。

2人目は、東京で受けていた仕事の事務所に勤めていた男。事務所の喫煙所ではち合わせ、「今度、飲みに行きましょうよ！」「吉祥寺のいせや（焼き鳥屋）に行きましょうよ！」などと、やたらわたしにアピールしてきた。ヤりたいんだろうなあという気持ちが、ヒシヒシと伝わった。だから、わたしはセックスをした。なんでそんな口んなか舐《ねぶ》りまわすの？　それが最高に気持ち悪かった。

しかし、くだらない。とんでもなく馬鹿らしい。わたしにはすでに彼氏がいることを、あらかじめ男たちに伝えていたにもかかわらず、2人揃ってたかが1回、便所の落書きみたいに股を広げたぐらいの関係でしかないわたしのことを、好きなのだと思いこんでしまったようだ。

わたしには愛する彼氏がいるのが前提。浮気する男は、同じ男に固執するのではなく、日替わり定食のような存在でよかったから、目的は達成した。だから、お前らのことはもういらない。わたしは2人に対して、何度電話がかかってこようとも、徹底的に無視することを決め込んだ。

その頃、お金が十分にあったわたしは、同じくフリーライターの知人と2人で、荻窪に事務所を構えていた。その当時に出会ったくだんの男2人だった。

そんなある日。編集男はわたしとの「携帯の連絡がとれない！」と焦ったようで、真夜中、荻窪の事務所までやって来、わたしと事務所仲間をおおいに驚かせた。

「容子、大丈夫か!?」

大丈夫なのかと聞きたいのはお前の頭のほうだ。五月蠅《うるさ》い、五月蠅くてたまらない、五月蠅くてたまらないし鬱陶しい。

「一体、こんな時間に何なんなんすか？　何か緊急のトラブルでもあるんすか？」。レイアウトをひいていたわたしは、その手を少し休めただけで、冷めた目で男を見下した。

「……」、編集男は黙り込む。まさか、わたしのことを心配して事務所までやって来てくれてうれしいとか、自分が歓迎されたりするとでも思っていたのだろうか。男は合点のいかないような、納得がいかないような表情をしながらも、その日は素直に帰っていった。

「ごめんなあ？」、事務所仲間に謝る。

「いいよー、て言うかこんな時間に誰？　彼氏？」

「違う、ハエ」

だがそれだけで事件は終わらなかった。後日の夕方、仕事先の事務所で出会った男までもが、荻窪の事務所に押しかけてきたのだ。男はそんな自分のその行動にすら陶酔していたのか、土足のまま突然事務所に上がりこんで来、携帯電話や精神薬も持たせぬまま、わたしの腕をとても強い力で掴んでさらい、道路に待たせてあったタクシーに押し込んだ。

「なんやねん！」

「いいんだよ!!!」

ほどなくして着いた場所は、どこかのビジネスホテルだった。拉致されたような状態で連れて行かれたため、場所はハッキリと分からないが、タクシーから降ろされると道路の隣をオレンジのラインを描いた電車が走っていたから、中央線のどこかの駅近くかと思われた。そしてわたしは、ホテルの部屋のなかに連れこまれる。

「何がしたいねん！」

「心配なんだよ」

「なんやねん、一発ヤッただけで」

「好きなんだよぉおおおおおおお!!!」

「ヤれば気がすむんか!?」

「そんなことじゃないんだよぉぉぉぉおおお!!!」

バキンッ！

いきなりなにを思ったのか、男は自分の折り畳み式の携帯電話を真っ二つに折った。「……ヤバいな、こいつキレたら何するか分からないタイプの人間か？」。わたしは少し危険を感じて、男の言うことに素直に従うことにした。

ただ、わたしに彼氏がいるということは、前述した通り2人とも男に伝えていたため、彼氏の携帯電話へ連絡することと食事だけは許された。携帯電話は事務所に置いてきたままだから、ホテル前にあった公衆電話から、彼氏に電話をかける。

「もしもし、○○さん？」

「おー、よーちゃん！」

「今日、校了前だから事務所に泊まるね！」

「うん！　わかったよー、頑張ってね!!!」

あまりにも疑いのない言葉にとめどなく涙が溢れてきたが、そんなことまるでおかまいなしに、またわたしは今出てきたばかりのホテルの部屋に連れこまれた。

「これで満足か!?」

「容子、好きだよ」

もう、支離滅裂だ。

とりあえず、全然濡れもせず気持ちよくもない、ヤッたというよりダッチワイフとの行為に等しいセックスをした。その間、自分のことは「物」とか「穴」だと思うようにした。幼少期の性虐待や出版社時代の男たちの時と同じように、自分自身の心を殺してしまえば、それはなんとか乗り越えられたから。そうして1日が過ぎていく。

2日目はもっと大変だった。だってわたしは拉致状態だったから、手元に精神薬など持っていない。過呼吸、激しい動悸、離人感、酩酊感、震え、呂律《ろれつ》がまわらないなどの、いわゆる「離脱症状」が次々と現れはじめ、とにかく苦しくてたまらない。この男が、わたしが思った通りの少しおかしい人間ならば、サクッと包丁で腹でも刺して、この場で殺してくれたらいいのに。それのほうがいくらかマシだろうと思ったほどに。それでも男は執拗に繰り返す。「容子、好きだよ」、偏執的な愛情を。

「薬……、薬だけ取りに行かせてもらえませんか?」

「我慢しよう、ね?」

「……仕事、仕事ほったらかしたまま」

「そんなのどうでもいいんだよ!!!」

もう、3日も精神薬を飲んでない。どんどんわたしは精神的にも肉体的にも憔悴していき、彼氏になにか言い訳をするための、公衆電話に行く気力すらもでない。

「……薬か、薬だけ取りに行くか」、男はため息交じりにいった。

逆らうと本気で人を殺しかねない人間だと思っていたが、どうやら自分の手を汚すまでの勇気は持ち合わせてないようで、わたしの離脱症状を目の当たりにしたのち、薬だけは取りに戻ってもよいと良心の呵責を見せはじめた。

今までいつもニュースでレイプされたり拉致監禁されたりした女の人を見ると、「逃げる隙、ホンマにないんか?」と思ったりもしていたが、それは大きな間違いだった。本当にそういう場面に自分が在ると、初めのほうは抗うこともできるものの、だんだんと神経が摩耗してきて、とてもじゃないが逃げることなど考えられなくなっていく。「帰してください」の一言すらも出ない。

「か、帰る、帰る前に、彼氏に電話をいれさせてください」

「……分かった」

精神薬同様、自分の携帯電話も当然手元に持っていない。かと言って、離脱症状が強すぎて、公衆電話まで歩く元気もない。仕方なく、ホテルから直接、彼氏の携帯電話へ電話をかけることになった。が、呼び出し中のコール音が鳴るばかりで、電話は一向につながらない。

「ダメだ……」

しかし、連絡をとることをあきらめた数分後に、プルップルップルッと、ホテルのフロントからの電話が鳴った。

「お電話がはいっているのですが繋ぎますか？」

「はい……」

彼氏からの電話だった。

「○○さん……」

「もういい、もういいよ。よーちゃん大丈夫？　もう大丈夫だから、全部聞いたから」

誰からなにを聞いたというのだ？　全身の毛が一気に逆立つような寒気が走る。

「……なんで、ここの番号分かったん？」

「着信履歴に番号が出てたから……」

……そうか、着信履歴が表示されてしまったのか。絶対にほかの男と寝たことや、こうして事件が起こったことは、死ぬまで黙っていようと思っていたのに。仕事で連絡がとれなかったという理由で、ウソを貫き通そうと思っていたのに。もう、これではなんの言い訳もすることができないな。

「帰っておいで、ね?」

「○○さんごめんね、大好き。帰る、帰りたい。薬が欲しい。一旦、薬をとりに事務所に戻る。そこから○○さん家に……」

「大丈夫、事務所で待ってるから、ね?」、わたしの言葉をさえぎるように彼氏は言った。

駅はすぐそこにあるようだが、とても電車に乗れるような状態ではない。タクシーをつかまえて、荻窪の事務所まで帰ることになった。

それにしても苦しい……、とても苦しい。タクシーの窓を全開にしてハァハァと呼吸を荒げ、冷たい外気を吸おうともがく。わたしの隣に座った男は、無表情と無感情を決めこんで、腕をくみながら寝ているフリを続けていた。

もう、ホテルに宿泊していたことは、さっきの電話でバレてしまった。せめてこの男さえ居なければ、ホテルで仕事をしていたなど、バレバレでもよいからなにか言い訳をすることができるのに、あくまでもこの男はわたしから離れないつもりだ。だけど、もう抗うことはムリだ。離脱症状が強すぎて、男に抵抗することすらできないのだ。嗚呼、果てしなく空気が薄い。

薬をとりに事務所へ

事務所に着くと、ドアの前で彼氏が三角座りをして待っていた。

「○○さん!!!」、強く彼氏の胸のなかに飛び込み、そのまま床にずり落ちて、大量のゲロを吐く。

「大丈夫!?　よーちゃん大丈夫!?」

「薬を……」

「事務所の鍵はどこ？」

着の身着のままで拉致されたのだから、そんなもの持っているハズがない。何らかの手段はないかと、もはや神頼みで事務所仲間に電話をかけてみると、いきなり男に連れ出されたし、携帯電話も残したままだったし、とりあえず何かあったのだろうと、ポストのなかに鍵をいれておいたとの返事だった。

「……薬、薬」

もう、まったく平衡感覚がとれない。彼氏に支えられていてもなお、ガコンガコンと頭とカラダを壁にぶつける。泥酔した人間は、死体より重くて始末が悪いとはよく聞くが、たぶんそんな状態だったのだろうと思う。だが、鍵は手にはいった。

鍵を鍵穴にガリガリと引っ掻きながら、乱暴に突っ込んで右へ回す。カチャンと聞きなれた音がして鍵が開いた。精神薬がはいったカバンをめがけて這いずりまわり、中身を全部出して精神薬を探しまくる。

「ない！　ない！　ない！」

なぜ、薬がないのだ!!!　いくら探しても薬のはいったケースが、一向に見つからない。

「よーちゃんの事務所に呼び出されて、男の人と会ったから、その人が何かを知っているかも知れない」、彼氏がそう言った。

「あいつか!?」

わたしがもうひとりヤり捨てた男、編集男の顔が即座に浮かんだ。間髪いれずに電話をかける。

「薬がなかったら困るだろ？　だから、俺が持ってるよ」

ごく平然と男は言った。

ふざけんななんでお前が薬を持ってんだ。まず一番にお前に会いに行くとでも思ってんのかクソ野郎。お前のことなんか微塵も好きじゃねえんだよ。薬返せよ、薬。てか、お前死ねよ。本当に死んでくれよ。

救急搬送

今から薬を持ってやってくるという編集男。だが、会社は六本木にあり、荻窪に着くまでにはまだ時間がかかってしまう。わたしは冷たい空気を求め、まるでホラー映画のように、さっき来た廊下をまた這いずりながら、通路をめがけて前進するものの力尽きる。彼氏がわたしをかかげあげ、うつぶせに膝枕された状態になり、また酸っぱい胃液を吐く。

「よーちゃん大丈夫!?　救急車呼ぼうか？」

「呼んで……」

しばらくすると、サイレンを鳴らしながら、救急車がやってきた。救急隊員がわたしをタンカに乗せて、救急車のなかへと運び込む。

「大丈夫ですか!?　吐きましたか!?」

「吐いてます！」

「大丈夫ですか!?　いま、受け入れ先を探しています！」

救急隊員がせわしなく電話だったか無線だったかで、わたしの搬送先を探している。

「ありました！　新宿です！」

今から救急車で新宿……。移動の時間を考えれば、六本木に勤めている編集男が薬を持ってくるほうが早い。

「友人を、薬を持っている友人を待つほうが早いです……」

「そうですか、救急車のなかで待ちますか!?　こちらは一向にかまいません！」

「待たせ、てください」

それからどれくらい経ったのか、時間間隔は麻痺していて分からないが、編集男はやってきた。担架がウィーンと唸り声をあげながら起き上がり、椅子に座っているような体勢になる。

編集男から彼氏が精神薬を受け取ると、男はここがまるで自分のステージの独壇場で、自分が彼氏であるかのように、飲むべき薬と錠数を、怒鳴るように叫びはじめた。

「デパス○錠！　ワイパックス○錠！　パキシル○錠！………」

彼氏がその指示を聞きながら、言われた通りの精神薬を探し、わたしの口のなかにほおり込む。

「お水、飲める?」

いつの間にか買っていてくれた、冷えたミネラルウォーターで、喉をゴクゴクと鳴らしながら、薬を胃へと流し込む。

完全な上から目線の命令口調で指示されて、彼氏としてはさぞかし屈辱的な気分だったのではないだろうか。いや、彼氏は純粋な心の持ち主だから、ただただひたすらに、わたしの無事だけを考えていてくれたのかもしれないが。

やっと精神薬を飲むことができたが、薬を飲んでもすぐ効くワケではないから、わたしのカラダはまだ弛緩しているままで、自分ひとりの力で歩くことができない。するとまた救急隊員が、担架にわたしを乗せたまま、6階の事務所まで運んでくれた。

事務所につく。わたしのカラダを担架ごと、部屋のなかまで運びいれてくれる。

「何かあったら！」、救急隊員がわたしに向かって声をかける。

「何かあったら、これ〝ひまわり〟って言います！　救急の精神科を探す電話です！　また、何かあったらすぐココへ！」。丁寧にも、電話番号を書いたメモを渡してくれた。

「よーちゃん、少し横になったほうがいいよ」、彼氏が言う。

「うん……」、わたしが言う。

わたしは仮眠室の布団へとあおむけに寝かされる。なんだかもう、ワケが分からない。自分の犯した罪をただただ悔み、涙ばっかりがこぼれてしまう。

「○○さん！　○○さん！　○○さん！」

いくどもいくども彼氏の名前を叫び、ギュッと抱きしめてもらう。

この状況にいてもまだ、わたしが愛しているのはお前たちではなく、彼氏だということが分からないのか、全開にしたふすまを隔てたキッチンに、拉致監禁男と編集男の姿が見えた。ここまで彼氏にすがるわたしを見て、なぜそれを理解できないのかが、逆に理解できなかった。

「薬、効くまでここで寝てよ？　話はそれからしよ？」

「○○さん！　○○さん！　○○さん！」

「うん、そうだね、うん。大丈夫だよ？　分かってるから。ね？」

わたしはまるで阿呆のように、彼氏の名前ばかりを連呼する。

精神薬が効いてきて、朦朧とした意識もハッキリしてきた頃には、2人の男の姿はもう見えなくなっていた。そしてわたしは、わたしが犯した事の重大さと向き合うことになる。

「大丈夫？」

「うん……、もう大丈夫やで？」

「そっか、安心した……」

無言のまま、しばらくの間、抱き合った。

「ごめんね、仕事関係の人でっ」、というウソの言い訳をさえぎるように彼氏は言った。

「もう、いいよ？」

「もういいよ、よーちゃん、全部聞いたから……」

一瞬の沈黙が走る。

「……何を聞いたの？」

「全部、全部なんだよ、よーちゃん。あの編集者？　よーちゃんがしゃべった言葉を、手帳にいっぱいメモしてた。〝何時何分、容子がこう言った〟って、メモしてたことをすべて聞かされた」

……なんという執着心だろうか。本気で背中がゾクッとした。それと同時に、彼氏にすべてを知られたことで、頭から下へと順に、血の気がスーッとひいていった。

「○○さん、別れたくない……」

「よーちゃんダメだよ、もうダメだよ、こんなの切なすぎるよ……」

「○○さん！」

泣いて泣いて追いすがったが、彼氏は首を縦にはふらなかった。その思いは、断固としたものだった。わたしはわたしの自業自得で、世界中で一番愛する、そして愛してくれた人を失った。

精神病のせいにはしたくないけど、これは「複雑性ＰＴＳＤ」に起因するものだと、精神科の主治医は言う。だからと言って、同情してほしいと思う気持ちはひとつもない。むしろ、わたしは全否定されたいのだ。世界中で一番愛している人を失ったのだから、こんどは世界中の全員から否定されたいし、無視されたい。自業自得だ馬鹿じゃないかと、嫌悪や罵倒を一斉に浴びたい。優しい言葉をかけられるより、それのほうがずっとラクだから。

だけど、どうすればよかったのだ。どうしようもなかったのだ。とてつもなく幸せな自分が怖かったのだ。

そう思うわたしは、やはり普通ではなく、「精神病」という名の障害者なのだろうか。

第4章
贖罪

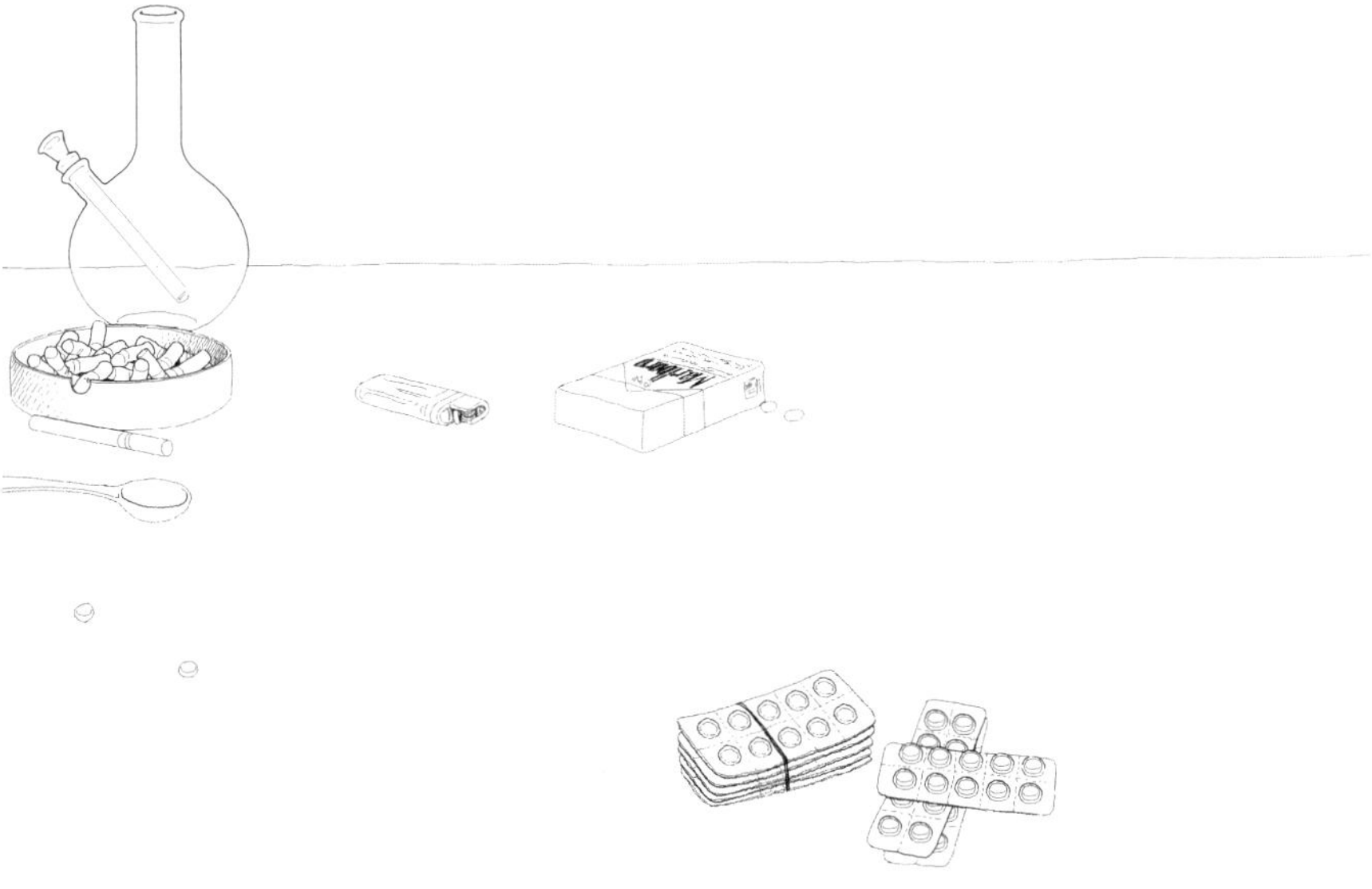

別れ

最愛の彼氏に最悪な仕打ちをし、結果的に別れを告げられた。ツラい哀しいを通り越したわたしは、半ばヤケクソで西荻窪にある彼氏の部屋に居座るようになっていた。このまま2人でいられれば、なんとか別れを修復できないものかと。経過していく時間が何もかもを、解決してくれないものかという淡い期待も抱いて。

彼氏はわたしが自分の家に住みついたことについて、一言も何も言わなかった。居てもいいとも出ていけとも言わなかった。ただ、分かるのだ。わたしに対する彼氏の愛情が、完全に冷めてしまったことを。

今までキャッキャキャッキャキャッキャッとたわむれて膝枕をしていてくれた彼氏が、膝を不自然によける。会話がとぎれとぎれのギコチないものとなる。その他、ちょっとした言動で、彼氏はわたしを遠ざけた。それは、サヨナラの別れを告げられた時よりも、もっとツラいものだった。時間はまったく2人の関係を、淘汰してはくれなかった。

「○○さん、ヨーコが○○さんのこと大好きなんって知ってるー!?」

「うん」

「○○さん、○○さんが大好きなヨーコちゃんが来ましたよー!」

「うん」

「○○さん、抱っこわあ?」

「うん」

「○○さん、ヨーコのこと好き?」

「うん」

「○○さん、ヨーコのこと嫌い?」

「うん」

「○○さん、こっち見て?」

「うん」

「○○さん、お願いやからこっち見て!」

「うん」


彼氏はまるで抜け殻の状態みたいに、泣きじゃくるわたしを見ないようにして、ずっとテレビを見つめながら、「うん」と生返事を繰り返すだけだった。そんな日々がただひたすらと続き、もう、2人の関係を修復することは到底ムリなのだということを悟った。すでに彼氏の心がここにないこと、そして今のこういう状況が、彼氏を追いつめているだけであることを。

もう、わたしの元へと戻ってくる可能性がないのなら、いつまでも待って彼氏を苦しめ続けた、未練がましい自分の心を断ち切るしかない。これ以上彼氏の部屋に居すわり続けても、彼氏がわたしのことをますます嫌いになっていくだけだ。

「○○さん、今まで本当にありがとう」

わたしは引っ越すことに決めた。

不動産屋を巡り、西武新宿線の野方駅に独り立ちの新居を決めた。新築だったしそこそこの広さもあったし、何よりも大きな窓から光が差し込む明るい部屋だったことが気に入った。再スタートにぴったりと適した、環境のとてもよい部屋で、何もかもをリセットして、新しい生活を模索していこうと思った。引っ越しを手伝ってくれた彼氏は、何かから解放されたような、イキイキとした表情をしていたような記憶がある。やっとわたしから解放された、安堵の表情だったのかも知れない。

「○○さん、今までありがとう、本当に大好きだった」

「気が合ったね」

「うん、楽しかったね」

彼氏はここ最近見たことのなかった、人懐っこい笑顔を見せた。

あ、終わったんだな。そう、思った。

内見時に感じた通り、新居はとても住み心地のよい部屋で、ここなら一から始められる気がする。一旦、そう思ったはずなのに、わたしは自暴自棄の自業自得とはいえ、何もする気が沸き起こらなかった。ただ、ベッドの上に横たわり、天井ばかりを見つめる毎日。涙さえこぼれない。

電話も一切取らず、数々の仕事や約束をぶっちぎって、シャワーすらまったく浴びず、生きて呼吸をしているだけの毎日。生気を失って、なにを喋りかけても「うん」と相槌を打つばかりだった彼氏のように、今度はわたしが植物人間のようになった。

そんな、ひたすら天井を眺めていた約2ヵ月間のなか、ハッと思いだしたように気づいた。「生理が、ずっと来ていない」

一発ヤッただけの男2人とは、当然だがコンドームをつけた。だけど、それらがバレてしまった夜、彼氏はまるでわたしを責めるような、乱暴で切ないセックスをした。ほかに寝た男はいなかったから、仮に子どもができたとしたならば、その時でしかあり得ない。彼氏以外にあり得ない。

「これが陽性ならば、また彼氏が帰ってきてくれるかも知れない！」

この後におよんでまた希望をもってしまった、馬鹿としか言えないわたしは、近所の商店街にある薬屋で妊娠判定薬を買った。陽性、すなわち妊娠していることを願って。

家に着く。妊娠判定薬の箱を開ける。スティックタイプの判定薬が出てくる。ふたを開けてそこに尿をかけたあと水平に置き、待つことおよそ5分くらいだっただろうか。陽性ならスティックについた小窓に赤い線が一本浮かぶ。何も変化がなければ陰性だ。神様なんて今も昔もまったく信用していないけれど、神様が本当にいるならば、どうかわたしに赤ちゃんをと心から願ったと思う。

結果は陽性だった。

「これで○○さんが帰ってきてくれる！」

わたしは自分が思っていた以上に、人として最低な人間だった。「お母さん」になれる喜びよりも、彼氏が戻ってきてくれるのではないかという「女」の部分が勝ったのだと思う。だって、しょうがないじゃないか。元々わたしは家族の愛というものを何ひとつ知らないんだもの。

期待と不安を胸に抱きながら彼氏に「妊娠していた」と電話をし、そして絶対に「産む」と宣言したのだ。彼氏がわたしとよりを戻してくれるのなら、手段なんて選ばない。終わったはずの関係なのに、また、わたしは彼氏にすがった。

わたしが妊娠したという報告を電話口で聞いた翌日、彼氏が新居までやってきた。わたしは頑として「産む」と言った。彼氏が結婚してくれなくても「産む」と言った。産んで大阪で育てると言った。そこまでどうしようもないわたしを、どうかみっともなくて哀れだと同情して、わたしの元へと戻ってきて。けれど、ことはそう思い通りに運ぶことなく、彼氏は長い沈黙のあとに言った。

「よーちゃんが大阪へ戻ってでも、子どもを産む決心をしたことをたくましく思う」

「だけど、もう一緒にはなれない」

なんで?

「子どものこととかじゃなく俺がもうムリなんだ」

ムリって?

「俺が、よーちゃんの複雑すぎる過去を背負うことができない」

過去?

「重い」

なにが？

「よーちゃんの過去が重いんだ」

過去が重い？

「お願いだから堕《お》ろしてほしい」

「過去が重い」。思ってもいなかったセリフに、頭をガンとやられた。ここまできても尚ついてくる、「複雑性PTSD」や「精神病」であることとの現実。わたしが彼氏を無我夢中で追いかけたように、幼少期の家庭環境や心の病がわたしの背中を追いかけた。

「ごめんね、よーちゃん、本当にごめんね……」

「中絶の費用は後からおくるから」

彼氏のかたくなな決心を表すかのように、すぐに中絶費用として11万円が送られてきた。おそらく10万円が中絶費用で、1万円は慰謝料みたいなものなのだろう。その1万円が余計わたしに、ぶつけようのない怒りと悲しみを同時に与えた。

「あー、これで本当に終わったかー……」

お別れかー、中絶かー、もう何を考えるのもしんどいなぁ。

人工妊娠中絶をした時のことはよく覚えている。当時わたしは精神薬漬けで、精神安定剤や抗うつ剤のほかに、実験用ラットの麻酔薬としても使われる「ラボナ」や、睡眠薬界最強と呼ばれる「ベゲタミンA」など、キツい睡眠薬を大量に飲んでいた。ただ、こういった強力な睡眠薬には、麻酔を効きにくくさせる効果もあるらしく、あろうことか堕胎施術の真っ最中に目が覚めてしまったのだ。

「痛い痛い痛い痛い痛い痛い痛い痛い痛い痛い痛いやめてやめてやめて痛い痛い痛いやめて痛い!!!」

内臓を細いかぎ型の棒でグチャグチャに引っ掻きまわしてえぐられているような強烈な痛みに絶叫し、だからと言って施術をおこなった女医さんがその手を休めることはなく、わたしはただひたすら耐えきれない痛みに叫び声をあげ続けた。そこから失神したのか麻酔薬が追加されたのかは分からないが、気がつけば白いベッドの上だった。

出産ならその後に会えるわが子の愛おしさで痛みも帳消しにされるようなものの、わたしには赤ちゃんを殺すというマイナス要因しか残っておらず、これは赤ちゃんへの彼氏への、罪で罰なのだと思った。「ごめんなさい……」。とめどなく溢れる涙に、自分にも母性があったのだとも感じた。

今になって、あの時、赤ちゃんを産んでおけばよかったと切に思う。だが、本来なら伴侶となるはずの彼氏と別れたこと、母子家庭でわが子に寂しい思いをさせること。そして、当時、大量の精神薬を飲んでいた自分には、障害のある子どもが生まれる可能性が高いと精神科医に言われていたことも、赤ちゃんを堕ろした大きな原因のひとつではあった。

だから思う。キツい精神薬を飲んでそれをあたかもカッコイイことのように悦に入ったり、時には悲劇のシンデレラを気取ったり、オーバードーズを楽しんだり。そんなこと全然カッコよくない。中絶ではなくとも何らかの手術中に麻酔が切れて絶叫したり、中絶によってわたしのように二度と子どもが産めないカラダになったり。そうなる可能性もあるのだから。

ひとりぼっちの再出発

頭の中もお腹の中も空っぽになったわたしは、また、元の植物人間のような状態に戻った。真っ白な天井ばかり見つめて、ただ時間をやり過ごす生活に。ご飯もほとんど食べることができず、155cmの身長に対して体重は33kgまで落ちた。

「妊娠でもダメだったかあー」

「過去とか家庭環境が重荷って言われたら、もう何も言われへんよなー」

「でも、また、ひとりぼっちの生活に戻っただけかあー」

ツラいや哀しいなどの感情が浮かばず、ただただククと押し殺すような笑いが漏れた。悲劇は喜劇だと言うけれど、あまりにもショックなことが続くと、泣くよりも前に笑いが込み上げてくるのだ。

そんな日々を送るなかで、むくりと湧き上がる「気づき」があった。

「わたし、東京へ何しにきたんだっけか」

「あー、サブカルチャーの道を進みたかったんやあ」

そうだ、わたしはサブカルの世界で働きたくて、27歳という遅すぎる上京を果たしたのだ。しかし、彼氏と付き合うことで何もかもすべてに満足してしまって、気が付けばまた一般情報誌の仕事をライフワークとして、自分の生計をたてていたのだ。

最愛の彼氏を失った。赤ちゃんを失った。大切な収入源である一般情報誌の仕事もブッチぎっていたため、やめたというよりも干されたと言ってもいいだろう。

「そやそやそや、わたし、もう失うものなんて何ひとつないやんか」

何にもない自分のなかに、何かをしたいという欲求が芽生えた。

その数日後からわたしは、東京に在るありとあらゆるサブカルチャー系の出版社に、取り憑かれたように営業電話をかけはじめた。新興宗教に戦争に原爆に死体にドラッグに裏社会に、とにかく自分をドキドキさせてくれる刺激的なモノ。やりたいことはたくさんあったから、営業用の企画書もサクサクと進む。ただ、裏の世界での自分には実績はなかったから、「とにかく何でもやります」を信条にしていくことにした。

はじめてのアポイントがとれたのは、コアマガジン社の月刊誌『裏ＢＵＢＫＡ（現在は廃刊）』だった。わたしは企画書をお土産に、嬉々として編集部へと向かった。

「こういうのは正直、男のライターで間に合ってるんですよねー」

「どうですか、瀧本さん、この企画をやってもらいたいんですけど」

編集者のほうから逆に提案された企画は、「風俗の入店祝い金を稼げ！」という、わたし自らがハダカになってファッションヘルスやピンサロで実際に体験取材をする、本来やりたかった仕事とは180度違うエロ仕事だった。

「いやー、女のライターさんだと、需要はどうしてもそうなっちゃうんですよねえ」

「危ない系の仕事とか、男のライターで間に合ってますんで、ハイ」

「何でもやる、んですよね？」

大阪時代、たくさんの男と寝たが、セックスをしてお金をもらったことはない。それは単なる、都合のよい女扱いだったのかも知れないが、性を売ってお金にすることには、かなりの躊躇と戸惑いがあった。まして、それが同級生や親がもしかして見ることがあるかも知れない、雑誌という誌面に永遠に残ってしまうモノなのだから。

だが、気づいた。「わたし、失うものなんて何ひとつないやん」という選択にも。ならば、ドン底まで落ちて汚れてしまいたい。自らすすんでボロボロになってしまったほうが、今のわたしにはよっぽどラクチンだ。

わたしはその依頼を受け、「実践系エロライター」として、その道をすすむことを決心した。

第5章
実践系エロライター

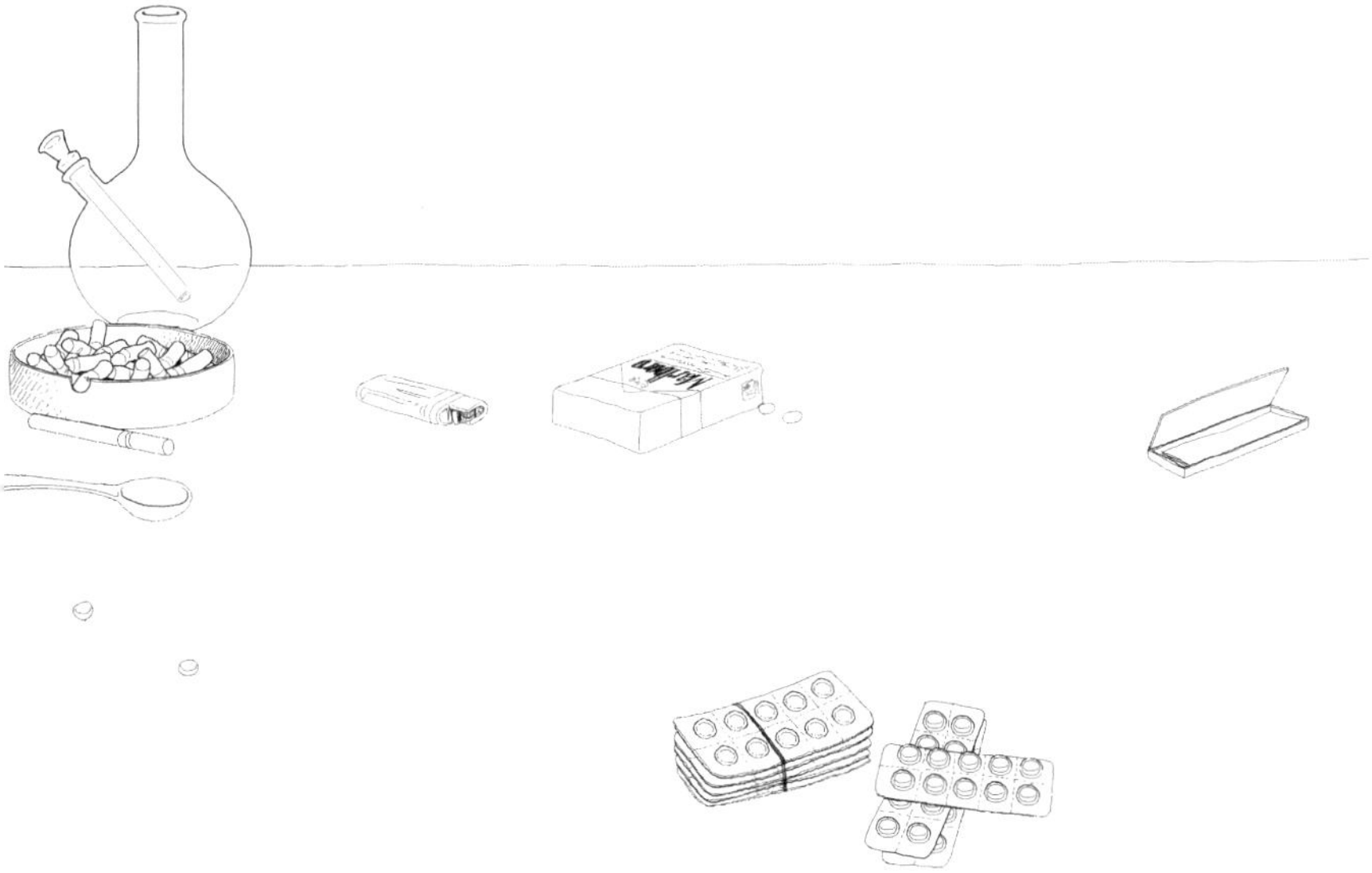

最初の自殺

晴れて「実践系エロライター」になりました。と、でも言ったらいいのだろうか。何もかもすべて実体験したうえで記事にするという、実践系エロライターの肩書きをつけられたわたしは、サブカルチャー雑誌のデビューとして、「風俗の入店祝い金を稼げ！」という企画をなんなくこなした。そこからは、風俗店の体験取材といった軽いものから、8人の男との輪姦、1日10人くらいの男を相手にする援助交際、黒人とのセックス、ファンとセックスしてそのテクニックに採点をつけるなどの無茶苦茶なものまで、どれも何食わぬ顔をしながらこなしていった。

だってこんなもの考えてみたら、お父さんにされていた性虐待よりもよっぽど精神的にマシだったし、穴に棒を突っ込むだけの行為だと自分に思いこませたら全然たやすいことだと思えたし、自分の心を押し殺せば簡単にこなせるただのプレイであって、「くっだらねえなあ」となんだか馬鹿馬鹿しくなってわたしはひとりで笑った。

なのに、なぜかエロ系の体験取材を終えて帰ってきたら、電気もつけない真っ暗い部屋の隅で三角座りをし、今度は天井を見つめる代わりに床を見つめ、何が何だかワケの分からない虚無感に襲われるヨーコちゃん。だけど、それがよかった、それでよかった。どんどん落ちていく様がよかった。

心のそれと比例して精神薬は、8種類、10種類と増えていき、最終的には朝昼晩それぞれ眠剤をのぞき、各16種類まで増えていった。

当時は雑誌で目線こそしていたものの、捨て身でここまでする女は珍しかったのだろうか。わたしが実践系エロライターとして連載をはじめた『裏ＢＵＢＫＡ』以外からも、どんどんオファーがくるようになり、ありとあらゆる「女」をウリにした体験取材をこなした。

わたしを知る著名なライターからは、「風俗嬢のほうがよっぽどタチが良い。キミのそれはお金が発生しないぶんだけ余計タチが悪い」と言われた。エロ本の編集者に「肉便器」「セックスデリバリー」とも嘲笑されたことがある。それに対して、特別怒りもしなかったけれど、「そうなんですか、肉便器にもなれない女がいるんだから、それに比べたらわたしラッキーですわ！」と、精一杯強がったりもした。

「文章の書けるＡＶ女優」。サブカルチャー界隈ではそれがわたしの認識だったのだろうけど、ただ、それは何らかの事情で自分の身を削って頑張っている、風俗嬢やＡＶ女優には申し訳がたたない。わたしが実践系ライターとして仕事をしている理由は、自分がドン底まで落ちてラクになりたいためであったり、生活のためであったりの理由だけど、あっちは本気のプライドがあるのだから、土俵を一緒にするのは失礼だ。それだけは強く言っておきたい。一点、共通することは「性」を売る仕事は心が病む。

「女の欲望をかなえるという企画の連載を頼めませんか？」

ある日、現在も紙媒体で生き残っている、昔からの愛読書でもあったサブカルチャー誌からの依頼がきた。内容は相も変わらずエロ仕事だったけれど、どうせ同じようなことをするならば、自分の好きな本で書いてみたいというのが本意というものだろう。NGなしでやってきたけれど、「肉便器」にだって一応感情はあるのだ。わたしは二つ返事でOKを出した。

企画は「女の欲望をかなえる」であったから、基本的にわたしがやりたいことをネタ出しして、採用不採用を決めるという流れだった。下着姿にコートを羽織って前のボタンをすべてはだけ、レンタルDVD屋のエロDVDコーナーを闊歩したり。混浴温泉に潜入したり。ノーパンで階段を上ったりなど、それは、ほかの雑誌の内容に比べてかなりソフトなもので、いやらしいと言うよりもドッキリに近いものだった。だからなのかも知れないけれど、仕事ははじめのほうはとても順調に進んだ。

そのなかのひとつに「メイド服が着てみたい！」という、エロというより普段着ることのない可愛い服を着てみたいという、ただそれだけの案もこっそりと出していた。けれどそれではあまりにも性の要素が弱いから、実現はしないだろうなあと思っていたら、編集者から「それ、いきましょう」というGOサインが出た。いま思えば、そこで何かおかしいと気づくべきだったのだ。

メイド服を着るにあたって、そんなもの編集部の会議室でもおこなえることなのに、なぜか撮影するシティホテルを指定された。あらかじめ伝えられたルームナンバーのドアをノックすると、中にはなぜかVをまわすカメラマンとAV男優と編集者の男とアシスタントの女がいた。

「ヤられた」

一目見てそう思った。それは、エロ雑誌に付録としてつくDVD。そのなかの一本だったのだ。

ならば、話が違うと帰れば済むことだったのかも知れない。しかし、フリーで編集者としての業務も受けていたわたしには、このホテルにいくらかかって、このカメラマンにいくらかかって、このAV男優にいくらかかって。そういう金銭面でのコストが脳裏に浮かんでしまったのだ。今、この場からわたしが立ち去れば、いくらのコストをムダにしてしまうのだろうかと。

忘年会などで、酒好きとして知れ渡っていたわたしのためにだろうか。テーブルにはワインが用意されていた。私はそれをとても早いピッチで飲んだ。だって、こんなの脅迫と同じではないか。酔わなくては、一刻も早く「実践系エロライターのタッキー（ペンネーム）」になって、本番行為をして、それをDVDに残す覚悟をしなければと。

AV男優とセックスをした。気持ちいいフリをした。撮影は終了して家に帰った。リストカッター御用達の貝印のカミソリで手首を切り、血が固まらないようにお風呂場でお湯を手首にかけっぱなしにした。本当に死ぬ気はなかったのだと思うけれど、それはわたしとしては初めての自殺行為だった。が、その当時の彼氏が偶然わたしの家を訪れて、お風呂場にいるわたしの自傷に気づき、編集部に抗議の電話をかけた。担当編集者はこう言ったそうだ。

「タッキーさん、楽しそうでしたよー!?」

今度は本気で死ぬ気だった

なにかほかに自殺できる技を掛け合わせなければ、リストカットぐらいでは簡単に死ねはしない。

そんなこと分かっているけれど、ただ、その時わたしはもう、何もかもがイヤになっていたのだ。エロ仕事をこなすこと、騙されること、そしてそれを笑顔でこなさなければいけない自分と状況に。

クスリが欲しい、もっと効く薬が――。

その頃から、『薬ミシュラン（太田出版）』という、ありとあらゆる向精神薬の効果や副作用などの情報が盛り込まれた書籍に出会い、強いクスリを探しだしては精神科医にリクエストするようになっていった。とりわけわたしを釘付けにしたのは、精神薬界の覚醒剤とも呼ばれる「リタリン」だった。ほかの精神薬とはくらべものにならない最強の効果。わずか数十分で、覚醒剤に劣らぬ劇的な覚醒効果や高揚感を実感できると書籍にあり、さっそくわたしは高田馬場にあるかかりつけ医の精神科で、医者にリタリンの処方をお願いした。

長年耐えたがよくならない精神病のツラさ、さらに赤の他人とセックスすることも多い仕事のストレス。生きる気力が湧かない。絶望的な気持ちになる。助けてほしい。それらの症状を伝えると、医者は1日6錠のリタリンを処方してくれ、わたしはそれからリタリンを含む向精神薬や、大麻などの違法薬にズブズブにハマッていくこととなる。

なのに、心の底に澱《おり》が溜まる。

「死にたい死にたい死にたい死にたい」

脳裏に浮かぶのはそのことばかり。

2度目の自殺だった、今度は本気で死ぬ気だった。

5軒もの精神科と内科の計6軒で薬を処方してもらうのだから、頻繁につかうリタリン以外の向精神薬と睡眠薬が、大量にたまっていた。そこから生ビールの中ジョッキに、ハルシオン、ラボナ、ロヒプノール、ベゲタミンAなどの眠剤を合わせて約300錠開け、ビールでそれを流し込みながら、鋭い切れ味をもつ貝印のカミソリを左手首に当てる。

苦しいのはイヤだ、眠るように死んでいきたい。このまま眠ってしまえば出血が多くて、発見された時には死ねているかも知れないと。恐怖心なんて微塵もない。もう何もかもしんどいことから解放されるのだと、むしろ安堵のため息をつきながら、眠剤を酒で飲み込んでいった。

「疲れたなあ……」

でも、やっとそこから自由になれる、もう何も考えなくていい。あ、血が固まってしまわないように、手首にお湯をあてなくちゃ、お風呂場に行かなくちゃ……。

真っ白な天井

そこからの記憶は一切ない。目覚めてしまったわたしの視界に映るのは、真っ白な天井だった。いま、何が自分に起こっているのかを確かめるため、上半身を起こしてあたりを見渡す。

「しくじった……」

起きたらそこは病院の一室だった。入院患者用の寝巻のようなものを着せられ、下半身には紙オムツ。腕には何本かのチューブが刺さっている。床には、子ども用のおまるが置かれていた。

「最悪だ……」

やっと死ねるハズだったのに、なんでまだわたし生きてんの？

心底から絶望的な気持ちになった。

「起きたー？　気分はどう？　点滴換えるからねー。まだ寝てていいのよぉ？　夕方までゆっくりしてー」

中年の看護師さんが病室にやってきた。

まだ、夢を見ているようなボーッとした意識のなか、看護師さんの動きを目で追う。どうやら、やっぱりここは、現実のようだった。ひと通り点滴などを交換したあと、起き上がろうとするわたしを看護師さんが止める。

「あ、トイレに行くのはまだダメ。これだけ点滴を打ったらすごくオシッコがしたくなるから、その時はそこにあるおまるにオシッコしてね！」

本気の自殺はまたもや未遂に終わってしまい、いまわたしは紙オムツを履いて点滴を打たれている。死ねない、情けない、カッコ悪い。どうしてわたしはいつも、こんなにも中途半端なのだろうか。

尿意がガマンできなくて、おまるに座る。おまるから溢れだしそうになるほど大量の尿が出る。嗚呼、とことん情けない。

おもむろに、脱がされた洋服のポケットのなかを探ると、セブンスターと使い捨てライターがはいっていた。病室の窓を開けてタバコに火をつけ、この結末に落胆した、ため息交じりの煙を吐く。

「生きてる～？？？」

ドアのノックさえなく開けられた扉の向こうには、以前付き合っていた編集者の姿があった。

「あ、こら！　病室でタバコ吸っちゃダメでしょ!!!」

そう、元カレが止めるのも聞かず、最後までタバコを吸い終え、窓のヘリで火をもみ消して、窓の外に投げ捨てる。

「なんで？」

「ん？」

「なんで、あんたがここにおるんよ」

「なんでもクソも真夜中に、睡眠薬飲みました死にますって、瀧本さんのほうから電話かけてきたじゃない！」

「……マジで？」

「マジもマジで大マジ。本当に何にも覚えてないの!?」

「まったく記憶にない」

「俺、校了でクソ忙しいのに、家に行ってやったんだよ、ホント迷惑！　そしたら瀧本さん、焼肉食いたいとか言い出して、焼き肉屋に行ったんだよ。ホンットーに何も覚えてないの？」

「うん」

「カルビ食ってたよ、カルビカルビ骨付きカルビ」

どうやらわたしはまったく意識のないまま元カレに電話して、死にます宣言を発し、焼き肉屋で骨付きカルビを食べたようなのだ。

「その話、作ってへん!? 盛ってへん!?」

「大マジ! じゃないと、いま俺、この病院にいるワケないじゃん」

「いや、電話もやけど、自殺行為しながら、骨付きカルビを食ったってこと?」

「アホか! お前は! 食ってたよモリモリと! それも、今から死にますって人間が、タン塩じゃなくいきなりカルビだぞ! それも骨付きの! せめてタン塩頼め! タン塩!」

自殺に走って意識を失い、誰かに電話をかけてしまう。ここまではあり得そうな話なのだが、眠剤300錠飲んでリスカして、焼き肉屋で骨付きカルビって……。

「それで、なんでヨーコ病院におるのん?」

「どうにもこうにも、眠剤飲んで、死ぬー死ぬーって電話かかってきたってさっき言ったでしょ! でも、もう別れてるし俺関係ないからほうっておこうと思ったんだけど、ほら、俺って優しいでしょ? だから瀧本さん家に様子を見に行ったんだよ。校了でクソ忙しい時にね! これから死ぬときは絶対電話しないでね。ホント迷惑だから!」

「ヨーコもあんたにだけは、最期をみとられたくないわあ」

「そこだけは気が合うね、俺も同意、みとりたくない。んでさ、家に行ったら部屋の鍵がしまってるから裏のベランダにまわったら、窓には鍵がかかってなかったの。で、死んでたら俺も夢見悪いじゃん。だから、ベランダから泥棒みたいに侵入したのね」

「うん」

「じゃあ、床の上に倒れこんでたから、とりあえず息してるか確認しようと思ったら、〝焼肉食べに行かへ～ん？〟って」

「ワハハ！」

「ワハハじゃねえよ！　睡眠薬飲んだって言ってるし手首切ってるし、救急車呼ぶって言っても〝焼肉～〟ってうるせえんだよ。でも、普通に喋ってるし大丈夫だなって焼き肉屋行ったら、〝カルビカルビ！〟って、これまたうるせえんだよ！」

「ワハハ！」

「だから、ワハハじゃないっつーの！　んで、旨い旨いってたいらげて、瀧本さん家の近くまで戻ったら、いきなりバッタンと倒れた」

「へぇ～、ヨーコ、よくそこまでもったもんやなあ」

「いや、関心する場面じゃないから。んでさ、普通の倒れかたじゃないの！　もういきなりドミノ倒しみたいにバッタンて！　ヤバいんじゃねえかって顔面叩いたけどピクリともしない、1ミリも動かないんだよ。まったく動かないからこれ幸いと、俺イライラしてたから必要以上に何回も叩いちゃった。んで、これ本当に死ぬわと思ってソッコー救急車を呼んだ」

「電話する気なんてさらさらなかってんけど、それはスマン！」

「んでさ、救急車が到着して、救急隊員が瀧本さんのまな板みたいな貧乳ら辺をグッと押したんだよね。じゃあ、一瞬目がカッと開いて隊員さんが〝大丈夫です〟って。カッ！　と開いたよ、カッ！　と」

「そんな確かめかたがあるんやなあ～」

「ホント迷惑、ホントに今度からはひとりで死んでね」

「肝に銘じた。昨晩やんなあ？」

「アホか、丸2日間寝とるわ」

「マジか!?」

「まぁ、まだ点滴あるらしいから寝なさい。夕方頃、自宅から車に乗って迎えに来るわ、じゃ！」

憎まれ口を叩きながらも、情がとても深い元カレがわたしを助けてくれた。あのまま電話をかけていなければ、わたしは死んでいたのかも知れない。

しかし、滑稽だ。あんなにも強く「死」を願って生きることを放棄したわたしが、病院に運ばれて、何だかすがすがしい気持ちさえも覚えている。

「死」を選んで2日間昏睡したあげく、またわたしは現世へと戻ってきてしまった。一旦生死をさまよったのかも知れないけれど、なぜだろう。何もかもが真っ白にリセットされたような気がする。だからこそ、「助かった」という気持ちが芽生えたのだろう。

わたしなんかより数十倍ツラい思いを抱えながら生きている人間は、計り知れないほどいるだろう。

だが、そのツラさの重圧は物差しのように比べられるものでもなく、わたしはわたしなりの尺度で、生きていくのがツラかったのだ。

約束通り、元カレが夕方頃に迎えに来てくれた。入院費用などを精算する窓口に向かう。

「もう、ホンットとすいません。もう、キツくしかっておきますよ。コラ！」、元カレが言う。

「アハハ！　もう二度とこんなことしちゃダメよー！」、看護師さんたちが笑う。

2日間、救急搬送されて眠りについたその金額は、10万円を超えるバカ高いものだった。家賃を払うお金を財布にいれていたからよかったものの、生きるコストも当然かかるが、死ぬコストもけっこうかかるものなのだなあと初めて知った。自殺も未遂に終わると死ねなかったばかりか大金が飛んで、後々障害が残ったり何もよいことがないから、皆にもいくら気分が落ちてもとにかく家で眠り続けて、「寝逃げ」することをおすすめしたい。

ただ、希死念慮《きしねんりょ》だけは未だに消えない。一度簡単に自殺するもんじゃないなあと思った自分だけれど、それに相反して今度するときには確実にと思っている自分がいる。

今回、生き延びたことでまたわたしは、実践系エロライターとして働くことを余儀なくされ、さらに病んでいくことになるのだけれど、他人とセックスして「ありがとう」の言葉をもらったり、雑誌を見て「面白かった」という言葉をもらったりするのは魔法のようで、わたしがかねてから求めていた強すぎる承認欲求を満たすものとして、どうしても必要な職業だったのかも知れないとも思う。

今は死なない程度に浅～く浅く、手首や腕を切ることで何とか自分を保てている。そこから滲み出る血は「生きていることの証」と「安心」だから。だからこそ、「自殺ダメ！」なんておこがましいこと、皆には胸をはって言えないのだけれど。だってわたし、生きちゃってるし、死なないし。

第6章
リタリン

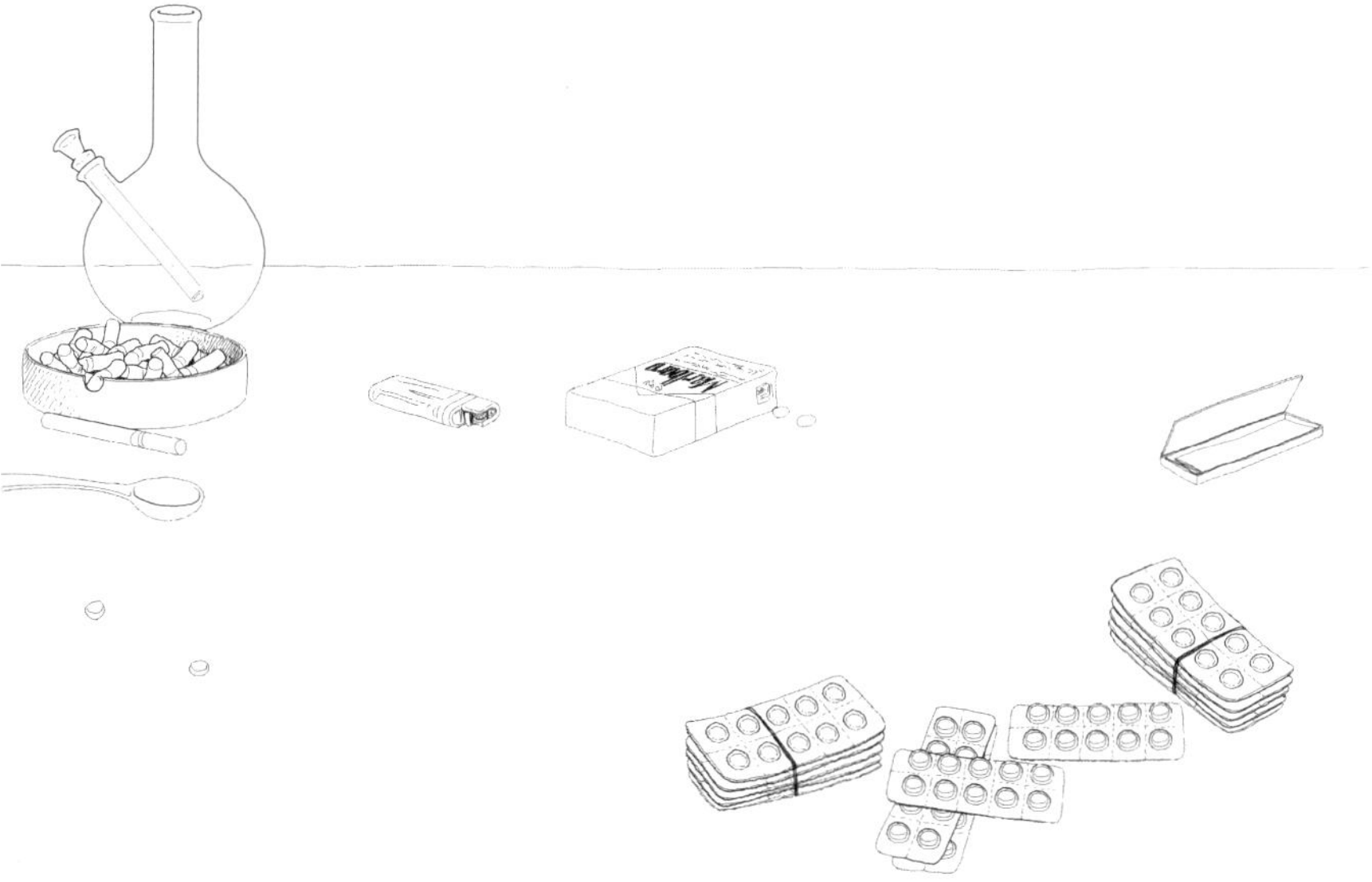

リタリン漬けの生活

自殺をした、救急車を呼ばれた、救急搬送された、2日間昏睡した、だけど死にきれなかった。恥ずかしいくらいカッコのつかない自殺未遂の果てに残ったものは、押しせまった〆切と取材だけで。ならば、この仕事をやめればいいと思う人が大半だろうが、当時受け持っていた連載や取材を断る勇気が、その時のわたしにはなかった。仕事への使命感だけではなく、生活をしていくうえでのお金も必要だった。また、養子ゆえに貯金が尽きた時にお金を無心できる家族もいない。自分ひとりの力で生きていくしかない。エロ業界に戻ること、それだけしか選択肢が思い浮かばなかった。だから、実践系エロライターのタッキーは、今日も明日も明後日も、セックスという名の仕事に励む。そして、仕事に励むほどに増えていく、向精神薬と合法覚醒剤という名のリタリン。

「これが有名なリタリンかあ……」

初めてリタリンを手にいれた時のことはよく覚えている。2ちゃんねる（現在の5ちゃんねる）の精神薬スレッドなどでも、最強にアッパーになれると有名だったこともあるし、向精神薬を紹介する書籍でも、その内容は同じであったし。エロ仕事で精神的にボロボロになっていた自分にとって、それは喉から手が出るほど、どうしても手に入れたいクスリであったのだ。

はじめから、経口摂取（口からクスリを摂取すること）する気持ちなんて毛頭なかった。経口はクスリの効果が長持ちはするが、一気に急上昇するようなアッパー感は得られないと、予備知識で知っていたから。そんな生ぬるい効果なんて、仕事でするセックスなどには必要ない。一瞬にしてテンションを上げて、わたしをラクにしてくれるクスリが、心の底から欲しいのだ。

リタリンは真っ白でとても小さな錠剤だった。それをスニッフするためには、まず、すり鉢などを使って、錠剤を粉末状になるまで砕かなければならない。けれど、元来面倒くさがりなわたしは、地下鉄のパスネットを真ん中から縦半分に折り曲げて、なかにリタリンをはさみ、硬い金属のライターなどを使って上からゴリゴリと砕いた。それだけでも十分、真っ白い錠剤は細かい粉末になった。そして、それを折り曲げたパスネットの中央に集め、シャブ（覚醒剤）でよく見るスニッフのように、一直線のラインにする。ここまでの準備が整ったらあとは吸いこむだけ。ストローを1／3くらいの長さにハサミで切り、左の鼻を指で押さえ、右の鼻から一気に吸い込む。

「痛ぁあああああああああああああああ!!!」

鼻孔にツーンとした強烈な刺激が走り、そのあまりもの痛烈さに、目尻から涙がこぼれる。けれどその痛みが余計、わたしに大きな期待をもたせた。さあ、来るのか来るのか、シャブのような最高のアッパー感が。それがわたしは欲しいのだ！

「……マジか！」

何分待っても訪れないアッパー感。崩れ落ちてゆく期待。初めてリタリンをスニッフした感想は、「強烈に鼻孔が痛い」。ただそれだけのもので、何も劇的な効果をもたらしてはくれなかった。だから、その後わたしが、「リタリンなしでは日常生活さえも困難な自分」になるとも思っていなかった。

完全に期待はずれのリタリン初体験だったけれど、わたしがそれをやめなかったのは、「眠気と倦怠感がとれる」という効果があったからだ。フリーライターには、会社員のような休日はない。24時間営業の年中無休、ありがちな〆切は「土日で頑張って仕上げてね！」という月曜朝10時。印刷所が止まらない限り、フリーライターの仕事にも終わりはない。ごく当たり前に徹夜の日々が続くが、何故だかリタリンをスニッフし続けると、眠気と倦怠感が吹き飛ぶのだ。3～4日間は平気で完徹（24時間起きていること）できるうえ、仕事の集中力もグンと増すし、疲れもあまり感じない。食欲もほとんど湧かないから、ウィダーインゼリーで食事をすませる。たくさん仕事をこなせるから収入も増え、実家に仕送りもできる。こんな都合のよい精神薬なんて、リタリン以外のほかにないではないか！

その効果は、リタリンを切らした時によく分かった。反動なのか鬱状態・虚脱感に襲われて、精神科に行く気力もまったく湧かず、当然リタリンが手に入らないため、丸2日間平気で眠り込んでしまったり。呼吸をしている死体同然で、仕事はもちろん電話にでることもできなくなり、結果的に〆切に遅れてしまったり、打ち合わせに行けなくなったりと、こと仕事に関して大きな悪影響を与えてしまった。おそらく、俯瞰《ふかん》で見ればその時点で、とっくにリタリンにハマッてしまっているのだ。もはや、リタリンはわたしが仕事をして生きていくために必要不可欠な存在で、それがなければ死活問題でもあったのだ。

気がつけば約6年間、リタリン漬けの生活になり、その使用目的も仕事のためだけではなくなっていき、トイレに行くのにスニッフ、シャワーを浴びるのにスニッフ、電話をかける・受け取るのにスニッフ、眠るときにまでスニッフしないと、生活することが困難になっていた。また、「解離性障害（ダルマ落としのように、ある時期の記憶がスコーンと抜け落ちる）」を同時に引き起こしたようで、「早く隠してるリタリン出せや！」と彼氏にイスを投げつけたりしたなどの記憶が、完全に抜け落ちている部分も多々あるようだった。

セックス1発でタダで教えるっす！

欲しい欲しいリタリンが欲しい。5軒の精神科と精神薬にまったく知識もない内科の医者までだまくらかし、1日約30錠のリタリンを砕いてスニッフする。リタリンのほかに、クサ（大麻）、シャブ、LSD、MDMAなどの違法薬もこの時期にたくさん試してみたが、リタリンの驚くべき精神的依存は、その他の違法薬からも群を抜いていた。

ただし、神経が冴えすぎて、ようやく眠れる時間ができた時にも眠れないことがあり、脳をリラックス状態にみちびくため、クサを使うことはよくあった。

クサはわたしをとても心地よい眠りに誘ってくれる最高の万能薬だったうえに、味覚・聴覚・皮膚感覚までもを敏感にしてくれるため、雑誌の編集者たちなどと集まって、その場その時限りだけを楽しむ、規模のとても小さなレイブを催すこともよくあった。特にクリス・カニンガム（イギリスの映像作家、ＶＪ）に関わる映像や、エイフェックス・ツイン（イギリスのミュージシャン、ＤＪ）などの音楽に意識をもっていかれたりを楽しんだりはしたが、それらの違法薬にもリタリンほどの依存性はなかった。

わたしは、違法のドラッグにあまりハマることはない。それは単純に「違法」だったからに過ぎず、もし警察に捕まったら、「運が悪かったなあ」としか言えない代物だからだ。その点、シャブの効果とよく似たリタリンは完全に「合法」なのだから、わざわざ違法薬に手をだして、余計なリスクを背負う必要もないのが好都合だった。

けれど、「わたしヤバいのかな……」、リタリンにハマるほどにその思いは強くなっていった。まったく食欲が湧かないことや完徹の連続で、日に日にやせ細り目の下にくまを作りながらも、本人的には元気いっぱい。その半面、クスリの切れぎわになると、焦燥感でいてもたってもいなくなり、顔面を血が出るまで掻きむしる「自傷行為」に走る。このままリタリンを使い続けると、廃人みたくなるのかなあと思ったりもした。

ただ、赤の他人とのセックスなどで散々汚れてしまった自分は、決して畳の上で死ぬことにふさわしくない人間で、ゴミだらけの新宿歌舞伎町の溝にはまって翌朝冷たくなって死んでいた。そんな死に際が最もふさわしいのだとかねがね思っていたから、別にクスリで死んでもそれはそれで別によいのかなとは感じた。

けれど、リタリンとの決別は、想像もしていないところからジワリと湧き起こった。リタリン中毒者、いわゆる「リタラー」にとっては深刻な問題に発展したのが、簡単にリタリンを処方してくれることで有名な、新宿にある「東京クリニック」の院長が、脅迫容疑やストーカー規制法違反で逮捕され、病院が閉鎖状態に追い込まれたことだった。毎週訪れても毎回2週間分のリタリンを処方してくれるのは、悪名高きこの精神科ぐらいで、わたしやリタラーにとってはシャレにならない死活問題となってしまった。すでに、薬物依存症となっていたわたしには、とてもじゃないが今すぐリタリンをやめたり減らしたりすることはできない。焦りに焦ったわたしは、当時全盛期だったmixiのリタリンコミュニティに、ひとつのスレッドをたてた。

「あなたの知ってるリタ病院とわたしの知ってるリタ病院の情報を交換しませんか？」

東京クリニックの摘発で、ほかの精神科もリタリンを処方することにとても慎重になっており、数少ない量しかそれを処方してくれなくなっていた。残量はあと50錠あまり。こんなの2日間でスニッフしてしまう。「一体、どうしたらいいんだろう……」、そう頭をかかえていたところに、メッセージが届いた。

「リタスレッド見ました。090××××××××まで連絡ください」

見た瞬間、ドキリとした。普通、何度かメッセージのやりとりをした後、病院名を教えあうものではないのだろうか。いきなり携帯番号を教えるなんて、飛ばしの携帯（他人の名義や架空の名義を使って契約された、たどられても特定されない携帯）、売人の携帯なのではないだろうか。

いつも、出版社関係の知人からドラッグを分けてもらっていたわたしは、直接自分で売人と接触したことは一度もなかった。ドラッグ売買のこういったやりとりに関しては、まったくのド素人だったのだ。正直怖い、怖いけれどクスリを入手することのほうが重要で、なかば冷静さを見失い、書かれた携帯番号に電話をかけた。

「あの……、mixiでメッセージを頂いた、タッキーと申しますが……」

「……本当にタッキーさん!?」

相手の男が驚いているのが、会話のなかの微妙な間から、電話越しにも伝わる。

「そうですが……」

「俺、裏モノいっつも見てます！　めっちゃくちゃファンっす！」

まさか相手の男が、当時わたしが連載をしていた、『裏モノＪＡＰＡＮ（鉄人社）』の愛読者だったとは……。

「いや、え、まさか本当に電話がくるとは……」

「ハハハ」

「困ってる、んすよね？」

「そう、東京クリニックが閉鎖状態やから……」

「俺、リタリンくれる病院の情報を、５万円で売ってるんすよ！」

「うん」

「だけどタッキーさんなら、セックス1発でタダで教えるっす！」

「セックス！　それはムリ！　手っ取り早く5万円で売って！」

「フェラでもイイっす！」

「ムリだわあ」

「手コキでも……」

「わたし彼氏おるからムリやって！」

「じゃあ、一緒にお茶してください。それでイイっす」

2人でコーヒーを飲んだだけで、5万円分のお宝情報が手にはいる。当時、まだわたしの見た目も若かったからこそ叶った、需要と供給を兼ねたお誘いではあったが、こういった取引は後々、大きな面倒を引き起こしそうな気がした。お金で済むならそれのほうが絶対にいい。そんな予感が大きくあった。

「ごめん、やっぱり、ムリやわ……」

「ですか……。じゃあ、タッキーさんとタダでしゃべれたってことで、タダで情報わけますよ！」

リタリン売人から得た情報は、都心から電車で1時間以上もかかる精神科だったが、最低でも1日10錠分を入手することが可能らしい。閉鎖に追い込まれた東京クリニック同様、電車移動などの面倒な手間を省けば、同じような病院は転がっているのだな。

売人からは精神科の情報にくわえ、「○歳頃にこんな症状が現れて、○歳頃に○○大学病院で脳波をとって」と、精神科医から突っ込まれる細かい情報のレクチャーも受け、わたしの胸は興奮でドキドキと高鳴った。

リタリンは本来、ナルコレプシー（突然強い眠気に襲われる発作、それを主な症状とする睡眠障害）などに処方される薬である。わたしは自分がナルコレプシーだとウソをついて、リタリンの1日の最大処方量である16錠（当時）を、内科の医者からだましとっていた。その内科と教えてもらった精神科を合わせただけでも、かなりのリタリンをゲットすることができる。

早速、売人から教えてもらった精神科をネット検索していると、わたしの家に彼氏がやってきた。

「あ、お帰り！　お疲れさま！」

「よーちゃん、誰と話してたの？」

「え!?　知り合い……」

「なんの知り合い？」

「mixiで……」

「そんな得体の知れない人と、リタリンを手に入れる話？」

どうやら心がはやっていたわたしは、玄関にまで聞こえるような大きな声で、売人と会話をしていたようだった。

「売人でしょ？　売人相手に家から電話してたの？」

「ここの部屋、携帯電話の電波が悪くて、途中で切れてしまうから……」

　ことがバレてしまって焦りすぎたわたしは、もう支離滅裂な筋の通らない言い訳で、彼氏をごまかそうとする。

「非通知にもしてないでしょ？　売人に家の電話教えるって、どんだけ危険なことか分かってる？」

「ごめん……」

「よーちゃん、俺がどれだけ心配してるか、まったく分かってないでしょ？」

「違う！　それは違う！」

「じゃあなんで、平気な顔してこんなことできるの？」

「本当にごめんなさい……、リタリンが欲しくて必死で……」

「よーちゃん？」

「はい……」

「俺にはよーちゃんがそこまでする気持ちが正直分からない」

「……」

「これは意地悪じゃなくて、気持ちが分かりあえる同じような病気の人と付き合うほうが、よーちゃんにとってイイんじゃないかな？」

「なんで!?」

「俺には理解してあげることができない。もう、別れたほうがいいんじゃないかな？」

「イヤ！　絶対にイヤ!!!」

「じゃあ、リタリンをやめるか、俺と別れるか、どっちかに決めて？」

考える必要も比べる必要もない。迷わず彼氏をとるべきだろうと頭では分かっている。けれど、その2つを天秤にかけてもなお悩んでしまうほど、リタリンに対しての強い欲求があった。6年間以上吸い続けているリタリンをやめて、わたしは生きていけるのだろうか？

考えて考えて考え抜いた末に、その結論を出した。わたしがこの世で一番大切で必要なものはリタリンじゃない。彼氏だ。リタリンなしでも離脱症状で苦しみこそすれ、死ぬことはないだろう。だけど、わたしはいま、彼氏がいなければ生きていけない。

「リタリン、やめる」

「分かった、すごくツラいと思うけど、できるだけ協力していくから頑張ろ？」

こうしてわたしは、リタリン断絶の決意をかためた。

ちなみにその彼氏とは、現在も一緒にいる。お付き合い歴16年目の彼氏だ。

断薬のため病院へ

mixi内でリタリンを処方してくれる病院を交換しあう。そんなスレッドをたてた後、売人との取引がバレてしまい、彼氏と話しあったうえで、リタリンをやめる約束と決意をかためた。時、同じくして、そのスレッドを見たであろう人物から、こんなメッセージが送られてきた。

――あなたはもうリタリンをやめて、ダルク（薬物依存症という病気から回復して、社会復帰を目指すための民間のリハビリ施設）か○○クリニック（依存症専門の精神科）に行ったほうがいいと思います。――

そんな情報をなにも知らなかったわたしだけど、とりあえずリタリンをやめるために、○○クリニックへと電話をかけた。当時通院していた精神科から診断書と申し送り書というものを送ってくださいと言われ、違う病院へ変わるというとても申し訳のない気持ちのなか、必要な書類を○○クリニックへと送ってもらった。何年前かは詳しく覚えていないけれど、日付けだけはなぜだか奇妙に覚えている。3月13日、わたしは初めて依存症専門の病院へ、「薬物依存症者」として足を運んだ。今までは患者と精神科医との一対一で診察を受けてきたけど、彼氏がわたしの病気を理解したいというため、二対一体制での診察になった。

まず、とられたのは問診だった。今までどんな薬物をやっていたのか、シャブはやっていたのか、リタリンを使用する頻度など、薬物依存症専門の精神科医が事前に知っておいたほうがよいんだろうなあという、わたしの薬物経歴書のようなものだった。

そして、診察室にはいった。同年代ぐらいの女性の精神科医がいた。この時点でわたしはここにきてよかったと思った。わたしには、父親の性虐待というトラウマ（複雑性ＰＴＳＤ）があるから、特別な男の人にしかなかなか心をひらかないし、何よりも恐怖心が勝る。それに、自分自身と父親とのトラウマなんて、たとえ精神科医でも相手が男というだけで、そんなこと打ち明けられるワケがない。とても優しい笑みをしてわたしを迎えてくれた女性の精神科医が、八方美人で笑顔をふりまき、「こんにちはー！」と元気で明るいハリボテだらけのヨーコちゃんを見、初めて発した言葉はこうだった。

「あなた、もう限界よ」

「もうムリして笑わないで、見てるわたしまでツラくなるわ」

わたしはもうその時点で、泣いて崩れ落ちそうになった。きっと、ずっと、そう言って欲しかったのだ。わたしを迎えてすべてを許して頑張ったねと言ってほしかったのだ。誰かに分かってもらって救われたかったのだ。笑顔の仮面の裏に哀しみを抱えた、可哀相な人間だとも言われたかったのだ。

女医はそれらを一目で見抜いた。

女医はあらかじめ初めの問診で聞かれた、わたしの薬物服用歴（違法、合法ともに）と1日のリタリンのスニッフ量を確認したあと、とてもゆっくりと言葉を発した。

「1日に20～30錠をスニッフしてるってことだけど、これはかなり強めの中毒です。このままそれを続ければ、心臓に穴が空く可能性が非常に高いです」

「今すぐ、閉鎖病棟への入院をすすめます」

えぇぇえ!!!　何もかもが突然のことで、思考能力が追いつかない。

「あなたはすでにクスリを自分でコントロールできないんです。この状態を〝依存症〟と呼びます。閉鎖病棟での断薬しか道はありません」

そんな……、わたしには仕事もあるしお金もいる。

「通院で減薬しながら、最終的に断薬することはできませんか？」とわたしが言う。

「あまり知られてはいないけど、リタリンは覚醒剤をやめるよりも実は、やめることが難しいです。覚醒剤よりも欲求が強く、離脱症状も強い。減薬でも現れる症状は一緒。通院であなたはそれを乗りきれますか？　やめられますか？　それにあなたは、自制することができないから、依存症になったんですよね。迷っている場合じゃありません」

「……考えさせてください」

「じゃあ、次の診察までに、自分で減薬できるか経口摂取できるかどうかを試してきてください」

そう、女医に言われて病院をあとにしたものの、その結果は減薬どころか〆切のラッシュに追われ、普段よりもオーバードーズするばかりで、先生の言う通り、自分ひとりでは何ひとつコントロールできやしない。やはり、入院しかないのか。

彼氏にも母親にもやわらかく相談したが、2人ともが「入院しなさい」という同意見だった。

2週間後、再度病院へ向かった。「ダメでしたあ〜〜〜」、そう自嘲気味な笑顔をつくり、今日までの状況を報告すると、先生は納得したような面持ちで言った。

「それが、普通。人間の意思はそこまで強くできていません」

少しの間があり、わたしが言った。

「やっぱり、入院しようかと思うんです」

「それが一番いい。何度も言いますが、あなたを見る限り、あなたはもう限界なんです」

なにからの情報で知ったのかは思い出せないが、入院期間は約3ヵ月が目安であることを自分自身で知っていた。しかし、それではあまりにも長すぎる。仕事があるからせめて一ヵ月で退院はムリでしょうか？　と先生に問う。

「瀧本さん、あなたはなぜ、入院するの？」

「え？」

「入院の目的は断薬なのに、あなたは仕事のことばかり考えている。最初一週間は離脱症状で動けません。一ヵ月後からまた強い欲求が出てくる。それをあなたが一ヵ月限定って決めているんじゃ治りません。入院の意味、ありませんよ。この病気は甘くないんです。依存症に、〝一生完治はない〟というのがひとつの考えかたです。肝に銘じてください」

もっともな意見にわたしは、ただ黙り込むしかなかった。生半可な気持ちじゃ、とてもリタリンをやめられないのだと知った。

覚悟を決めよう。リタリンを自制できるような意思がかたまるまで入院し、精神病院を出るころには、とても健康的な自分になっていよう。それが自分のためでもあり、先生のためでもあり、彼氏のためでもあり、お母さんのためでもあるのだ。

最初は、日本で初めてできた精神病院として有名な「松〇病院」への入院をすすめられたが、「あそこは、『カッコーの巣の上で』（刑務所の強制労働から逃れるため精神異常を装って精神病院に入院したジャック・ニコルソンが、精神病院の管理体制に反発を感じ、精神病患者の人権やロボトミー手術など、抑圧からの解放を目指して反逆を図る名作映画）状態らしいよ？」という噂を聞いていたので、それはあまりにもしんどすぎると、自分なりに色んな精神病院に電話をかけまくって、薬物依存症者を受け入れてくれるところを探した。アルコール依存症には色んな病院があるのに、薬物依存症を扱っているのはそこの精神病院だけしかなかった。入院先は、群馬県の山奥に建つ、「赤〇高原ホスピタル」。入院日は5月28日と決定した。少ない症例ということで、メンタル関連のライターから声がかかり、日本テレビの『NNNドキュメント』から、密着取材をされることとなった。

しかし、まだ、その時のわたしは知るよしもなかった。リタリンを断ったために起こる離脱症状が、まさに「生き地獄」としかたとえようがなかったことに。

第7章
精神病院

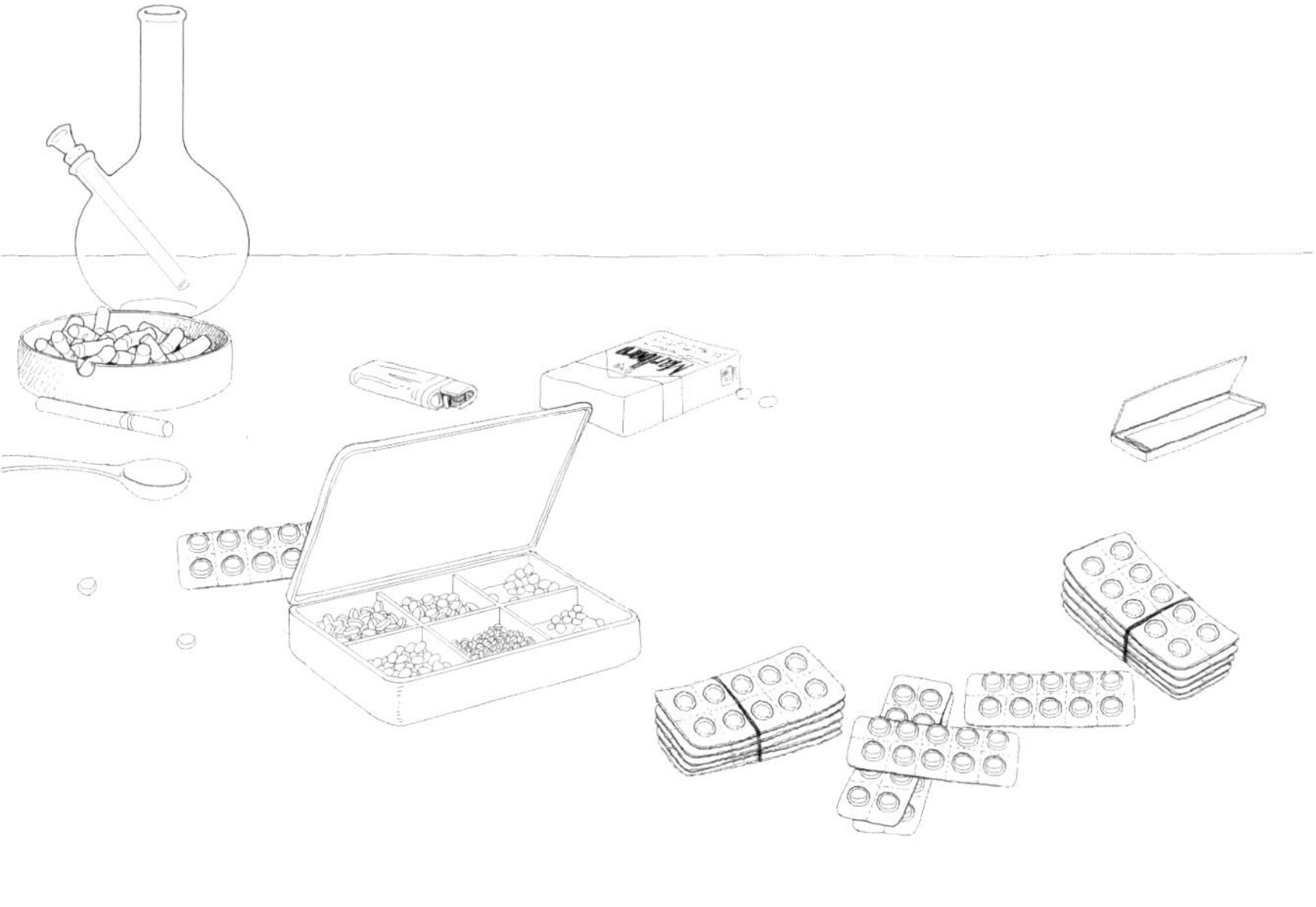

地獄の入院生活

「もう、リタリンをやめられないなら別れよう」

そう言葉を切り出したのは、精神病院に入院することが決まる前から、東京は下北沢で同棲をしていた彼氏だった。その頃、すでに彼氏はわたしのなかでは家族であり、どんなクスリを飲むよりも、一番よく効く精神安定剤でもあった。

「リタリン」をやめたらただ離脱症状がくるだけで、それはその苦しみさえ乗り越えれば、いつか終わりがくることだ。けれど、長く濃密な時間を一緒に過ごしてき、生活や喜怒哀楽をともにしてきた「彼氏」には、替えなんてものが一切きかない。

くだんの「東京クリニック」でわたしは、「境界性パーソナリティ障害」とも名づけられていた。原因は、幼少期の問題。孤独や見捨てられる不安が強いため、その病は発症するという。しかし、好きだの嫌いだの別れるの別れないだの、思えば今まで付き合ってきた彼氏とわたしとの関係は、そんな単なる恋愛ごっこにしか過ぎなかった。だけど、彼氏だけは違った。わたしと同棲するために北海道からはるばるやって来、わたしの孤独や見捨てられ不安を、「笑い」というこの上ない術で、すべて包み込んでくれた。そんな彼氏なんて、もうどこを探しても見つからない。かけがえのない人を、どうしても失いたくない。その時は心からそう思った。

だが、入院がきまってからわたしは、もっともっと過剰にリタリンをスニッフした。精神病院に入院してしまえば、もう一切リタリンを吸うことができない。その思いが、過剰摂取に拍車をかけた。鼻血が出た。心臓がきしんで痛み、脈拍が異常に早い。けれど、そんなことなんてもう、お構いなしだ。だって、これからはもうリタリンを吸えなくなるのだから、カラダの不調など知ったことか。

2007年5月28日、わたしは群馬県山奥にある、薬物依存からの離脱プログラムも行っている、あらゆる依存症の専門病院、「赤○高原ホスピタル」に入院した。

彼氏の付き添いのもと、病院に着いたのが午前10時。初診となる院長の診察が、午後になると看護師から告げられた。

「……午後か」

ここにきてもまだ、わたしは足掻《あが》いていた。手持ちのカバンのなかには、すぐにリタリンをスニッフできるよう、錠剤を粉末状にしたものを、500円玉大のピルケースにいれて隠し持っていた。さらに、入院用のカバンにいれたボックスティッシュのなかには、4つのリタリン瓶を丸ごと、合計400錠を隠し持っていた。いままさに、入院の手続きをする前だというのに、最後の最後までリタリンから離れられない、この依存症というやっかいなデキモノ。

自宅での支度時、駅のトイレ、新幹線のトイレやデッキ、そして精神病院のトイレでも、人目につかないあらゆる場所で、カバンのなかにいれたリタリンをスニッフしまくった。診察室に呼ばれた午後1時30分まで、普段の1日の平均量を優に超えるリタリンを、吸って吸って吸いまくった。心臓に穴が空くと言われてもやめられない、入院先の精神病院にいてもなおやめられない、それがリタリンの強烈な依存性なのだ。

やがて、院長診察の時間がやってきた。持参した大きな紙袋のなかには、家にたくさん余っていた向精神薬と、1錠もナシでは胡散臭いと多少残していたリタリン。これらを全部処分してください頑張りますと、院長にそれらをすべて託した。院長が驚いたように言う。

「いやー、こんなに多くの精神薬を持ってきた人は、最高記録かも知れないねえ」

「はい、全部持ってきましたから」

ウソだった。ボックスティッシュのなかに400錠、そしてブラジャーのなかにも入るだけのリタリンを詰めていた。「いざとなれば吸えばよい、これはあくまでも最終兵器のお守りだ」。だから吸うつもりはないと、自分自身に言い聞かせる。

「えーと、君は覚醒剤とかやってるの？」

「いえ、やってません」

「じゃあこれに尿をかけてきてくれる？　覚醒剤、コカイン、大麻、アヘン、MDMA、合成麻薬、全部分かるから。反応がでた場合、すぐに警察に連絡するからね～？」

薬物検査の白いプレートを渡された。その瞬間ドキリとしたが、ここ最近、違法薬はまったくやっていなかったし、きっと大丈夫なハズだ。そうは思っていても、不安はどうしてもこみ上げてくる。

しかし、薬物依存症を断つための精神病院なのに、薬物反応がでたら治療と回復に手を尽くすのではなく、即行で警察に通報されるのだな。そう思うと、なんだかとても理不尽な気がした。

果たして結果は陰性だった。けれど、シャブと同じような効果をもつリタリンを大量に吸っていたから、もしかして陽性反応が出るのではないかと、ヒヤヒヤさせられた出来事ではあった。

院長の診察が終わり、ホッとした気分でタバコをふかしていたら、看護師が喫煙室までやってきた。

「今から、持ち物検査をおこないます」

え！　持ち物まで検査されるの!?　ヤバい、ボックスティッシュのなかには大量のリタリンが入っている！　まさか、ティッシュのなかまで検査されやしないだろうか!?

見つかれば強制退院はまぬかれない。わたしは付き添いで一緒にやってきた彼氏の耳元で、「ボックスティッシュのなかにリタリンが入ってる」と小声でつぶやいた。事情を知った彼氏が即座に、ティッシュの箱をもって男子トイレに消える。そして戻ってくるや否やティッシュの箱を、わたしのカバンになかなかに詰め込んだ。どうやら仕込んでいたリタリンの瓶を、抜きとってくれたようだ。薬物依存症者とそれにたずさわる人間とだけが分かる、無言の連携プレーであった。

しかし、まだブラジャーのなかには、リタリンをいれた透明の小袋をかくしてある。まさか裸にまではさせないよな？　一度は落ち着いた不安がとたんに蘇り、心臓がバクバクと早鐘を打つが、もう看護師が目の前でわたしを待っている。今からトイレに行って証拠隠滅するのは、どうみても明らかに不自然すぎる。もう、ここまできたら、カラダまで調べられないことを祈るしかない。

持ち物検査は徹底的だった。財布の縫い合わせ部分まで、薬物を隠していないかとバリバリに剥がされ、「それ、ヴィヴィアン（ヴィヴィアンウエストウッド）やのに……」と思わず声を漏らしてしまったが、そんなことお構いなしに荷物の検査は進む。自殺の恐れがあるとハサミなどの刃物類や、ただのビタミン剤までもが看護室預かり。顔を自傷した掻き傷に塗るステロイド軟膏は、院長の許可がおりれば可能ということで、これもまた一旦預かりとなった。

また、ここにはアルコール依存症の患者もいるため、お酒をスリップ（断酒中にアルコールを飲んでしまうこと）した患者が臭いをごまかさないよう、香水などの匂いがあるものはすべてNG。成分にニンニクやキムチなどがはいっているカップラーメンなども没収された。最も心配していたボディチェックは、ポケットのなかや靴下を脱がされるなどのチェックはされたものの、さすがに下着のなかまでは調べられず、服の上からカラダを触られるだけで済んだ。「よかった……」、事なきを得てホッと胸をなでおろした。

それにしても入念なチェックだった。改めて、ここは「依存症者」を扱う精神病院なのだなあと、実感せずにはいられなかった。

リタリンは数日間、断薬でなく減薬になるということだった。午後1時30分に1錠、2時に1錠、4時に2錠、合計4錠。「経口じゃないとダメなんですよね？」、半分本気の半分冗談で看護師に聞いてみると、「そうですね」と軽くあしらわれてしまった。しかし、効かない。スニッフではなく経口摂取では効き目がゆるやか過ぎて、効果をまったく感じられない。

午後3時頃から急に動悸が早くなり、呼吸が苦しくなってきたため、早くも離脱症状が現れてきたのかと思い、それらの症状を看護師に伝える。すると、向精神薬の類はだいたい全部試してきたが、今まで見たこともない白い錠剤を一錠処方された。「どうか、効きますように」、そう願いながらクスリを飲んだ。

……ダメだ。息苦しさは一向に治まる様子もなく、どんどん思考がモヤがかってき、舌がもつれてしまう。笑顔を作ろうとすればするほど、顔面がひきつる。だが、耐えることしか手段はない。

午後4時を過ぎた頃だったろうか。彼氏が帰りの送迎バスに乗る時間が迫ってきたので、2人揃って病院から外へ出た。泣いちゃいけない。彼氏に不安を感じさせないよう、最後は笑顔で見送ると決めていた。けれど、いつも一緒にいることが当たり前になっていた彼氏が、今日からもういなくなってしまう寂しさと心細さ。初めての入院生活への不安。そのほか色んな思いが一気にこみ上げてき、精一杯の笑顔でバイバイと手を振るのだが、次から次へと涙がこぼれてしまう。

「電話するし、面会にもくるから。元気になったらデートでもするかね？」

彼氏は笑いながら、わたしの頭をポンポンと軽く叩いた。

「がっ、が、頑張るから。げ、元気になるから。しんぱっ、心配しないで、ま、待っててね！」

あまりにも泣きすぎたため呼吸があっぷあっぷして、子どもが号泣したときのようなしゃくり声をあげてしまう。その姿を見た彼氏はまた笑って、もう一度わたしの頭をポンポンと優しく叩き、くるりと背中を向けてバイバイと手を振った。

バスが去っていく。彼氏の後ろ姿を最後まで見送ったあと、心ばかりかカラダ中が虚脱感に見舞われて、しばらく呆然としたまま玄関に座りこんでむせび泣いた。泣けるところまで全部泣いて、ひと通り涙が枯れたあと、待合室のイスに座ったままうなだれる。

「瀧本さん」

看護師にそう名前を呼ばれて、ハッと我にかえると、再び院長のいる診察室に行くよう促された。

「えーと、どうですか大丈夫ですか？　この数ヵ月以上、リタリンを使わなかったことはないでしょう」

「……この6年間、なかったなあ」

「えーと、君は1日に20～30錠のリタリンを吸っていたと言ってたね？」

「はい」

「本当はもっと多かったんじゃないの？」

「あ、はい、仕事の〆切のときなんかは……」

「これだけ多いと、初日は暴れることが多いんだよねぇ」

「はぁ」

「念のため、入ろうか」

「え？」

「午後4時45分！　閉鎖病棟！」

院長がそう大声で叫ぶと、一体どこに居てどこから湧いて出てきたのか、看護師たちが一斉に診察室へ集まってき、閉鎖病棟と解放病棟とを隔てる詰所に移され、さっきよりもさらに厳重な持ち物検査が行われた。目的は自殺の防止だ。

「カバンも携帯電話も全部預からせてもらいます」

「電話はテレホンカードを買ってください。現金も預かるから電話をかける時は言って」

「ピアス、ネックレス、指輪、貴金属類はすべて外してください。こちらで預かります」

「スウェットのヒモとパーカーのヒモも全部抜いて、ベルト類もあれば」

「鏡も、ちょっとダメなんですよ」

「コップなどはすべてプラスチック製のものになります、ここで購入してください」

「あなたタバコ吸う？　吸うならこの箱のなかにいれて」

「服には全部、ネームペンで名前を書いてください」

そしてまた、全身のボディーチェック。

「閉鎖病棟からこちら（詰所）へは、鍵がかかっているので入ることができません。何か用事がある時は、ドアをノックしてください」

入院用にと彼氏が買ってくれたマグカップも、割って自殺する可能性があるというために一時預かり。食器類はすべて、味気ないプラスチックとなる。

これが閉鎖病棟というものなのか……。噂には聞いていたが本当に、自殺できる可能性があるものはすべて没収、もしくは一時預かりとなるのだな。しかし、ヒモというヒモを全部抜かれてしまったので、スウェットのズボンが立っているだけでもズリ落ちてきて大変だ。片手でスウェットをひきあげながらの、ヨチヨチ歩きになってしまう。

「では、案内します」

閉鎖病棟へとつながる扉。その鍵が開けられて、足を一歩踏み込むと、何とも表現しがたいどよんと淀んだ空気が、一気に流れこんでくる。「う～」「あ～」という男のうめき声が聞こえてき、声の方向に視線を向けると、そこはどうやら男性部屋のようで、10人くらいの男性がジッとわたしのことを凝視している。だが、薬で鎮静されているのか、はたまた精神病のせいなのか。それは分からないけれど、その目にはまったく生気というものが感じられない。ゾンビが呻き声をあげているような、何とも異様な光景だ。

看護師に案内されたのは、その男性部屋の真隣。男性部屋と女性部屋とを区切る扉はなく、たった一枚のアコーディオンカーテンで仕切られているだけ。何とも無防備で恐怖心をあおられたが、あの死んだ魚のように淀んだ目をした男性患者たちの姿を見たあとでは、何かをされる心配などはないであろうと思えた。

男性部屋が団体部屋だったのに対して、女性部屋にはたったひとつしかベッドが置かれていなかった。しかしココもまた、女性部屋と廊下とを区切る扉がなく、何とも無防備な状態であったのには少し驚いた。

「あれって本当なのかなあ？」。いつか見たテレビや映画のシーンのように、窓に鉄格子がはまっているのかを確かめようとしたが、その窓自体が部屋にはなかったと記憶する。ただひたすらに真っ白いだけの箱。ここが、入院初日のわたしの居場所。

それにしてもダルい、カラダが鉛のように重くて、思考回路も鈍くなって、とにかく何も考えられない。いざ、ベッドに横たわっても、寝返りひとつをうつことさえダルい。そのうち、だんだんと薄れていく意識。

「瀧本さーん」

わたしの名前を呼ぶ声で目が覚めた。普段は睡眠障害があり、なかなか昼寝もできないし、夜も寝つきがすこぶる悪いわたしが、今日の疲れか何なのか、どうやら眠っていたらしい。

「夕食の時間ですよー」

ハッキリと時間は覚えていないが、恐らく夕方6時頃だったと思う。けれど、その頃のわたしはリタリンの副作用なのか、ほとんど食欲がわかなかった。テレビでグルメ番組を見ているだけでも気持ち悪くなるし、いざ固形物を食べてもほとんどを吐いたりして、主にウィダーインゼリーが頼みの綱だったため、入院当初は体重が33kgしかなかった。けれど、なぜか驚くことにいまわたしは、猛烈な空腹を感じている。リタリンの量が、ガクンと減ったからなのかどうかは分からない。ただ、ものすごくお腹が減っている。

食事は野菜の煮物がメインの、きわめて質素で味気ないメニューだったが、ごはんを食べて「美味しい!」と感じたのは久しぶりのことで、少し感動的ですらあった。

我を忘れるように無心で食事を食べ終えると、ほどなくして「タバコの時間ですよー！」という声が、廊下のほうから聞こえてきた。とにかくカラダがダルかったため、そのまま眠ってしまいたい気持ちもおおいにあったが、閉鎖病棟での喫煙は1日9回（毎回1本のみ）と定められており、キッチリ時間も決まっている。元々がヘビースモーカーのわたしだ。あとから猛烈にタバコが吸いたくなっても、その時はもう遅い。眠くてダルいカラダをなんとか起こし、タバコを吸っておくことにした。

喫煙スペースに行くため、部屋から廊下をひょいとのぞくと、また、生気や感情などがまったく感じられない男性陣が、一列になって歩いていた。その光景も男性部屋と同じような異様さがあり、大げさに言えばナチスの強制収容所に連行されるユダヤ人たちの行進。そんな風にも見えてしまう。真っ白でとても狭く丸椅子と灰皿だけが置かれた喫煙室も、まるでガス室のように見えてしまって、ただただ苦笑するしかない。

看護師が手にしたアルミ缶のなかには、それぞれの名前が書かれたタバコがはいっていた。わたしの場合は「瀧本殿」。そこからセブンスターを1本だけ取り、アルミ缶にぶら下げられた100円ライターで火をつけた。ああ、なんて不味くて窮屈な一服なんだろう。狭さも気持ちも何もかもが窮屈で、リラックスするはずのタバコを吸っても、全然落ち着けることもなく、少しもウマいと感じられない。

どんな人たちがいるのだろうか。チラリと面子を見渡すと、ひとりだけ30代後半頃の男性がいるだけで、ほかはみんな年配か老人だった。みながただただ黙々と、無言でタバコを吸っている。

「熊は来たかねえ〜？」

突然、看護師が、最長老と思われる男性患者に話しかけた。

熊？　何のこと？

老人は表情をクシャッと嬉しそうに緩めながら、その問いかけに答える。

「来た来た来た。木の実を採ろうと誘うもんで、一緒に山に登ってな、こ〜んな木の実を摘んだだよ〜」

「そりゃあよかった、明日も来るかねえ？」

その後も看護師と老人との会話は続き、「あー、幻覚幻聴のたぐいかあ……」と、ひとりで納得してしまう。まわりのみんなも慣れたもので、誰ひとりその会話に関心をしめさない。まるでタバコを吸いすぎた時のような不味い一服を終え、逃げるようにそこからこっそりと退席し、わたしを待つ真っ白い部屋に戻った。

入院初日、本日最後のリタリンが処方される。けれどスニッフではなく経口摂取だから、やっぱり効いてる気がしない。嗚呼、スニッフがしたいスニッフがしたいスニッフがしたい！　スニッフへの欲求が止まらない。たまらず顔面を掻きむしる。

そういえば、わたしの入院を知っている、たった2人だけの存在。今日が入院初日なのもあって、お母さんと彼氏が心配しているのではないかとふと思い出す。しかし、閉鎖病棟では携帯電話の使用が禁止されているし、そもそも看護師にそれ自体を没収されている。「そういえば、男性部屋の目の前に、テレフォンカードの緑電話があったなぁ……」。看護師たちが集まる詰所をトントンとノックし、電話をしたい旨を伝えてテレフォンカードを購入する。彼氏とはいつも携帯電話で喋るから、電話番号を空《そら》で覚えてはいなかった。仕方なく彼氏への連絡はあきらめ、電話番号を覚えている大阪の実家に電話をする。プルルプルルルと、何回か電話の発信音が鳴って、「もしもしー？」とお母さんの声が、受話器越しに聞こえてきた。

「あ、お母さん？」

「容子か!?」

「うん、容子、心配かけてごめんなー。無事に入院したでー」

電話越しに、お母さんがすすり泣きをしているような声が聞こえる。

「あんな、夕方ごろな、病院から電話があってな、〝娘さんを鍵付きの部屋に閉じ込めますがよろしいですか？〟って……」

なんでも鍵付きの部屋に閉じ込める場合は、法的に保証人の承諾がいるらしく、そのため病院からお母さんに、直接電話がかけられたようだった。

だが、お母さんにはなるべく心配をかけたくなかった。それが法律的な問題であったとしても、せめてわたしのほうから先に、「元気やで！」という電話一本で安心感をあたえた後、病院側から電話をかけてほしかった。なぜ、わたしになんの断りもなく、勝手に電話してんだよ！　病院の対応に、強い腹立たしさを覚えた。

「電話！　マジで!?　ごめんな、ごめん。大丈夫やから」

「お母さん、頭真っ白になって腰が抜けたわ……」

「心配かけてごめんな、でも大丈夫やから心配せんといてな」

「うん……、分かった……、頑張るんやで」

けれど、こういういびつなカタチではあったものの、今までお母さんはわたしへの関心がまったくないと思っていたから、お母さんなりに心配をしてくれていたんだなあと思うと、不謹慎なことかも知れないがそれがとても嬉しかった。長年にわたるお母さんとの深い溝が、少し埋まった気がした。

それにしても、さっきから男性部屋の患者たちが、わたしの一挙一動を、ずっと目で追っているような視線を感じる。多分、動きや音に対して無意識に反応するのだろうなあ。それが頭では分かっていても、あまり気味のよいものではないから、わたしは電話が終わるや否や、足早に公衆電話から離れて部屋に戻った。

しかし、閉鎖病棟にはいってからというものの、ずっとカラダが鉛のように重くてダルい。院長の言う「暴れる」なんて症状はとんでもなく、心身ともに思いきりダウナーで、夕食を食べてからすぐむさぼるように眠りについた。

入院2日目の朝、暴れることも何もなかったということで、めでたく解放病棟に移されることになった。しかし、なぜなのだろうか、どんよりと空気が淀んだ閉鎖病棟から解放されたせいなのだろうか。素晴らしい、何もかもが新鮮に見える、空気もとても新鮮で軽い！

リタリンは朝1錠に昼1錠と急激に減らされたのに、心身ともにとても元気いっぱいだ。

「うーん、リタリンめっさ減らされたから、これはもうスニッフしてイイ案件っすよね！」

「アハハ、ダメに決まってるじゃない〜〜〜」

看護師と、くだらない軽口さえたたくことができる！

そんなこんなのやりとりを楽しんでいるうち、テレビ取材のカメラマンがやってきて、おもむろにカメラをこちらに向けられる。

「症状とか喋ったほうがいいかな？」

「えっと、昨日から平熱がいつも36・3、4度なのが、昨日今日と37・1度となる」

「リタリンというより、安定剤切れかも知れん。分からん、けど……」

「呂律がまわらなくなり、思考鈍って誤字多くなる」

「以上〜〜〜」

本人的には快調なのに、後から放送されたテレビを見るに、状態をメモッたノートをめくることすらままならない。口調は完全にドモッている。顔にはケロイド状になった自傷跡。まるで「これが離脱症状です！」という模範のような、悪夢でしかない離脱症状の始まりが現れはじめていた。

しかし、本人的に調子はすこぶるイイ感じでしかなく、頻繁に喫煙所まで足を運んでは、ほかの患者さんたちと大いに会話を弾ませる。

患者さんから聞くところによるとこの病院、おもに「依存症患者」が集まっている病院で、年配者はアルコール依存症、10代は摂食障害が多く、20〜30代頃の薬物依存症患者はシャブで何度も警察に捕まって、更生するためにココへやってきた強者揃いだとのこと。ちなみにリタリン依存症者は、わたしひとりだけのようだった。

「俺はシャブ打ってるときにさあ、どうしてもスイカが食べたくなっちゃったんだよ。だから、夜中だけどスイカを買いに行ったんだよ。で、歩道橋を歩いてたら、向こう側からもんのすごく大きい俺が、俺に向かって走って来んの！　もう、めっちゃくちゃ怖くてさあ、歩道橋から飛び降りたんだよ。で、このザマ！」と、とある男性患者が、骨折して包帯でグルグル巻きになった足を見せてくれた。なるほど、やたら車いすの人や包帯を巻いた人や杖をついている人が多かったのは、そういう理由があるんだなあと納得した。

そして、これもまた不思議なのだが、薬物依存症患者には、わたしを含め、タトゥーや入れ墨をいれている人がめちゃくちゃ多いことに気づいた。なかでも、背中一面に吉祥天女の和彫りをいれた、気合いのはいった姉さんが、わたしに声をかけてくれる。

「テレビ来てんでしょー？」

「あー、そうなんですよ、密着ですわあ。めっちゃ、めんどくさいっすよ～」

「わたしも、前、テレビに出た。ここの院長、テレビとかマスコミ大好きだからねー」

「確かに好きそう！　まあ、カメラがくるからもあるんでしょうけど、みんな6人部屋とかなのに、わたしだけひとり部屋の特別待遇されてますからねー。なんとなしそれ感じましたわあ」

「それにわたし、今日寝てる時まで、定点カメラ置かせてくれって頼まれてるんすよ。夜中に何か起きるかもって。イラッてしたんで、そんなもん放送できないように、一発オナッてやろうと思いますわ！」

ワハハハハ！

だが、みんなと楽しくコミュニケーションをとれたのは、ほんの束の間のことだった。夕方5時をすぎたあたりから、強烈な息苦しさと過呼吸が現れはじめ、さらに呂律がまわらなくなってきた。また、カラダ的な変調だけではなく、頭のほうも現実感が遠のいていき、まるで水中に潜っているかのように周囲の音がもやがかって、とても遠くのほうからに聞こえる。思考もどんどん鈍くなってゆく。本格的に、向精神薬とリタリンの離脱症状が現れてきたのだろうか……。

それでも、夕方6時の晩ごはんだけは必ず行く。なぜかって、食事は入院中の唯一の楽しみであったし、やっと食べ物を「美味しい」と思える喜びも知ったからだ。

食堂へ行く途中、手の震えが止まらないため、何度も何度も彼氏に買ってもらったマグカップを床に落とす。そのたびに誰かが、「大丈夫？」とカップを拾ってくれる。皆、そのような経験があるのか、それとも見慣れた光景なのか。それは分からないけれど、皆が皆、「あ・うん」の呼吸で、親切すぎて泣けてくる。それに対して、「ありがとう」の言葉さえ、マトモに発することができない。離脱症状がどんどん強さを増していく。

あっちこっち、マトモに歩くことができず、廊下をゆらゆらしながら部屋に戻る。だけど、わたしもライターのはしくれだ。この体験が後々何かに活きてくるかも知れないと、症状をノートにメモしようとするが、手が小刻みに震えてまともに字を書くことができない。シャーペンの芯を何度も折りながら書いたメモは、まさにミミズがはったあとのような、書いた本人にも分からないような汚さで、誤字だらけの代物だった。

こういった、カラダの震えや意識の混濁は、リタリンが体内から急激に減ったため、脳が混乱をきたし、引き起こされるということらしかった。

苦しい、ただひたすらに呼吸が苦しい。枕に顔面を深くうずめて、苦痛に耐えぬこうとする。その苦しさはなかなか文字で表せるものではないが、例えるなら逃げだすことができないよう、頑丈な錠が何重にもかけられた高温サウナに、何日間も延々と閉じこめられている状態。そういう感覚に近いだろうか。

とにかくもう、眠ってしまってこの状況から一刻も早く逃れたい。しかし、わたしが眠っている間に、何か離脱症状を起こさないかという悪趣味な試みで、テレビ局のカメラマンが定点カメラを設置していった。「オナッてやろうと思いますわ！」と、威勢のよいセリフを吐いたけれど、もうそれどころではない。カメラに映らないよう、ベッドの上掛け布団のなかに、頭から潜り込んで眠った。

目覚めたら、朝の4時30分頃だった。起床時間は6時30分だが、どうにも二度寝はできそうにないので、朝の一服を吸いに喫煙室へ行くことにした。意識が朦朧としている。全身、特に手足がプルプルと小刻みに震えて止まらない。

離脱症状の限界値点が分かるのなら、まだそれに向かって頑張れる。だけど、こればかりは分かりようがない。だから余計に、苦しい。

時間は早朝。だけど驚くことに、喫煙室にはすでに先客の女性患者がいた。そうか、ここは精神病院なのだ。睡眠障害で眠れなかったり、逆に目覚めが早かったりする患者さんも多いのだろうか。

「お、はよう、ござ、ございます」。しんどいのなら黙っておけばイイものを、またここでも八方美人のヨーコちゃんが顔をだし、呂律のまわらない口調で挨拶をする。

カラダを震わせながらの朝食。手が震えて箸をちゃんと使えないため、野良犬のように汚らしい犬食いになる。「スプーンを送ってもらうよう、彼氏に頼まなくちゃいけないな」。足りない頭にメモをする。

昨晩の再現フィルムのように、病室への帰り道でも震えが止まらず、何度も何度もマグカップを落とす。そのたびに通りすがりの患者さんが、「いいよいいよ！　大丈夫!?」と、カップを拾ってくれた。

離脱症状はどんどん進み、笑顔を作ろうとすると顔面にチックが走りだした。こんなウソくさい笑顔を他人様に向けるのはイヤだなあと、喫煙室でもひとりおとなしく隅のほうで、できるだけ気配を消してタバコを一服し、逃げるように病室へ戻るようになった。

苦しい……。閉鎖病棟とは違い、解放病棟で携帯電話を使用するのはＯＫだが、わたしを心配してくれる友人たちのメールにさえ、返信をすることができない。仕事用に書きとめている大切なメモも、もうとることができない。ベッドでひたすら七転八倒したり、うずくまったりを繰り返すことしかできない。

入院３日目、ついにリタリンが断薬となった。離脱症状はヒドくなる一途をたどり、呼吸困難、過呼吸、呂律がまわらない、意識白濁、全身の痙攣《けいれん》が激しくなる。まるで、お酒を飲みすぎて泥酔した時のように、現実感が遠のいていき、後頭部から後ろへのめる。脳の意識とは数秒遅れで、画像をコマ送りしたかのよう、カクカクとした視覚がついてくる。平衡感覚が失われ、まっすぐに歩くこともできない。

とりわけ、呼吸困難と過呼吸の苦しさは、いま思い出しても耐え難いものだった。マラソンでもトライアスロンでも何でも、ゴールがあるから苦しみに耐えられる。けれど、この症状には終わりがない。ずっと苦しい、永遠に苦しい。ほんの一瞬でも、呼吸がラクになることがないのだ。

そんな苦痛から唯一解放されるのは、眠っているか愛しい彼氏と電話をしている時だけ。

「しんどいー、なんかカラダもそうやけど、誰とも喋ることができへん。リタリンあったら、みんなと仲良く喋れるのになあ」とは、テレビでも放送された、彼氏とわたしとの会話から、抜粋された一部のやりとり。

本当だ、リタリンさえあればわたしは、こんなにも苦痛にあえがずに済み、みんなとも仲良く会話を楽しむことができる。そこまでしてリタリンをやめる必要はあったのだろうか？ これ以上リタリンにしがみつけば、心臓に穴が空くかも知れないとは言われたけれど、そっちのほうがよっぽどラクだったのじゃないだろうか？ そんな疑問さえ抱いてしまう。けれどもうわたしは現実問題として、精神病院にはいってしまったのだ。

彼氏には、あまり心配をかけたくはないから、今できるだけの精一杯で、明るく元気に電話をする。

退院後に聞いた話だが、「めっちゃ元気になったで！」という文面とともに、つとめて笑顔の自撮りをした写メは、上下左右どこから見てもまったく元気じゃなさそうで、余計に彼氏の心配を大きくさせてしまったらしいが。

もう、強烈すぎる息苦しさに、昼間の仮眠や夜眠ることさえ難しくなってきた。「薬物依存症に一生完治はない」と精神科の主治医に言われたが、この症状が一生続くのならば、わたしは少しも迷わず「死」を選ぶ。もしくは発狂しているだろう。毎日が限界に思える。けれど、次の日にはまた新たな限界を迎える。終わりが見えない。殺せるなら殺してほしい。

そんな、わたしたちのような薬物依存症者やアルコール依存症者は、どんなに小さくてもよいから刺激を求める傾向にあった。だいたいが院内の自販機で買えるコーラを飲んだり、若葉やエコーなどのキツいタバコをひっきりなしに吸ったり、チョコレートを食べまくったりしていた。わたしもその例外ではなく、コーラとセブンスターとチョコレートを常備していた。

ある時、いつものように、セブンスターとコーラを持って、喫煙室でタバコを吸っていると、なんの前触れもなく突然嘔吐してしまった。

「大丈夫!?　看護師さん呼ぼうか!?」

患者さんがわたしの背中をさすってくれるが、それさえ嘔吐に拍車をかけるので、気持ちはとてもありがたいけど迷惑だった。

「へいさ、へいさびょうとうにもどりたくない。おねが、おねがいだから、ないしょに、に、にしてください」

今思えば、閉鎖病棟のほうがまわりに気を使わなくてもよいため、解放病棟よりもだんぜんラクだった。もし、今、精神病院にはいるとしたら、わたしは絶対に閉鎖病棟を選ぶだろう。けれどその時なぜ、解放病棟を選んだのか。その感情は今もって、わたし自身にも分からない。

嘔吐してしまった吐瀉物《としゃぶつ》は、こういう場面に慣れているのだろうか、ほかの患者さんが素早くモップで片づけてくれた。

「あ、りがとう、ございます……」

「もう、横になりな？」

まわりの患者さんの心配に即されて、自分の病室へと、おぼつかない足取りで戻った。倒れるように、ベッドにうずくまる。いま何かを食べると、すべて吐いてしまいそうだ。従来の症状に、嘔吐感まで加わってしまった。入院生活のなかで唯一の楽しみだったご飯もパスし、ひたすらベッドで苦しみもがく。

そんな状態の時にテレビのカメラマンがやってきて、眠るときにしかけられた定点カメラが、何らかのミスでまったく撮れていなかったため、今夜も設置してもいいですかと聞く。

「ふざけんな！」

一気に沸騰するような、強烈な怒りが芽生えた。普段、たいがいのことでは怒らない八方美人のヨーコちゃんが、ここにきて初めて怒鳴り声をあげた。眠ることまで拘束されるのは、もうまっぴらごめんだ。もう誰もかも、ふざけるなふざけるなふざけるな、ひとりになったわたしが呪文のようにつぶやく。

眠れないまま迎えた夜明け。血圧がヒドく低くて、脈拍がヒドく早い。普段はかかない寝汗もヒドく、もう夏直前の暑さだというのに、朝は寒さに震えてしまう。体温調節もおかしく、平熱36度くらいのわたしが、入院してからずっと37度を超えたままだ。

夕方頃、また新たな症状が現れた。意識はちゃんとあるのに、カラダが硬直してピクリとも動かせないのだ。指先の1㎜さえも動かせないのだ。必死で暴れたりもがいたりしてみるもそれはムダな抵抗で、あまりにも硬直がとける気配さえしないので、まさか一生このままになるのではないかと、激しい恐怖に襲われはじめる。が、そこに運よく回診の看護師と院長がやってきた。

「助けて！」

そう声をあげようとするが、動かないカラダと同じように声まででない。2人はまったく動かないわたしを見て眠っていると勘違いしたようで、「寝ているのかな」「そー、いつも寝てばっかりなんですよねえ……」「困ったもんだねえ」。そんな言葉を残して、病室から去っていった。

一体、何分何時間、硬直していたのかは分からない。やっとそれが解けた時、脳みそがグラリと揺れる感覚がして、後頭部から後ろにのめった。その動きに一瞬遅れて、なぜか取引先の出版社の会議室で打ち合わせをしている場面が脳裏をよぎる。

「なんやこれ」

何の脈略もない場面だから、コワいと感じることはなかったけれど、これがフラッシュバックというヤツなのだろうかということだけは理解した。

「あー、もうイヤやなあ……」

頭を左右に振って上半身を起こすと、今度は頭のてっぺんから足の指先まで、カラダ中全部がムズムズとし、一定した場所にいると発狂して叫びだしそうな感覚に襲われる。とてもじゃないが、ベッドに座ってなんかいられない。わたしはカラダを痙攣でプルプルさせながら、四角い病室のなかを壁に沿って、夢遊病者のように延々と徘徊し続けた。

撃たれる！

タバコを吸ったり、たまにご飯を食べる以外、部屋のなかから出てこないので、わたしはどうも「よく眠る人」だと思われていたようだがそれは違う。他人とのコミュニケーションがとれないから、みんなと顔を合わせたくなかっただけだ。実際のわたしは、眠っているワケではなく、どちらかというと眠れない日々を送っていた。

夜中、どうしても眠れない時の睡眠薬は3回までもらえたが、散々向精神薬ショッピングを試してきたわたし的には、最初の2錠までは軽い精神安定剤で、最後の3錠目だけが軽い睡眠薬だったと思われる。こと精神薬に耐性がつきすぎてしまったわたしには、3錠目までたどりついても、どうしても眠れない夜がよくあった。

「あー、また寝れなかったなあ……」

2日間の完徹状態で朝を迎えて、離脱症状はもちろんのこと、体調的にもダルくてダルくてしかたがない。そんな、気持ちもカラダもダウナーな昼を過ぎた頃だろうか。いつものようにベッドに横たわっていると、半分くらい開いたままになっていたドアの端っこに、黒い影がチラついた気がした。

「何？　誰？」

そこを真正面から見据えてみたが、なんの影もカタチもない。

「気のせいか……」

再びベッドに横たわると、また視界の端に黒い影がチラつく。

「看護師かな？」

今度は上半身を起こし、同じく真正面からそこを見据えるが、やっぱり誰もいない。

「もー、なんやねん！」

ウザったいなあと思いながら、ベッドにまた横たわり、あおむけの体勢のまま扉のほうに目をやると、なんと横顔をみせた男の人影が立っているではないか！

どうやらその人影は真正面から見ると消えてしまうが、視線をそらすと視界の端っこに現れるようだった。一体何者なのかを確かめたくて、カラダはあおむけの状態そのままで、視線だけをゆっくり扉に向けて凝視する。

……身長は高い、シルクハットに細身の黒いスーツ、顎にたくわえた無精髭とよれたタバコ、そして拳銃。

「うわあっ！　ルパン三世の次元やあっ!!!」

幻覚＝恐ろしいものというイメージがあったが、まさか次元が現れるなんて、スゴいスゴいスゴい!!!

こんなの、紙（ＬＳＤ）やキノコ（マジックマッシュルーム）でも食っていなければ、見ることができない現れない。シラフじゃ絶対拝めない。幻覚ってサイコーーー!!!

まるでテレビでも見ているような気分で、わたしはとても興奮し、ワクワクドキドキと胸を高鳴らせる。リアル次元に遭遇したことが嬉しすぎて、その姿を横目でずっと観察していたら、ふいにジッとしていた次元がカラダを動かした。そして、わたしと真っ向から向き合う体勢をとり、わたしの脳天に拳銃の照準を合わせた。

「撃たれる！」

幻覚と現実とが瞬時に入れ替わる。もうアニメの世界ではなく、そこから次元の存在は、少しもコミカルではなくなった。それが幻覚であったとしても、わたしにとってはそれが正真正銘のリアルなのだ。

あまりにも驚いて、ベッドの上でとっさにひれ伏した。急激に湧き上がる危機感と恐怖心。次元はわたしを撃つ、本気で撃って殺すつもりだ。

拳銃を撃たれたら、なるべく低い姿勢でひれ伏すのが安全だと、何かで見聞きしたことがある。ベッドではまだ位置が高い。もしも目が合ったら撃たれるし、次元の様子をこの目で確認することも危ない。次元の気配だけを頼りに察知しながら、「今だ!」という瞬間に、ベッドから飛びおりて床にひれ伏せ、掛け布団で全身を覆う。時間間隔なんて分かるワケがない。ときおり、覆った布団の隙間から、チラリと次元の動向を追う。次元が履いている靴の足元が横を向いているか、わたしを撃とうと正面を向いているかをうかがう。何度も何度も、頭に照準を合わせて撃たれかけては、もっともっと深く床に低くひれ伏せる。ひれ伏したその回数をカウントできる余裕はなかったが、その行動を何十回何百回と繰り返しているうちに、殺すことをあきらめたかのように気配が薄くなっていき、やがて次元の黒い革靴がコツコツコツと音を鳴らし、遠くへと消え去っていった。

「よかった……」

映像、息づかい、気配、音。

まさに、アニメのなかに紛れこんでしまったような幻覚なのだ。そして、わたしにとってそれは幻覚ではなく、実際に目の前で起こっている、完全なる現実なのだ。わたしも最初はそれが最高だと、言葉に出したくなるほど嬉々とした。けれど、それは楽しいばかりではなく、拳銃で殺されかけたことも現実なのだ。現実の世界で考えて、脳天をめがけて拳銃を向けられたら、それがコワくないワケがない。

「また、戻ってくるんちゃうやろか……」

それがとても怖くて、しばらくの間は、床にジッとうつ伏せになっていた。が、そのうち、まだうっすらと残っていた次元の気配も消えていった。

「やっと、あきらめてくれたかぁ……」

フーッと安堵のため息をつき、床から起き上がりベッドに腰掛けたその瞬間だった。

「！！！！！！！！！！」

ゾワゾワゾワッと足元から一気に、数百匹数千匹もの小さな虫が、群をなして這い上がってきた。視覚のコワさというよりも、肌を無数の虫が這うその感触が気持ち悪くて、全身の毛穴という毛穴が鳥肌立った。

「これがいわゆるシャブ中の言うアレか！」

全身粟立って寒気がしたけど、ルパン三世の次元が現れた時と違い、あらかじめ予備知識があったからなのだろうか。これは幻覚なんだと、頭の中ではなんとなく理解することができた。

その感覚に2回見舞われたわたしは、コワい気持ち悪いを通り越して、「ああああああああ!!!」と、言葉に濁点をたくさんつけたいほど、最高潮に不愉快になって、頭が沸点に達したように、めちゃくちゃ腹が立ってきた。

「っざけんな！」

着ていたTシャツを乱雑に脱ぎ、病室の床に力いっぱい叩きつける。それでもまだ苛立ちがおさまらず、乱雑に床に転がったTシャツのなか。そこにいるかも知れない虫を、一匹残らず全滅させようと、グリグリと足で踏みにじって殺した。

「きっもち悪いなぁー!!!」

その後、病室の向かいにあったトイレへ、こっそりと誰にも見つからないよう、上半身はブラジャー姿のままタオルを濡らしにいき、全身をガッシガシと皮膚でも剥ぐかのように思い切り拭いた。洗ったばかりのふんわりとした新しいTシャツに着替えると、そこでやっと小さな虫が這う感触が消えた。

シャブ中によくあるという虫の這う感覚。自分がそれにめぐり合うとは思っていなかったけれど、発狂や気持ち悪さを押しのけて、「めちゃくちゃ腹が立った」という自分を、何だかたくましくも思えた。いや、シャブ中のそれはルパン三世の次元のそれのように、もっともっとリアルなんだろうな。遊び程度のシャブしか知らないでよかったと思った。そんなの知ったら、絶対、深みにハマる。

自殺願望と激しい怒り

日付感覚も時間感覚も、もはやない。呼吸困難に手足の震えに言葉のドモリ。ラクになるどころか日ましに強くなってゆく離脱症状の数々。もう、苦しむことや耐えることに疲れた、ラクになりたい。頭の中はもうそれだけで、わたしは死ぬことに決めた。

自殺とは衝動だ。

窓を開けて飛び降りようとしたが、くだらない、わたしの部屋は一階だった。ちゃんと頭から落ちればいいが、足から落ちて骨折でもしただけで終わったら、それこそバカ丸出しだ。頭の打ちどころが悪ければ、寝たきりや植物人間状態になって、大好きな彼氏やお母さんに一生迷惑をかけてしまう。もっと、確実に死ねる方法はないか……。衝動が少し落ち着いたわたしは、そんな今後のことを考えた。あー、溺死、トイレの便器に顔面を突っ込んで死ぬのはどうだろう?

思うや否や、わたしはそれを実行に移した。

こんな水の量じゃ全然足りない。清掃室からモップの突っ込まれたバケツを持ちだし、洗面台でバケツの水を満杯にしてトイレに流し込み、やっと顔面が突っ込める量になった。その時わたしは死にたいという感情よりも、この自殺をしにくい精神病棟の環境下で、何とか死ねる方法を思いついて、「やっと死ねる……」と安堵の気持ちを得た。

迷いなんてひとつもなかった。奥深くまで顔面を沈められるように、便座を上げて顔面を突っ込む。鼻と口とが、トイレの水でふさがれた。死ねそうだ、嬉しい。

息のできない苦しみに、ガボッと口と鼻からあぶくを上げ、顔面を苦痛にゆがませる。前のめりになった上半身を支える手が、床のタイルの上をジタバタともがいて引っ掻く。苦しい苦しい苦しい、頑張れ頑張れ頑張れ。この苦しみはいつか終わる。けれど、あの離脱症状からはいつ逃れられるのかが分からない。思い出せ! あの離脱症状の苦しみを!

「何してる! 開けるよ! 開けるから!」

トイレのドアをよじ登って、ここにやって来たのだろうか。思い切り後頭部の髪の毛を掴んで、便器から顔をひっぱりあげられた。トイレの水から顔を上げたわたしは激しく咳こんでゲボッと水を吐き出し、涙と鼻水を垂らしながら、ヒィヒィと喉をひきつらせた。咳が全然止まらない。

うつろな目と意識のまま頭を上げると、そこには掃除のおばちゃんの顔があった。

「もうイヤ、何もかもイヤ、全部イヤ、苦しい、しんどい、疲れた、お願いだから、死なせてください」。咳き込んでかすれた声で、そんなことを言ったかと思う。頬っぺたに衝撃が走る。

「まだ言うか！　何バカなことをする！」、わたしの顔面を力一杯叩くおばちゃんは泣いていた。

「看護師呼ぶから！」

「……お願い、で、です」

看護師の詰所に行こうとするおばちゃんの腰に抱きついた。ことが伝われば、通称「ガッチャン部屋」こと保護室行きだ。死のうとしていたばかりのわたしなのに、監獄のような保護室には行きたくない。必死におばちゃんにしがみついた。

「……もう、二度としないな？」、無言でうなずくわたしの頭にふれる。

「親を大切にする、自分も大切にする、分かったか？　ツラいことがあったら、おばちゃんでも誰にでもいいから話しなさい。我慢しないで泣く。分かったか？」

普通なら即、看護師に伝わる。話の分かるおばちゃんでよかった。

病室に戻り、ベッドに座って濡れた髪や顔を拭いていたら、涙が突然ボロボロと溢れてきた。ついさっき死のうとしていた時でさえ、涙はまったく溢れなかったのに。人の情けにふれてボロボロ泣いている自分がいた。

病室の外には聞こえないように、タオルを巻きつけた枕に顔をうずめて、今度はヒーヒーと声にならない声でむせび泣いていると、さっき吐ききれていなかったのか、突然大量のゲロを枕に吐いた。

「このまま顔をうずめていたら、もしかして死ねるかも知れない」

さっき二度と自殺しないと言った矢先に、ゲロの谷間に顔をうずめる。と、わたしが高校時代、軽音楽部でカバーしていた、「赤痢」というバンドの曲が、持参してきたパソコンから流れてきた。

「現実逃避でまったくこりゃダメだぁ〜〜〜」

今のわたし、そのままやんかと思わず苦笑する。あー、何だかなにもかもがバカらしい。あー、ややめやめ死ぬのやめ！　人間はほおっておいてもいつか必ず死ぬ。わたしはとりあえず、この病院内で死ぬことはやめよう。そう、思った。

自殺願望はかなり失せたが、今度は今まで生きてきて感じたことのない、強烈な怒りと殺人衝動が湧き起こった。看護師を、めちゃくちゃ汚い言葉でののしりたい。その次は院長に汚い暴言を吐きまくって、アイスピックで刺しまくりたい。何があれど、自分の内側にこもるほうだから、外側に殺したいほどの怒りを感じたことは、あまりないことだった。

恐らくその日、何の通告もなくあまりにも突然に、向精神薬をすべて打ち切られたことが原因だろう。事前に聞いていなかった。そう、看護師に抗議すると、看護師はとても鬱陶しそうに、「院長が決めたことなので」という言葉を残して詰所のほうへ帰っていった。それが余計に、わたしの怒りに拍車をかけた。

「○○さーん、ちょっとお聞きしたいんですけど、一般的にどんな病院でも、クスリの増減って患者と話し合って決めるもんじゃないんですかねえ?」

「え、はい……」

「患者の承諾もなしに勝手にクスリを全部切るなんて、そんな非常識なこと今まで聞いたことないんですが、看護師の○○さんの意見としては、そこらへんどう思われますかあ?」

「診察、は、されてないんですか?」

「ハ!? 診察されてたら、今、お前にこんなこと聞いてないやろが。ほかの病院をよく知ってるワケじゃないですが、この病院では患者の意見も容態もまったく無視して、そして診察もせず勝手に、クスリの処方を変える。そんな方法をいつも取られてるんですかねえ? わたし、頭が悪いんでよく分からないんですが、それって病院として問題じゃないんですかあ? 教えてくださいよ○○さん」

「僕らが勝手にクスリを増減したりできないんです……」

「ですよねえ、看護師さんにそんな権限ないですよねえ」

「明日、院長に伝えておきますんで……」

「明日? こっちはいま困っとんのに、ひょっとしてお前はアホなんか? とにかく、お前に言うてもラチあけへんから、院長出せや院長!!!」

そう叫ぶや否や、手に持っていたジッポを、詰所の窓ガラスにガーンと強く叩きつけた。

「あの、明日午後には診察できると思うので……」

「あ・の・で・す・ね、今困ってるて言うとんのに、明日の午後まで待てってか？　えらいこと悠《ゆう》長《ちょう》なお返事なんで、わたしビックリしましたわあ。あー、そっかあ。明日の午前中は院長の大好きな、金儲けの外来ですもんねえ」

「か、金儲け……」

「あれ？　わたし間違うたこと言いましたあ？　お金大好き、メディアもすっげえ大好きな院長のことですが、何か語弊《ごへい》でもありましたかねえ？　週４回て書いてる診察も、フタを開ければ週１回。何を聞こうが〝あ、そう〟で終わるとは、〝さすが院長、聞き上手！〟やなあって、わたし心の底から感心してたんですわあ。あと、入院費で取られる〈精神科専門療法〉って何なんですかね？　わたし、院長の問診で〝あ、そう〟しか言われたことないんですけど、わたしの見間違えやったんかなあ？」

あー、多分、そうやろうなあ……」

「……今日は帰ってらっしゃるので、明日院長に伝えておきます」

　わたしと看護師とのやりとりを見て、周囲はシーンと静まりかえっていた。それはそうだろう。普段はつくり笑顔でとても大人しいわたしが、看護師をわざとあおるような言葉使いと大声で、悪態をついていたのだから。病院ではなく普段の生活でも、怒ることはめったにない。何も知らされずリタリンや向精神薬を切られたのが、よっぽど頭にきたのだろう。

　それにしても、ずっと呂律がまわらなかったわたしが、この時だけ言葉を噛むこともドモることもなく、流暢《りゅうちょう》に怒鳴れたのかが、今でも不思議で仕方ない。だが、自己嫌悪は少しもなかった。本当に自分に非がないと思ったからだ。

散々悪態をついたあと、疲れたのかスッキリしたのかは分からないが、その晩は久しぶりにグッスリと熟睡した。のも、束の間の出来事だった。

向精神薬まですべて断薬された影響なのか、翌朝から変調がきた。今までの、息苦しい・過呼吸・幻視・呂律がまわらないなどのカラダ的な離脱症状ではなく、被害妄想・神経過敏・重度の鬱・対人恐怖・幻聴などの精神的な離脱症状。もう、キツくてどうにもならない。

また、わたしの部屋は病棟の一番手前だったため、トイレ、食堂、風呂、洗濯、喫煙室など、何をするにも必ずみんながわたしの病室の前を通る。当然ながら、スリッパでパタパタと歩く音や会話の声、ありとあらゆる音が耳にはいってきて、そのすべてがわたしの悪口に聞こえるようになってきた。

「わざとらしくプルプル痙攣しまくりでウザいって！」

「あの子、何の病気？　全然喋らないし、やっぱ鬱病〜!?」

「オドオドしてんの、超イラつく」

「こっちまで陰気臭くなるんだよ！」

「あの子がくると、場の空気が凍るよねえ！」etc……。

コワいコワいコワい、わたしは皆から嫌われている。

音や声が聞こえないように病室の扉をキッチリ閉めるが、それでも声が漏れてくる。何も聞こえてこないよう、布団を頭からスッポリとかぶり、耳を両手でふさいでも、悪口は耳元でハッキリと聞こえ、止まらないしおさまらない。スリッパで歩く音もおさまらず、その音ひとつで心臓が跳ね上がりそうになるし、鷲掴みにされたようにキューーっと痛む。

わたしはさらに人間がコワくなって、他人と目を合わせることも喋ることもできず、もっと部屋にこもるようになった。喫煙室に行くなど論外。トイレさえ、人影が消える深夜4時過ぎまでガマンする。

頭に浮かぶのはただひとつのフレーズだけだった。

消えたい、消えたい、透明人間になりたい——。

ドラッグミーティング

リタリン中毒から脱出するため、群馬県は赤◯高原ホスピタルに入院して一週間ぐらい。離脱症状は限界点に達していて、鬱がどんどんヒドくなってゆく。

「どうき早い、いき苦しい、かこきゅう、ひんけつのしょうじょう、ビリビリとしびれて鳥肌たつ、めいていかん、神けいかびん、し界ぐるぐるまわる、きえたい、とうめい人間になりたい——」

まともに漢字も書けず、かな表記（ひらがな）ばかりで、ミミズが這ったあとのような、わたしだけにしか判読できないメモ。

今はただひたすら「人間」がコワい、「音」がコワい。どんなに優しくされても、あるいは好意を感じても、完全に心を閉ざしてしまったわたしは、もはや言葉や返事すら発することができない。

入院10日目頃、薬物依存の体験を患者たちが話しあう、「ドラッグミーティング」なるものに参加させられた。言いっぱなしで他言厳禁。患者同士が自分自身のことを語るというプログラムで、いわゆる「断酒会」を思い浮かべてもらえたら、それが一番分かりやすいかと思う。断酒会のドラッグバージョン。それが、このドラッグミーティングだ。

ミーティングにはこれまで2回参加したことがあったが、初回はかろうじて自己紹介したのみ。2回目は一言も発言することなく途中退席した。だって今のわたしは、自分のことなど、赤の他人に喋りたくはない。同じ思いをしたから分かり合える？　そんなの知らない。同情なんてクソだ。

そして今回の3回目。別の病室に入院している女性患者に、なかば無理やり手を引いて連れてこられたが、彼女はそれを「親切」だと感じているようだったけれど、わたしにしてはそれは単なる「苦痛」でしかなかった。

また、ミーティングで必ずはじめに行われるのが、自分の過去や過ちを語る前に、自分の精神疾患名と下の名前を告げ、それに対してみんなが下の名前を反復するという、ある種の儀式のようなもの。例えば「わたしはドラッグ依存症の容子です！」と言うと、「容子！」と言う言葉がかえってくる掟のようなもの。そこがまた、宗教じみているように感じられて、馴染めない部分でもあった。宗教にはいって救われるのは勝手だが、こちらにまで押し付けられることは迷惑だ。

毎回、ミーティングにはテーマがさずけられる。この回のテーマは「裏切り」。みんなが順番にエピソードを語っていくなか、わたしは押し殺したような声で言葉を発した。

「リタリン依存症の容子です」

「容子！」

「あ、えと、わたしは裏切った裏切られたと思うほど、人と深く付き合わないんで……」

「え、あと、リタリンを今も隠しもっています」

正確に言えば、わたしの地元大阪には、中学生や高校生時代から付き合っている、深い間柄のいわゆる「親友」がわずか2人だけいる。だけど、こんな同じ薬物依存症の集団と、傷口を舐めあうような関係は、個人的には苦手と言うよりも大嫌いだ。本当のことなんて口にもしたくないし、何度も言うが同情をかうのもまっぴらごめんだ。わたしはあなた達と関わる気はない、仲間になる気はない、その意味を感じとってください。そういう意味での、突き放した発言だった。わたしの冷めた言葉で、図らずもミーティングは気まずい空気に包まれた。やってしまったな失敗したなと感じる。居てもたってもいられなくて、クラクラとめまいを感じ、失禁しそうになって外に出た。

ミーティング後に出くわした男性患者に、「スゴいね！　ね！　ね！　リタリンどこに隠してんの⁉」と興味津々で聞かれたから、「ブラジャーのなかですわ」と答えたら、「やるじゃん！　そっかあ、そういう隠し方があったかあ〜、女はいいな〜‼!」と爆笑していたから、この人はけっこうラクな人かもなとは思った。シャブを打ってスイカを買いに行って前から大きい自分がやってきて歩道橋から飛び降りた、その人だった。

ただ、ひとつだけ、このミーティングに出てよかったなと思ったことがある。それは、「自分よりもっともっとヒドい状況であった他人の話を聞ける」ことに尽きた。「この人に比べたら、わたしなんて全然マシやん！」と、ある意味、元気づけられるのだ。あまり趣味のよい思考ではないことも分かってる。でも、誰かさんの下を見ると、自分が上に上がるのだ。

みんなの発言のなかで、2つだけそういう告白があった。ひとつは「小さい頃から両親がシャブ漬けで、子どもの自分にも否が応でもシャブを打たれ、気づけばシャブなしでは生きられなくなってた」という男性。もうひとつは、「自分は子どもの頃から優秀なピアニストと期待されていて、喜んでくれる両親の期待に応えなければというプレッシャーがあったが、同時にピアニストではないわたしを好きになってくれるかを確認したかった。だから、手首を切って、今はもうピアノを弾けない指になった。みんなが面白いように離れていった」という女性。

この2つの記憶だけは鮮明に覚えている。だって、わたしのように仕事のためや、気持ちよくなりたいがためだという、私利私欲がそこには存在しない。そんな切ない話があるだろうか。ただ、幼い時期の彼と彼女は、決して自分のためではなく、抗うことすらできなかったのだ。この2つがわたしの心を支えてくれたのは、今でも間違いがなかったと思っている。切ない、ただひたすらに切ない。そして、それをステップ台にして生きている自分を、心底から醜いと思う。だけどしょうがないじゃないか。醜い自分も自分なのだ。

最後にこのドラッグミーティングに参加したのは、入院してから何日目かは覚えていない。もう、イイと思っていた。もう、参加や発言をしたくないと思っていた。これ以上、わたしのなかに踏み込まないでと、勘弁してくれと思っていた。それに、カラダも精神的なものも共に、離脱症状の真っ只中にいた。ひたすら苦しく、布団のなかでうずくまるだけだった日々。

そんな入院生活を送っていた時に、いきなりベッドの布団を引っ剥がされたことがあった。あまりにも突然すぎてビックリして顔を上げたら、そこには院長の姿があった。

「テレビ来てるよテレビ！　NNNドキュメント！」

「ミーティングミーティング！」

「ほら、早く起きて！　行って！」

「患者であるわたしの離脱症状より結局はテレビかよ！」

そう声高に叫びたかったが、声を張り上げる元気もない。あっちこっち、歩みもさだまらない足取りで、ミーティングに向かう。そこには、見慣れたテレビクルーの人たちがいた。けれどもわたしは限界に達していた。

ミーティングのテーマも覚えていない。苦しすぎてずっとうつむき、みんなの発言もまったく耳にはいってこない。やがてテレビのディレクターから発言を求められたが、そんなもの出てくるハズがない。

「なんかしゃべらんとダメですか？」

それがわたしの精一杯の発言だった。ディレクターから「何か話せることがあれば」と発言を促されたけれど、言葉を発することさえしんどいのだ。そのまま、ミーティングは解散した。

けれど、「愛は地球を救う」とは言うが、愛はわたしを救ってくれていた。しんどいなあと思う毎日を、何とかやり過ごせる救いが、毎日わたしの携帯にかかってくる、東京で待つ彼氏との電話だった。恋人との語らい、それがたったひとつの支えだった。リタリンなしでは、他人とのコミュニケーションさえ、マトモにとることができないわたしの支え。

好意をもった相手にだけは踏み込みたいし甘えたい。自分の全部を知って受け入れてと、犬猫のようなペットのようにお腹を見せてさらけだす。以外は自分の気持ちを微塵も知られたくはないし、同情なんてまっぴらごめんだ。それって結局は「怖さ」の表れだ。わたしは人一倍、カッコ悪くてみっともなくて情けなくなるほど「臆病者」だったのだ。

よく頑張ったね

急な勾配の坂道を転げるような速さで、わたしの鬱病はその重さを増していった。入院期間は最低3ヵ月の予定。しかし、残りの2ヵ月以上をこの状態で過ごすなんて、わたしにとっては拷問以外の何物でもない。このまま病院にいても、鬱の症状が悪化していくだけではないだろうか?

幸いにも、幻覚や痙攣などのカラダに現れる離脱症状は治まってきていた。それに、そもそもわたしは強制的な「措置入院」ではなく、退院自体を自分で決められる「任意入院」だ。ならば、もう、精神病院に入院している意味もない。

院長回診の日、わたしはそれを切り出した。

「仕事がたまってるんで東京に帰りたいんですけど、わたしはもう退院してもよい状態ですか？」

「いいよ、いつ？」

こっちが拍子抜けするほどあっさりと、院長がそう答えた。

「近々、彼氏が面会に来るんで、その日、一緒に帰りたいと思います」

「うん、よく頑張ったね。わたしに悪態ついたりした時は、スリップ（断薬中にクスリを摂取してしまうこと）するか逃げ出すかと思ったけど」

「あ、その節は、スンマセン……」

「ハハハ！ それにキミは、雑誌で断薬日記を書くって言ってたから、そのために入院したのかとも思ったけど、どうやらわたしの勘違いだったみたいだね。ここまでやるとは思わなかったよ。キミは本当によく頑張った」

「わたし、頑張ったんですか？」

「本当は、キミほどの重い症状なら、丸1年かけて断薬するプログラムなんだよ。だけど、キミがあんまりにも頑張るもんで、1ヵ月にしてみたの。普通なら音を上げるけど、いやぁ、よく耐えたね。自分を褒めていいよ。いや、褒めなさい」

1年を1ヵ月に縮めるなんて……。どうりでハンパじゃなく苦しかったはずだ。まったくこの院長は……。そう思った半面、思いがけない言葉に思わず涙が出そうになった。それは、みんながメールや電話で「頑張って！」と励ましてくれたけど、「頑張った！」と言われたのは初めてだったからだ。わたし、頑張ったんだ。そして、それを誰かに褒めてほしかったんだ。あれほど憎らしかった院長が、俄然《がぜん》良い人に思えてきたから、人間ってというかわたしって、あんがい単純なものなのだなぁ。

「本当にありがとうございました。もう二度とあんな苦しみを味わいたくない。だから、もう二度とリタリンに手を出すことはないと思います。先生、救ってくれてありがとう」

心からの言葉だった。

それから一週間後の6月21日、彼氏がわたしを迎えにやってきた。

「ダーリィーーーン!!」

彼氏の姿が見えるや否や、そのもとへとダッシュで駆けより、飛びついて抱きつこうとする。そんなわたしを制止して彼氏が言う。

「ハイ、人前でそんなことしな～い」

いつもそうだ。わたしの愛情表現はあからさまだけど、彼氏は人前でも2人きりでも、愛情をストレートに伝えることを極端に恥ずかしがる。

「元気になったやろ！　体重も39kgになったで！」

「うん、入院前は頬がこけてXのトシみたいだったけど。今は……」

「今は？」

「農作業のオバチャンみたい」

殺す、と蹴りをいれようとするわたしに彼氏が返す。

「誉め言葉じゃん！　明け方起きて、畑を耕して、日本で一番元気なのが農作業のオバチャンだぞー？」

彼氏は頭の回転が早くて口が上手く、わたしを笑わせるのがとても上手だ。その真逆にわたしはすこぶる単純明快な単細胞人間。年下だけど、年齢は関係ないのだなぁと思う。彼氏は彼氏なりの、「笑い」という表現で、わたしをいつも守ろうとしてくれた。そうなのだ。人間にとって一番の幸せは「笑っている」ことなのだと、それは今現在でも強く思ってる。

患者のみんなは病院に彼氏がやって来て、わたしが荷物をまとめている。その様子から、今日、わたしが退院することを察したようで、遠巻きにわたしたちの姿を眺めている。正直、何も話すことはないのだけど、最後の挨拶くらいはするべきだろうとそこに出向き、「今日、退院します、お世話になりました」と告げた。

その後、院長から診察室に来るようにと呼ばれた。デスクの上には、我が家から1錠残らずもってきた向精神薬と若干のリタリンが、紙袋いっぱいに持ってきたまま残されていた。

「うわぁ、こんなに持ってきたんだ。あなたが記録かも知れないねえ〜」

院長がそのクスリたちを、デスクの上に山盛りに積む。

「えー……、キミはこれをどうするつもりかね？」

「まさかコレを、持って帰るとは言わないよね」

「全部、処分してもらおうと」

「エラい。えー、分かりました。しかし、スゴいねぇ〜。こんなにも多くの薬を持ってきたの。キミが初めてだよ。赤◯一だよ」

「ハハハ！」

「はぁい、じゃあ元気でね」

「ありがとうございました、もう来ないように頑張ります」

帰りの電車で倒れないよう、パニック障害の薬だけをそこからもらい、残りは全部処分してくださいと一筆書いた。もう、手は震えていなかった。これで、精神安定剤や睡眠薬の「乱用」からもおさらばだ。

午後3時30分、病院から最寄りのバス停へと向かう、送迎車がやってくる。すると、驚くべきことに患者のみんなが、わたしを見送るために玄関で待っていてくれた。

「元気でね！」

「頑張りすぎちゃダメだよ！」

「また戻ってこいよぉ〜」

「バカ、お前、また戻ってきちゃダメだろ！」

ワハハと笑いがわき起こる。

胸がギュウッと切なくなった。なんで？　なんでみんな、あれだけみんなに心を閉ざしていたわたしに、こんなにも優しいのん？

「ありがとうね……、ごめんね、ごめんね……」

「何に対して謝ってんだよ！」

ここでもまたツッコミがはいり、みんなでケタケタ笑いあう。そこに、少しだけ話したことがある男の子が、わたしの元へと近づいてきた。

「最後のほうは、声もかけられない雰囲気だったけど……。俺には何も手助けできないとも思ったし……。ヨーコさんって、人の痛みを知ってる目をしてる、そう思う。東京でも頑張って」

また、涙腺が緩む。自分を押し殺しているわたしを、みんな気づいていたのか……。ごめんなさいみんな、素直になれなくて。そして、さようなら。

最後に、取材のディレクターから質問される。

「もう薬には手を出さないですか？」

質問への返事に、大きな間があく。

「えー、なんて言ったらイイんやろう」

「とりあえず自宅に帰ったら、病院に行かないように保険証とか診察券も全部、彼氏に預けることにして……」

それ以上言葉が出ない。だって、そうやってクスリと自分とを遠ざけるしか、方法はないと思ったからだ。

NNNドキュメントの取材で、カメラをまわされながら、「これだけは絶対、編集せずにいれてください」と、ディレクターからの質問ではなく、自分から語った言葉がある。

「自分が薬物を断てなかったのだから、〝みんな薬物をやめましょう！〟なんて、そんなくだらないスローガンじみたもの、おこがましすぎて言えない。わたしは精神病院に入院して、すべての薬物を断ったけど、入院してみて初めて分かった。〝もう一生ドラッグをやめます〟なんてことは絶対に言えない。いくら断薬を続けていようとも、目の前に薬物を置かれたら、正直それを使わないという、断固たる自信もない。だから、ドラッグを入手できないような環境に自分を置いて、ドラッグから逃げることしか手段はないとも思う。ただ、ドラッグの罰は、離脱症状として必ず自分に戻ってくる。クスリの罰はカラダで受ける。それでイイんじゃないでしょうか。わたしがこのドキュメントに出た理由は、クスリをやるとこんなことになりますよとか、こんな風になりたくないなあとか、そういう反面教師的になれればといいなと思ったから。これを見て、ドラッグをヤるかヤらないのかを判断するのは、それはその人次第です」

入院して分かったことは、「薬物依存症は一生治らない」ということ。また、誰かの手助けが必ず必要になるということ。

わたしが一番伝えたかったこと。そのシーンはＮＮＮドキュメントで、流されることはなかったけれど、これがひとりの「薬物依存症者」の真実の言葉だ。

第8章
ただいま

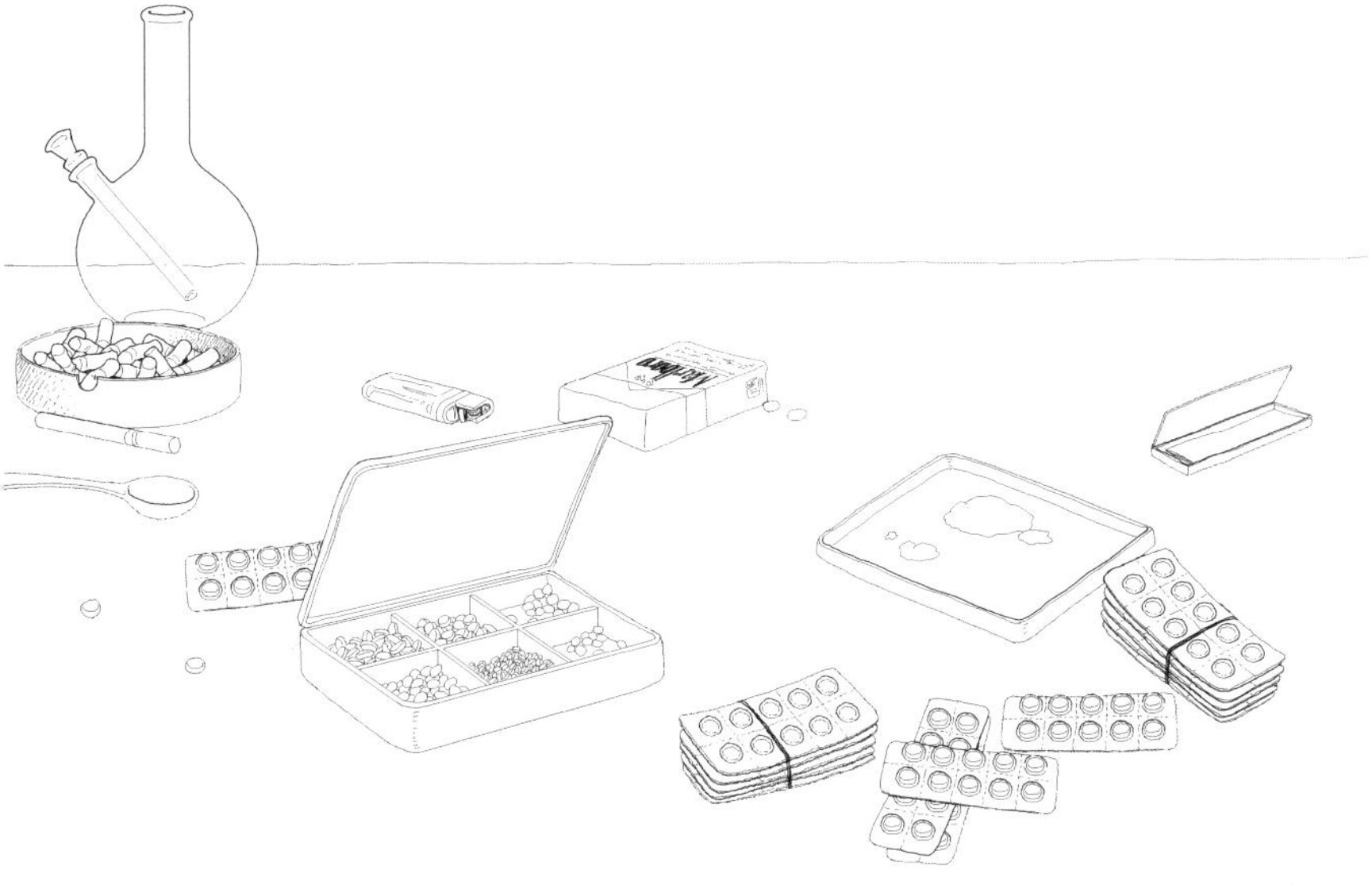

幸せな日常

精神病院から離れたとたん、心身ともに元気がみなぎってきた。今まで本当に鬱だったのかがまるでウソに思えるほど、心は晴れやかで最高の気分だ。病院のなかは密室な空間、久しぶりの風の心地よさに季節を感じた。

「病院食も飽きたっしょ、何が食べたい？」

「マクドナルド！」

刑務所上がりや退院後に、「食べたいものは何ですか？」

そう、インタビューされていた人をテレビか何かで見た記憶があるが、晴れて病院を退院したあとにわたしが一番食べたかったものは、肉でも寿司でも何でもなく、マクドナルドのチーズバーガーセットであった。

「だからなんかな？」と思い出す。

過疎地の薄汚れた団地住まい、風呂ナシで六畳一間の和室に台所。夕ご飯はコロッケひとつにソースをドバドバとかけて3等分、インスタントラーメンひとつを鍋でふやけるまでグツグツと煮込む。それを、お母さん、お兄ちゃん、わたしとで分けあって食べる。お弁当は、マヨネーズなしの手でちぎったキャベツとフリカケもない白米だけで、わたしは恥ずかしくてお弁当箱の蓋で中身を隠した。

それが、母子家庭だった瀧本家の住まいと食事。だけど、誕生日の日だけ、お母さんが連れて行ってくれたのがマクドナルド。わたしはチーズバーガーセットを頼む、お兄ちゃんはビッグマックセットを頼むものだから、ウチはお金がないのにと無性に腹がたった。そうだそうだ、年1回のご馳走がチーズバーガーセットだったなぁと思い出し、なぜかクスクスと笑いが漏れる。

「どした？」

「ううん、何でもないーーー」

なんだかなあ、お約束なんだけどなあ、美味しいなあ。幼い頃の記憶を思い出し、今度は少しセンチメンタルな気分にもなる。果たして退院後に食べたチーズバーガーの味は、とっても美味しいものであった。

養子、貧困、東京、裸、AV、自殺、クスリ、精神病etc……。

誰にだってあるだろうけど、本当にわたしにも色んなことがあった。だけど、その色んなモノを削ぎ落として、精神病院から戻ってきたわたしは、今とても幸せだ。楽しいだけでもなし、不幸なだけでもなし、人生って意外と辻褄《つじつま》が合うものなのかも知れない。

東京は、同棲のために引っ越した下北沢。懐かしい部屋の匂いに、同じく懐かしいベッドの感触、約一ヵ月ぶりの我が家に戻る。実家、病棟、どこよりも落ち着く、わたしと彼氏とだけが住む2人だけの空間。

「〇〇さーん（彼氏の名前）」

「ん？」

「ただいまぁ」

「お帰り」

「ヨーコ、よく頑張った？」

「うん、頑張ったよ、安心した」

「さみしかった？」

「毎日、電話で話してたじゃん」

「寂しくなかったん!?」

「んーと……、ヒマだったわ」

「なっ、それだけか！　もっと会いたかったよーとか、好きーとか言うもんちゃうのん!?」

「会いたかったよー、好きだよー」

「環七で4tトラックにでも、軽くひかれたらいいのに……」

入院前に交わしていたような、懐かしい会話がはじまる。

ところでわたしは家に戻ったら、どうしても彼氏に見せたい行動があった。それはわたしにとってとても重大な、決意表明ともいえる行動だった。

「○○さん、入院の時にボックスティッシュから抜いてもらった、リタリンってどうしたん？」

「棚に飾ってる」

その通り、彼氏の部屋の棚には、100錠入りのリタリン瓶が4本、合計400錠が整列していた。わたしはそれらをおもむろに手に取る。

「何すんの!?」

「違うよー、見ててえ?」

4つのリタリン瓶を手に取って、○○さんこっちこっちと手招きをする。

「あー、やっぱ勇気いるなあ……」

しばらくの間、廊下の床に座りこんで葛藤と闘ったあと、自分自身を強くふるいたたせるように、

「ヨッシャ!」と大声をあげた。

彼氏を手招きした場所はトイレ。そのなかをグッと覗き込み、リタリン瓶の蓋を開けた。長年わたしのエロ仕事を助けてくれたり、心臓に穴を空けようともしたその白い錠剤。それを一気にトイレのなかに流し込む。ザラララッと音をたてる大量の錠剤は、水中に落ちるとすぐにやわらかく砕け、やがて白いモヤのようになって溶けて消えてゆく。1瓶全部溶けきったら、また次のリタリンをトイレに流す。

「へへへ〜、エラい?」

「エラいエラい」

これで、もう本当にリタリンとお別れなんだなあ。まるで牛乳を流しこんだように、白濁したトイレの水。感慨深く、それをジッと見つめるわたし。

「う〜ん、売ったらよかったかなあ?」

「ヘンなこと考えるんじゃないの!」

ちなみに、鬱病患者へのリタリンの処方は、厚生労働省からのお達しで、2007年の10月末から鬱病への適用が禁止となり、「ナルコレプシー」の患者以外には処方されなくなった。仮に保険適用外でリタリンを買うと、1瓶20万円が相場。当時のネットの掲示板を見ても、1瓶20万円前後が相場であった。わたしは1瓶(100錠)×4瓶=合計80万円を、トイレに流したことになる。

悪魔の白い錠剤

退院から3日後、わたしは老人の医者をだまくらかしてリタリンをもらっていた、自宅近くの内科へと向かった。なぜかというと、精神病院では精神安定剤まで全部切られてしまったが、もともとはリタリンを抜くためだけにはいった病院だ。内科では、簡単な精神安定剤も処方してくれていたし、わたし自身、リタリンとは手を切るけれど、安定剤とは今後も上手に付き合っていくつもりだったから。

知り合いの外科医に、緊張するから手術の前にだけ、デパスを1錠飲む人がいる。最終的にはそういった頓服《とんぷく》的な扱いで、ウマくクスリを使えればいいなと思っていた。

「久しぶりねー、どうしたのー?」、初老の女医が言う。

「あ、いや、ちょっと……、実家に帰らないといけなくなって……」

「あらっ！　もう大丈夫なの？」

「おかげさまで」

「ハイ、じゃあいつものね」

バクッと大きく心臓が鳴って、顔面が硬直した。

わたしの目の前に出されたのは、デパスなど数種類の精神安定剤と、リタリン1日16錠×14日分＝224錠だった。

「どうしたの？」

「いやっ、なんでもないです！」

わたしはまるでリタリンを万引きでもするかのように奪い、何かに追われているような全速力で突っ走って我が家に戻り、後ろ手で鍵をしめた。足を止めた瞬間から、バクバクバクと心臓が早鐘を打ち、ゼェゼェと荒い息を吐き、大量の汗を顔面からポタリと落とした。

「なんでやろ……」

なんでわたし、リタリンをもう必要ないと断らず、ひったくるようにもらってきてもうたんやろか。精神病院に入院までして、完全に断つことを決めたリタリンを。

違う、深く考えるまでもなく、その答えは分かっている。きっと、リタリンを吸いたかったからだ。けれど、ここでスニッフしてしまったら、また一気にスタート地点に戻る。地獄のような入口に逆戻りして、彼氏からも捨てられるだろう。

一体、わたしはこのリタリンをどうすればよいのだろうか。

捨てる？

売る？

誰かにあげる？

いや、どれもできない。このリタリンを手放すことができない。

同じような薬物依存症者やアル中患者にしか、本当のところは理解してもらえないかも知れない。二度と吸わないと心に誓ったばかりなのにと、呆れてしまう人もいるだろう。それも、よく分かっている。けれど、わたしはその時、身勝手な言い訳を自分に与えた。

世の中には、「いざとなったら死ねばいい」と、胸にぶら下げたロケットなどのなかに、致死量のクスリや青酸カリを仕込んでいる人もいると聞く。いつでも死ねると思うと、逆にそれが励みになって、生きていくことができる。その気持ちはとても分かった。わたしもスニッフは決してしないけれど、いざとなったら吸えばいい。そう思えば、欲求の波を乗り越えられる気がしたのだ。そんな最後の砦《とりで》として、このリタリンを持っていてもエエやんな？

わたしは彼氏には内緒で、あくまでもそういうお守りとしてのリタリンを持っておくことに決め、お気に入りのカエルのポーチのなかにリタリンを隠しこんだ。

それからすぐ、自分でもまったく理解できない事件は起こった。その衝動は、ブクリブクリと腹の底からあぶくのように湧きあがり、やがてそれは強烈な破壊衝動に変わった。

「うわぁあああああああ!!!」

発狂しないと発狂する。

狂人みたいに雄叫びをあげて暴れまくり、何もかもをメッタメタにブチ壊してしまいたい。頭の中の血管が沸騰してブチ切れそうだ。とてもじゃないが、理性なんかで抑えきれない。

「うわっ、うわっ、うわぁあああ！」

部屋にあったテーブルを天井高くかかげ、渾身の力をこめて、フローリングの床に叩きつけた。テーブルにのせてあったコップが、衝撃で割れる。ジグソーパズルみたいに砕けちったガラスの破片を、大声をあげながら、素足でめちゃくちゃに踏みつけまくる。足と床とが、真っ赤な鮮血でみるみる染まっていく。

はたから見るとすでにわたしは狂っているのかも知れないが、こうでもしないと逆におかしくなってしまいそうなのだ。わたしは異常なのかも知れない。けれど、その判断は自分では分からない。

血染めになった足を引きずりながら歩くと、床にダイイングメッセージのような血痕の筋が残って、わたしの後ろから付いてきた。ニヤリ、と笑う。続けて、マヌケに裏返ったテーブルを持ち上げ、壁に向かって力一杯投げつける。ガゴッと鈍く重い音がする。

「ストラーイク！」

そう叫んで、裏返ったテーブルに蹴りをいれた。

テーブル遊びに飽きたあとはカーテンだ。ビリビリに引き裂いたら、きっと気持ちいいだろう。

「カーテンをレイプ」

独り言をつぶやいて、ククッと含み笑いをする。しかし、幸運なのか不運なのか、我が家のカーテンはブラインド式で、引き裂くことができなかった。

「クソッ！　クソッ！　クソッ！」

フローリングに散らばる、血の塊のようなガラスの破片を蹴散らした。ふたたび燃えるようにこみ上げてくる苛立ち。イライラしながら部屋中を徘徊していたところ、ふと、スタンド式灰皿の下に敷いたラグが目についた。

「そんなところに隠れてたのぉ～？」

にんまりと笑顔になったわたしは、ご陽気にそこの場所へ、ゆっくりと歩み寄る。

「燃ぉ～えろよ、燃えろ～よぉ、炎よ燃～え～ろ～♪」

小学生時代、音楽の時間で習った懐かしい歌を口ずさみながら、１００円ライターでラグに火をつけた。きな臭い匂いをあげて、白いラグがヂリリと焼け焦げる。

「燃ぉ～えろよ、燃えろ～よぉ♪」

でも、ラグは燃えてくれない。１００円ライターの貧弱な火力ごときでは、ラグの表面を火が走るだけで、キャンプファイヤーのように盛大な炎となって燃え盛ってはくれなかった。

「燃えろって言ってんだろ！」

ラグが燃えさかり、そこから引火して、部屋が全焼すればいいのに。残念なことに、ラグは情けなく、無数の焼け焦げた跡を作っただけだった。

クソッ、クソッ、クソが！　面白くない！

チッと舌打ちをうって苛立っていると、外からザーッと雨音のような音が聞こえた。

「雨!?」

過剰に反応して大声をあげ、ベランダの窓を勢いよく開け放つ。

「こんにちはー！　雨じゃないですよー！」

マンションの大家が、敷地内を彩る草花に水を撒いていた。その瞬間、とてつもない憎悪が湧き起こった。

なに、勝手に水撒いてんだよ！

わたしの承諾もナシに、なに勝手に水撒いてんだ！

ふざけんな！

腰を丸めてかがんでいる中年男の無防備な背中を、先端が鋭くとがったアイスピックで刺しまくりたい。一体、自分の身に何が起こっているのかさえ把握することができず、声もあげられず逃げることもできないマヌケ面した大家の背中を、ブスリブスリと刺しまくりたい。１４０箇所くらい刺しまくりたい。

アイスピックを突き立てられて、目を剥きながら背中をのけぞらせる大家。「ほらほら」。そう、ケタケタ笑いながら、アイスピックを突き刺すわたし。

そんな場面をシミュレーションしながら、ジッと大家の姿を見つめる。

「……アイスピック、あったかな」

刺せればなんでもイイはずなのに、どうしても鋭利にとがって光る、アイスピックでなくてはいけないのだ。絶対に。

アイスピック、アイスピック……。眉間にシワを寄せて考え込むが、一般家庭にそんなモノ、あまり置いているものではない。なのに、わたしはキッチンに移動して、真剣にアイスピックを探しまくった。

なんでねえんだよ！　包丁じゃダメなんだよ！　アイスピックなんだよ！

当然ながら、いくらキッチンを探しまわっても、アイスピックは見つからなかった。なんで、わたし、アイスピックを買っておかなかったんだろう……。くやしくて、悲しくなって、顔の表情が泣きっ面にゆがむ。

「あー、アイスピック買わなきゃ……」

そしてそれは、100円均一で売っているような代物では絶対ダメなのだ。難なく大家の背中の奥深くまで食い込む、とっても高価で優れたアイスピックでないといけない。

「家の近くで、そんなモノ、売ってたかな……」

落胆してブラインドを下げ、フローリングにへたりこんだ。

「なんか疲れた……」

一服しようと思ったら、ライターとタバコを持つ手が、どんどん小刻みに震えてきて、うまくタバコを吸うことができない。嗚呼、なんだこのみっともない様は。

「あーーーー！」

頭を抱えこんでしゃがみこむと、なぜかとてつもない恐怖心が、胸にこみ上げてきて止まらない。もうダメだ。きっとわたしは狂ってる。助けて欲しい、助けて助けて……。

自分自身におびえ、すがるようにリタリンに手を伸ばした。涙をハラハラと流しながら、白い錠剤をライターで砕く。そして、スニッフ――。

「あーーー……」

鼻孔の奥底までを突く、懐かしい痛み。精神病院に入院する前は、もう鼻の粘膜がヤられてしまって、痛みなんて少しも感じはしなかった。けれど、久しぶりのスニッフは、初めてそれを体験した時のように、強い刺激をもたらしてくれた。やがて、訪れる安堵感。

あれほど激しかった破壊衝動や殺人衝動や恐怖心が、スーッと胸から下へと降りてゆく。震えもいつのまにか治まっている。

「リタリンがなければ、わたしは人を殺してしまう」

こうしてわたしはまた「悪魔の白い錠剤」を、スニッフするようになっていった。

最初は1錠だった。そして、次の日には3錠。殺人者にならないため、心を落ち着かせるため。自分勝手な理由を色々とつけて、どんどん摂取量が増えていく。さすがに入院時の1日20〜30錠の域まではきつきたくないと自制心が働いたのか、上限は6錠で止まったものの、それ以下に減ることもない。カエルのポーチに隠したリタリンが、着実に減っていく。

吸いたい欲求ももちろんあるが、吸わないと自分が狂ってしまいそうで怖い、そういう気持ちのほうが強かったようにも思う。

はじめは万が一でも彼氏にバレないよう、トイレに隠れてこっそり吸ったが、そのうち感覚が麻痺してきて、自分の部屋でスニッフするようになっていった。

「よーちゃん何か隠してるよね？」

リタリンを常用しはじめて、2週間あまり経った頃だろうか。仕事から帰ってきた彼氏が、真剣な顔つきでわたしに問いかけてきた。

ドキッとしたが、その瞬間、何のことか分からないという風にとぼける。同時に「自分は本当に何も吸っていない」と、自分自身にも思いこませる。そうでないと、勘がいい彼氏のことだ。ちょっとした目の動きや口調で、即座にバレてしまいそうだったから。

「もう、分かってるから。怒らないから全部言って？」

「言うもなんも、何にもないのに、何を言えばええのんな」

「もう、分かってるから。自分から言えば怒らないから」

「一体何なん、もうワケ分からへんわ！」

「まだ、言えない？」

「だ・か・ら！　何もないのに、何を言えばええのんよ!!!」

「……せめて、自分から言ってくれたら良かったのに」

「ハァ!?」

「リタリン、吸ってるよね」

口から心臓が飛び出るとはこのことで、動悸と脈が一気に早まる。わたし自身、根が単純な人間だから、顔の表情や口調に出てしまっていたのかも知れない。それでもわたしは、知らぬ存ぜぬでシラをキリ通した。

「あ〜、ロヒプノール（スニッフすると鎮静効果があると言われる睡眠薬）のこと？　リタリンが吸いたくてたまらへん時に、それはたまぁ〜に吸ってた。それも、あかんかなあ……？」

疑われた理由は分からない。けれど、わたしと彼氏の部屋とをさえぎる壁は、扉一枚を隔てただけで、その扉もほとんど全開にして過ごしていた。彼氏の部屋からは見えない場所、死角でスニッフしていたけれど、もしかしてリタリンを砕くゴリゴリとした音が聞こえていたのだろうか……。わたしは「何を言っているのか全然分からない」という風に、無邪気な自分を精一杯よそおい、次にくる彼氏の反応をジッと待った。

「よーちゃん、もう全部分かってるんだって。それでも、リタリンじゃないと言い切れる？」

「もぉ〜、入院までして断薬してんで？　そんなワケないやん。ロヒプノールは時々吸ってる。それは、ごめんなさい……」

ここまできたら、内心、もうそれがバレているのは分かっていた。それでも最後までウソをつき通さなければ、また別れようと言われるかも知れない。決定的な証拠がない限り、絶対に本当のことを言ってはいけない。

「これだけ言っても？」

「ないよ！　ないに決まってるやん！」

「じゃあ、カエルのポーチ持ってきて」

「………」

頭のてっぺんから血の気が引いた。なんで、なんでバレたん？　わたしは泣きっ面になって、イヤだイヤだと顔を左右にふる。

「じゃあ、俺が持ってくるから」

最高に最低で最悪だ。もう、逃げ道は残されていない。それでもわたしは立ち上がる彼氏の足に、イヤだイヤだとしがみついて追いすがる。

これ以上はないドン底の気分で、彼氏が持ってきたカエルのポーチを、絶望的な気分で眺める。その中には当然、リタリンの瓶が入っている。

「……なんで分かったん？」

「動悸と脈」

「……え？」

「俺ら一緒に寝るでしょ？」

「……うん」

「よーちゃんリタリンを吸ってた時ね、動悸と脈がものすごく速かったんだよ」

「……」

「けれど、退院してしばらくしてから、また動悸と脈が速くなってきた。呼吸も。それで、これはおかしいなって気づいた」

「……」

「それに、よーちゃんツメが甘いから、こんな小さいポーチに隠して、瓶のカタチがモロバレだよ（笑）」

「……」

「よーちゃん？」

「……はい」

「ワケを話してみて？」

ポロポロと涙が溢れた。イヤだ、そんなこと言いたくない。ワケを聞いたら、きっとわたしのことを嫌いになる。だから言えない。喉をヒクつかせ、しゃくりあげてただただ泣く。

「嫌いになんてならないから、今までもずっとそうだったでしょ?」

そう、諭すように言われ、涙で顔をくしゃくしゃにしながら、つたない言葉で事の経緯を彼氏に話す。テーブルを投げたこと、ガラスを踏みまくって血まみれになったこと、ラグを燃やしたこと。人を殺しそうになってしまったこと。そして、それらが全部、自分の力ではどうしてもコントロールできなかったこと……。

リタリンを吸わないと気が狂いそう。すべてをブチまけて泣きじゃくるわたしに彼氏が言った。

「病院へ行こう。これからも、俺が病院についていくから。自分ひとりじゃ本当のこと話せないでしょ? 全部、正直にしゃべって、これからどうしたらいいのか先生に聞こう。3人で話し合おう。俺が手伝えることは全部するから。病気、なおそ?」

「き、き、嫌いになりましたか?」

「アハハ! そんなことで嫌いにならないって。元々の職業柄、シャブ中ばっかり見てきたから慣れっこだよ。それより、病気を治すことを考えていこ、ね?」

ごめんなさいごめんなさいと呪文のように繰り返し、また性懲りもなく泣く。

わたしみたいな、「実践系ライター」と称して他人とセックスしまくってた女なんて、彼氏くらいしか受け入れてくれないし、わたしも安心して彼氏しか受け入れられない。彼氏の前でしか泣けない。わたしには彼氏しかいない。

「リタリンをやめましたって言ったら、先生、喜んでくれるかな？」

退院してから、そんなことばかり言っていたし、本気でそう思ってた。だけど、信頼する主治医に吉報は届けられない。真っ白な診察室で、わたしは正直に先生に言った。

「先生、わたしリタリンがないと、人を殺してしまうかも知れません」

少しの沈黙のあと、先生が口を開く。

「眠りましょう。今はただ、眠りましょう。最低2年眠りましょう」

2年眠る……。彼氏と一緒にジッと先生の声に耳を傾ける。

「仕事は全部やめてください。生活保護を受けましょう。何も考えず、欲求が起こったら、ただただ眠りましょう」

その日、精神病歴約10年のわたしでも見たことがないクスリが処方された。家に帰ってきて早速そのクスリを飲んだところ、すぐに床のフローリングの上に崩れ落ちた。その後の記憶はまったくなく、目覚めるといつものベッドの上だった。きっと彼氏がベッドまで、抱きかかえていってくれたのだろう。

先生は言った。「今のあなたの精神状態では、仕事をするなんて絶対にムリ。2年でアルバイトでもできるようになったら、ラッキーだと思ってください」。

先生は、このクスリでわたしを徹底的に眠らせるつもりなのだろうか。わたし、植物人間みたいになるのかな。

イヤだ、絶対にイヤだ。仕事は減らしこそすれ、全部やめるなんてとてもムリな相談だ。けれど、このクスリを飲むと仕事なんて一切できない。わたしはせめてもと、従来飲んでいた精神安定剤を極力減らし、1日2錠までに落とした。

案の定、すぐに離脱症状が現れた。歩いて1分もかからないコンビニへ行くにも、途中で腰が抜けてへたりこむ。病院の待合室で立っていることができず、目の前が真っ暗になり、その場で倒れてゲロを吐く。パソコンの前にいても、呼吸が苦しく耐えられず、ベッドにうずくまる。呂律がまわらない。舌が飛び出したまま戻らない。顔面が片方にひん曲がって30分以上戻らない。白目を剥いて口から泡を吹いてあおむけにぶっ倒れるなど、色んな症状が現れはじめた。

けれど、そんな症状が現れるたび、彼氏が「大丈夫、いつか治まる」と、わたしの汗ばんだ手をギュッと握りしめてくれた。16年経った今でも、とても大事な、かけがえのない彼氏だ。

第9章
お疲れさまといってやって

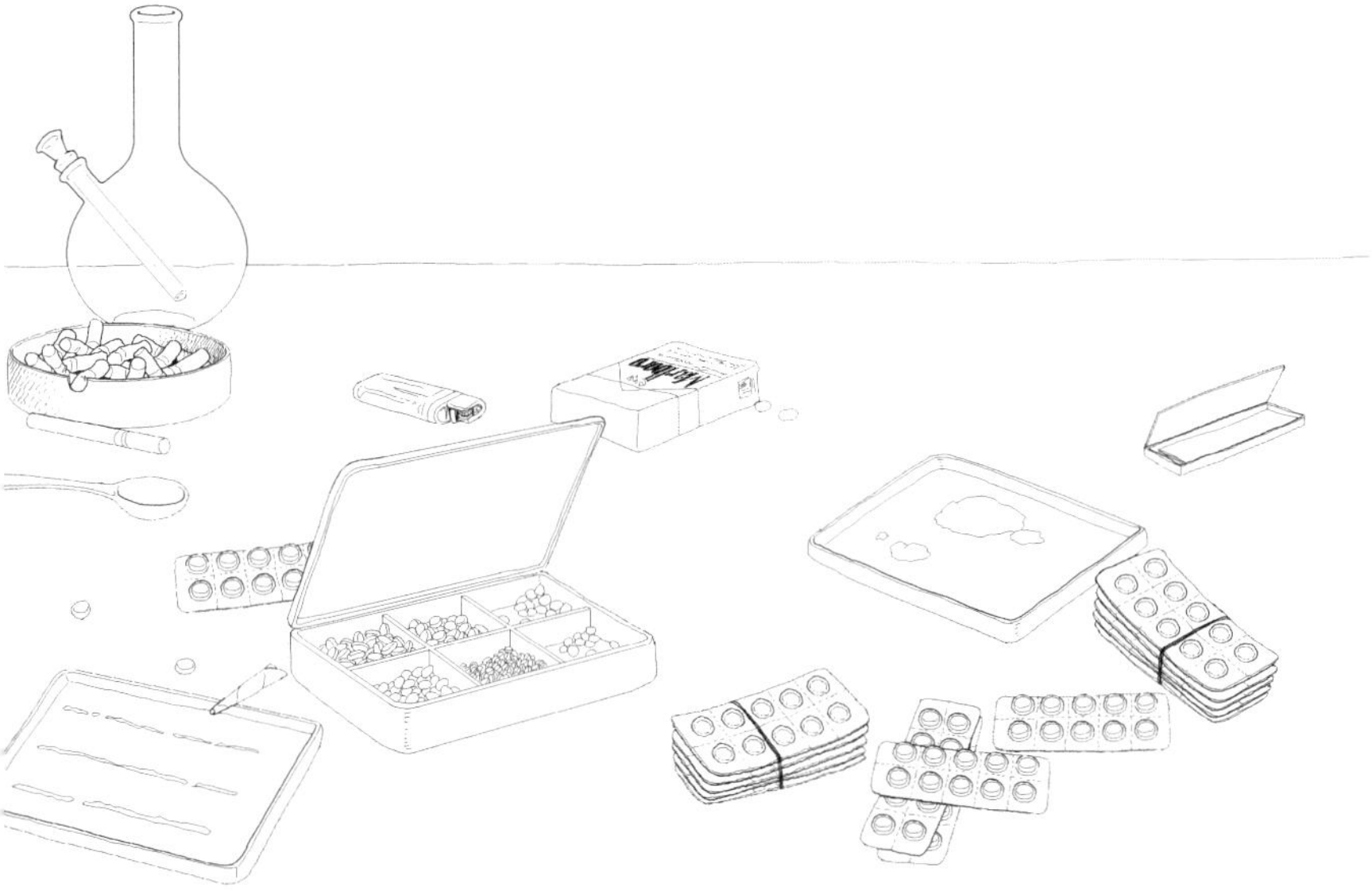

彼氏との出会い

そもそも彼氏との出会いは、2005年7月のことだった。当時もわたしはまだ「実践系エロライター」を冠に仕事をしており、『裏モノJAPAN（鉄人社）』の企画で、男性の読者ファンたちと一緒に湯河原温泉へと出かけた。その参加者のひとりが彼だったのだ。

彼のことはよく覚えていた。というのも、その温泉旅行の前夜、新宿のライブハウス・ロフトプラスワンで、『裏モノナイト』なるイベントが行われた。その雑誌に連載をもっていたわたしも、出演者のひとりとして登場したのだが、そこに彼がはるばる地元の北海道からイベントを観にやってきていたのだ。

イベント終了後、2階の関係者席へと続く階段に腰かけていたわたしに、くだんの彼がとっても照れくさそうな表情でやってきて、「明日、温泉に行きます」。そう話しかけてき、北海道土産のロイスのチョコレートを手渡してくれた。イベント会場には、ほかの温泉参加者やファンですという方もいて、頻繁に声をかけられたけれど、彼のそのはにかんだ笑顔と控えめな態度が、特別に印象深く残っていた。もちろん、その時はそれから、16年以上ものお付き合いになるなんて、まったく思ってもいなかったことだけど。

そして、「タッキー温泉」と名づけられた、ファンとの温泉旅行当日。集まったのは、昨晩のイベントで印象的だったＤＪもこなすという北海道の彼をはじめ、レゲエヘアで音楽業界にたずさわる男の子や、とび職をしているガテン系の精悍《せいかん》な男子など、「ファンってオタクっぽい人ばっかりなんやろなぁ〜」という、わたしのイメージをくつがえすそうそうたる顔ぶれで、わたしはとても楽しくなった。

わたしはどちらかと言うと、男友だちではなく異性の好みとして、グイグイとくるタイプには少し引いてしまうところがあり、穏やかな男性のほうに強く惹かれる傾向がある。その通り、彼はこちら側が驚くほどシャイな人柄の人間だった。わたしはとてもそこに強く惹かれ、わたしのほうから何かとちょっかいをかけまくった。ただ、あくまでも彼とわたしとの関係とは、ライターとファンであるとも思っていた。

エロいことは抜きで、ひたすら飲んで騒いでドンチャン騒ぎの楽しかった温泉旅行の翌朝。このまま解散するのもサミシイねと言うことで、何人かのファンとメールアドレスの交換をした。もちろん、ほのかに恋心を抱いていたお気に入りの彼には、前夜から連絡先を絶対に渡そうと決めていた。紙にわたしのアドレスを書いて自らのシガレットケースにはさんで、こっそりと渡したつもりだったのに、何の勘違いだったのか今でも分からないけれど、彼とわたしとを繋ぐその大事な紙を、わたしとしたことが渡し忘れてしまっていたようなのだ。

ところが、気持ちというのは通じ合うもので、彼もわたしに対して女性としての好意があったらしく、温泉旅行に同行した編集長（当時）とはメールアドレスを交換していたようで、編集長宛にメールを送ったらしかった。

「昨日はとても楽しかったです、ありがとうございます。憧れのタッキーさんと会えてとても嬉しかったです。ただ、メールアドレスを聞くことができませんでした。非常に心残りですが、このまま札幌に帰っていつもの生活に戻ります。いい思い出をありがとうございました」

今でも友だち関係を続けている、非常に情にほだされやすい編集長は、そんなメールを受け取るや否や、居てもたってもいられなくなったらしく、「お前、そんなに好きなら頑張ってみろや！」と、彼にわたしのメールアドレスを教えたらしい。

彼からわたしへの簡潔なメールが届く。

「北海道に帰る前に渡したいものがあります。お時間があればお渡ししたいのですが」

断る理由はひとつもなかった。

恋愛も結婚もタイミングとか勢いだとかよく言うけれど、今思えばこれがタイミングだったのかも知れない。

彼と会う場所を、わたしは当時住んでいた「野方駅」に指定した。普通、「ファンです」という男性などには特に、個人情本満載な名刺なんて渡さないし、連絡先や家の住所や最寄り駅さえも教えない。けれど、たった2度しか会ったこともない彼には、この人にになら家を知られてもいい、部屋に招きいれてもいいとまで思っていたからだ。

約束の日、彼は野方駅までやって来、わたしは彼を自宅へと招きいれた。そして、彼が「渡したかったもの」として、Zippoのライターをプレゼントしてくれた。そうだ、温泉旅行の日、わたしは買ったばかりのポールスミスのZippoをなくし、「最悪やぁ～」と嘆いていたのを、覚えていてくれたようなのだ。わたしが自分で買ったZippo。それよりもずっとずっと高級なZippoであろうことは、見ただけでも、フリント・ホイールを回した感触でも、あからさまに違いが分かった。けれど、そんなの高いだとか安いだとか、値段の問題でなんて決してない。わたしはただ「Zippoをなくしたこと」、それをずっと覚えていてくれて、わざわざ代わりのZippoをプレゼントしてくれる。その気遣いと優しさに、また心がさらにグラッと揺れたのだ。

お茶を飲んで会話を交わしているうち、彼が長期の有給休暇をとって、これからは千葉にある親戚の家に泊まると思うと言った。だから、わたしも言った。

「ウチ、おればイイやん?」

それから、わたしと彼との、2週間ほどの同棲生活が始まった。

2人で朝起き、2人でご飯を作り、2人で会話して、2人で眠る。とにかくその何もかもがとても自然で楽しく、今まで生きてきてこんなにラクな男の人はいないと思えた。わたしは自分自身が大嫌いだけど、彼がいると自分のことをちょっとだけ好きになれ、心に風穴が空いたような軽やかな優しい気持ちにまでなれた。

相手の本性を見極めるため、結婚相手とはまず同棲してみること。とはよく聞くセリフだけれど、約2週間を一緒に過ごして、こんなにも自然体な自分や、普段は恥ずかしくて隠す可愛い部分までもを見せられる相手と出会ったのは、生まれて初めてだったかも知れない。

何だろうこれは、両親から愛情をたっぷりと注がれて生きてきた人間特有の柔らかさと優しさ。人は必ずと言っていいほど相手に見返りを求めるが、彼は一切それを求めない。わたしの喜びがまるで、彼の喜びにつながっているのだろうかと思える。まるで家族のようにかけ値なしの、たっぷりの愛情を注いでくれた。

その優しさに、当時ボロボロにささくれだって自傷行為を繰り返していたわたしの心は、憑きものが落ちるように癒されてゆき、とても温かな気持ちになった。「このまま終わりたくない」、心底からそう思った。

ほぼ、彼氏を切らしたことがないわたしだが、ここまで強い愛情を抱いたのは、婚約破棄になった元婚約者以来だ。生涯2人目の本当の恋愛感情。けれど、お互いとも明らかに好意を抱いているのに、お互いともが極端な照れ屋で、「付き合って」の一言がどうしても言えない。

ある日、2人で新宿二丁目にある、わたしの馴染みのゲイバーへ飲みに行った。そこでももう、何だかもどかしさばかりがつのり、わたしはまるで焼酎を麦茶のようにゴクゴクと飲んで、思いきりお酒の力を借りて言った。

「付き合おうって言え！」

わたしの、生涯初の告白であり脅迫でもある。彼はわたしと視線を合わせないままうつ向いて、「付き合ってー」とひどく照れくさそうに笑った。こうして、わたし達は晴れて恋人同士になった。

けれど、楽しい時間というのは、なぜあんなにもアッという間に過ぎ去るのだろうか。彼は北海道の人。有給をすべて消化したら、遥か海をへだてた遠くの地へと戻らなければいけない。わたしたちがごく簡単に、離れ離れになる日はやってきた。

空港まで見送りにいったわたしに、彼はわたしが大好きなカエルのグッズをお土産屋さんで探しだし、両手で持ちきれないほど、たくさんプレゼントしてくれた。当然、泣いてしまうだろうと思っていたが、なぜか涙は出なかった。多分、お互い離れられないような、運命のようなものを感じていたからだろうか。それにこれが運命なのならば、自分で切り開けばいいことだ。いざとなれば、わたしが北海道まで、彼に会いにいけばイイだけのことだ。

北海道と東京。初めての告白と同様、初めての遠距離恋愛がはじまった。彼は仕事の休憩時間のたび、お昼ごはんのたび、仕事を終えてから寝るまでの間、頻繁に電話をかけてきてくれた。「電話代、大丈夫かな?」、わたしのほうが心配になるほどだった。

電話だけでなく、お互い手紙も送りあった。彼からくる手紙のなかには、いつもわたしの大好きなカエルのシールやカエルの可愛いおもちゃが同封されていて、わたしはそれを発見するたび、嬉しくて照れくさくてクスクスと笑った。

けれど、わたしたちは何も結婚したワケではないのだ。当然だけど、自分の力でお金を稼いで生活をしていかなければならない。わたしがなりわいとしていたエロ仕事。その誌面を、その後も彼が見ていたのかは今も知らない。知っていてなお、口に出さなかったのかは分からないが、生活がかかっているからエロ仕事はその後も続けていた。彼が温泉旅行後に編集長に送ったメールを思いだす。

「札幌に帰っていつもの生活に戻ります」

ただ、わたしもそれだけのことだったハズなのに、彼と出会ったことによって他人様の前で股を広げる仕事、それがツラくなっていたのは事実であって。

「いつもの生活に戻りました」

たったそれだけのハズの真夜中、彼や仕事や家族のことを考えていると、わたしは突然絶望的に死にたくなった。それならば、誰にも迷惑をかけず勝手にひとりで死ねばイイものを、わたしは彼に4文字だけのメールを送ってしまった。

「死にたい」

けれど、それまでは何の迷いもなく手首をスパッと切れたのに、今回だけはなぜか浅く血が滲むていどにしか、慣れたその手首を切ることができない。今、思えば、なくすものなど何もなかった前のわたしに比べて、「彼氏」というなくしたくない人間の存在ができたからなのだろうかと思う。

翌日、何時だったかはハッキリと覚えていない。ピンポンというチャイムの音が鳴って玄関を開けたら、そこには、彼氏がいた。

仕事もあるだろうに、朝一の飛行機に乗って空港からタクシーを飛ばし、わたしの家へやってきた彼氏。

「一緒に住もう?」

無意識に口が開いた。

一番の精神安定剤

それからは話が早かった。わたしは同棲ができて飲み屋が近い物件を探しまわり、彼氏は彼氏で約一ヵ月後、長年勤めていた会社を辞めて、恐らく貯金をほとんど使い果たし、遥か東京までやってきてくれた。私たちは、東京は世田谷区の下北沢にある、2DKのマンションで生活をともにすることを決めた。今までおままごとのような、同棲ごっこはしたことがあるが、本格的な同棲生活は今回が初めてだった。

北海道から東京へは海をわたるため、引っ越し費用はとんでもない金額に跳ねあがる。お金の話はしたことがなかったけれど、きっと大金を費やしたであろうと思える上京を果たし、まだ仕事も決まっていない彼氏。けれど、不思議なことに経済的な不安はなかった。エロ仕事で稼いだわたしの貯金もあるし、それにどうしてもお金に困ったら、工場の流れ作業でも何でもすればいいと思ってた。何も工場を下に見ているのではない。それならわたしのエロ仕事なんて、世間様的に見れば最下層ではないか。お金はお金、仕事は仕事、優劣なんて関係ない。そんなのクソくらえだ。

わたし自身、27歳という年齢の遅さにして、無謀にも文庫本に挟んだ1万円札が5枚、所持金たったの5万円と、新居の敷金礼金で消える車を売ったお金とだけで東京にやってきて、消費者金融の武富士で借金をしたこともあったけれど、なんだかんだでどうにかなって生きている。人生はきっと、飛び込んでしまえばどうにかなるものなのだ。

四六時中、一緒に居れば、どんなに大好きな人でさえも疎ましく感じられるらしいが、少なくともわたしと彼氏に限っては、一切そんなことはなかった。むしろ、そこに居ることに安心した。

わたしは取材に出向く以外、家でコツコツとパソコン作業と格闘しており、まだ仕事の決まっていない彼氏とは、ほぼ毎日24時間を一緒に過ごした。それでもイライラすることはなかったし、わたしがパソコン作業に疲れた時には、2人で一緒にお笑い動画を見て笑ったり、リラックスできる時間を過ごせてとても心が洗われた。愛情は高まりこそすれ、嫌いになることなんてひとつもなかった。元々がファンだからだとか風俗風情に寄生虫だとか、そう思う人はとても多いと思うけれど、勝手に思ってくれればいい。当人同士がそれで良ければ、全然ＯＫなのじゃないだろうか。

経済的な不安はなかった。けれど、わたし的には自分の仕事内容に、大きな不安があったのかも知れない。大好きな男以外の目の前で、裸になったり触られたり写真を撮られたりする嫌悪と迷いと罪悪感のようなもの。

「エロ仕事やめてほしい？」

ある日聞いた。

「やめてほしい」

ある日答えられた。

そこからわたしは、エロ仕事を一切やめた。

昔のきねづかを頼りに、〇〇ウォーカーだとかそういう「グルメ・街・モノ」仕事にまるっきり転向した。またもや一般情報誌に戻ったワケだけど、それに対してあまり不満はなかった。相手が嫌がるならやめる。そのほうがよっぽど健康的で気持ちがよかったたし、自分としても年齢的にエロ仕事の限界を感じはじめてもいた。けれど、ただ、書きたかった。だからいま、この原稿を書いているのかも知れない。

彼氏とは、音楽・映画・本の趣味も、偶然とは思えないほど趣味が合った。テレビを見ていても同じ場面で笑い、同じ場面でツッコむ。彼氏というより、前世は双子の兄弟だったんじゃないかなあと思うほどに。それほど私たちの相性はよく、セックスはしたけれど、本当はセックスさえいらない人だった。

時が経つほどに好きになる。

今までただ単純に寂しさを紛らわすため、バカみたいに大勢の男と付き合ってきたけれど、この彼氏は今までの男とは絶対的に違う。それは自分よりわたしのことを大切に思ってくれる「見返りを求めない愛情」、そしてわたしの欠点ごとすべてを包み込んでくれる「人間の器の大きさ」だろうかと思う。彼氏はわたしの心に一番効く「精神安定剤」だ。2人でいる時のほうが心から安らげ、素直な自分をさらけだせ、そして愛される喜びまでもを実感できた。家族から友だちからすべての人間にから、明るく元気なヨーコちゃんを装って今まで生きてきた。なのに彼氏といると、そんな必要がまったくいらない自分でいられた。ケンカをしたことなんて、今も昔も全然ない。わたし達は、いつも、笑う。

わたしは精神的に大きなストレスや緊張感がかかると、お腹がヒドくゆるくなり、予兆もなく突然便を漏らしてしまうことがある。〆切に追われた仕事中や他人と接触したあとなどに、ふいに漏らして泣くわたしをなだめつつ、シャワーでお尻を洗ってくれる彼氏。便意をこらえきれず、トイレへと続く廊下を走りながら便を垂れ流すわたし。そのあとを、雑巾を持って追いかける彼氏。色気もクソもない。まるで介護だとしか言いようがない。普通なら幻滅する場面だろう。けれど、彼氏はイヤな顔ひとつ見せずに言う。

「ちゃんとオムツ履いときなさいっていったでしょ!」

「忘れててんもん～、ガマンできへんかってんもん～～～」

これで終わり。

恋愛は、超越すると、たかだか便ごとき笑い話に変わってしまうものなのだろうか。けれど、そんな大切な彼氏を、わたしは失ってしまうことになる。

年下のクスリ友だち

精神病院に入院する前から、わたしには当時全盛期だったmixiで知り合った、年下のクスリ友だちがいた。彼は当時まだ25歳ながら、あらゆる精神薬に精通しており、わたしが飲んだこともないクスリを大量に持っていた。常に最先端で精神薬を知っておきたかったわたしは、リタリン情報の交換のみならず、ちょこちょことその知らないクスリを分けてもらったりもしていた。

そんな7月末のある日、くだんのクスリ友だちが、ありったけの精神薬を持って我が家にやってきた。心が踊った。どれかが効くかも知れない、どれか効くクスリを見つけたい。わたしたちは片っ端からクスリを飲んだ。

何がどう効いたなんてもはや分からない。瞳孔が開き、呂律があまりにもまわらないので2人で笑いこけた。やがて、寝入りばなの多幸感を感じて眠ろうとしたら、クスリ友だちはすでに眠りこんでいた。わたしもつられて眠りに落ちた。


ガンガンガン！


眠りについてからどれくらい時間が経ったのかは分からないが、ベランダの窓を激しく叩く音が聞こえ、ビックリして目が覚めた。ベランダの向こうにあったのは彼氏の姿だった。どうやらクスリ友だちはウチにはいった時、自分の住んでいる部屋と同じように、鍵だけではなく玄関のドアチェーンまで閉めたようで、彼氏は家の鍵はあれど家のなかには入れない状態だったようだ。

マズい、とてもマズい。クスリを減らすと言っていたわたしが、大量の精神薬を飲んでラリっている。それ自体致命的だが、若い男と2人きりでラリッている状況はさらに致命的だし、何かをしていたと勘ぐられても仕方がない状態だ。わたしは精一杯の平静を装い、チェーンを外して玄関のドアを開けた。

彼氏は北海道でしごく全うな経理の仕事をしていたが、母体がブラックな会社だったらしく、ヤクザやシャブ中などを散々見てきたと言っていた。それに地元は北海道の田舎という土地柄、大麻はそこらへんに自生していて、彼氏自身もそれを嗜んだことがあるようだった。また、DJもこなしていた関係からだろうか。あらゆる違法薬に精通していたが、「理性がもっていかれるようなモノは自分に合わない、耐えられないからもう一切やらない」とも言っていた。だからかどうなのかは知らないが、わたしの様子がおかしいと瞬時に気づいたようで、抑圧した平坦な口調で言った。

「何してんの、クサじゃないね。紙かシャブやってる?」

「違う」

「違うって、ヘロヘロで完全に瞳孔開いてるじゃん。あと、あの男、誰?」

「友だち……」

「あいつに何か食わされたの?」

「違う、クスリ、飲みすぎた……」

「あいつが持ってきたの?」

「え、あ、うん……」

ドカドカと足音をたてて、わたしの部屋に入ってくる彼氏。クスリ友だちはまだこんな状況に少しも気づくことがなく、完全に眠っている。

「……まあ、いいわ。起きてから話しよ」

けれど、完全にラリッて眠ってしまったクスリ友だちは、翌朝、彼氏の出勤時間になっても起きることはなかった。

「まだ、寝てんの？　じゃあ、今度3人で話そう。それとアイツ目障りだから、俺が仕事から帰ってくる前に、絶対に帰しておいて」

そう言って彼氏は仕事へと向かった。静かな怒り、それだけに怖かった。

昼過ぎに、やっと起きてきたクスリ友だちに事情を話し、彼氏の仕事が終わるまでに帰ってくれないかと言った。

「彼氏さんは、何時頃に帰ってくるの？」

「夜の7時30分頃かなあ」

「それまでもうちょっと寝てもいい？」

「……え、いいけど」

「お腹減った、なんか買ってくるよ」

クスリ友だちが近所のコンビニへ出かけたあと、どうしたらイイものだろうかと考えた。今までクスリ友だちとセックスをしたことはない。とにかく異性というよりも、クスリ調達の非常に素晴らしい便利屋さんであり、たくさんクスリの知識を教えてもらえる先生。要するに単なる「クスリ屋さん」的な思いしか抱いていなかったから、そんな雰囲気にさえなることがなかったのだろう。

……それにしても、3人で話をするといっても、一体何を話すというのか。わたしはヒドくこういうところに疎くて無神経だったり、相手の立場に立っての思いやりにかけたりする。それが、わたしの大きな欠点で、バカさ加減なのだろうなあとは今も思うけれど。

コンビニから戻ってきたクスリ友だちは、悠長に菓子パンを食べている。彼はかなりの天然なのだが、この状況下でも平然とかまえて、菓子パンを食べている神経がスゴい。こんな事、言える身分じゃないのは分かっているけど、目の前で菓子パン食ってる男を見ていたら、何だか急に何もかもがバカバカしくなってきた。ガッツリと力が抜けて、「あぁ、疲れたなぁ……」と思ったことまでは覚えている。

ガンガンガンガン！

どうやらわたし達はまた眠ってしまったようで、彼氏がベランダを激しく叩く音で目が覚めた。コンビニから帰った時にクスリ友だちが、またもやドアチェーンをかけてしまったようなのだ。

最悪だ。いくら男友だちを家のなかにいれてもイイと言われていたとは言え、この展開は非常にマズい。彼氏から、「俺が仕事から帰ってくる前に、絶対に帰しておいて」とも言われている。

慌ててベランダの扉を開けると、彼氏が土足のまんまで部屋に入ってき、買ってきたのであろうお弁当をクスリ友だちに投げつけた。

「ここはお前の家か!!!」

始終温和な彼氏が、そんな怒鳴り声をあげたのは初めてだ。クスリ友だちが逃げるように慌てて外へ走ってゆくが、どうやらあまりにも慌てていたため靴を片一方しか履いていなかったようで、数分後にピンポンとドアのチャイムを鳴らし、「すいません、靴を片方忘れてしまいました」と言ったため、彼氏がその片方だけ残った靴を、クスリ友だちに思いきり投げつけたらしい。

「よーちゃん、ちょっと話をしようか」

「うん……」

「一体、何してたの？」

「クスリ……、飲んだことのないクスリを持ってきてくれたから、どれか効かないかなぁって試してたら、ラリッたみたいになってしもうて……」

「これからもアイツと付き合うの？」

「……」

「あれが友だち？」

「……」

「相手にクスリを飲ませてラリッたりさせてる人間が、よーちゃんの大事な男友だち？」

「違っ、あれはヨーコが試したいて言って……」

「何度も言うけど、俺にはクスリ漬けになる人の気持ちが理解できないし、理解したくもない。よーちゃんのためには、クスリに理解のある男のほうがいいんじゃないのかな」

「違うって……」

「じゃあ、もう二度と会わないって、俺の目の前であの男に電話して」

「……友だちでも？」

「クスリで繋がってるような友だちなんて、それって本当に友だちかな」

「……分かった、電話する」

わたしはもう二度とあなたには会わないと、クスリ友だちに別れを告げた。

こんなに近くにいるのに……

次の日、〆切明けで昼頃に就寝し、目覚めるともう夜8時をまわっていた。だけど、いつもこの時間には帰ってきているハズの彼氏の姿が、名前を呼んでも姿を探しても、どこもかしこも見当たらない。何だかもうこのまま帰ってこないような、奇妙ともいえるイヤな予感がして、普段は無精で連絡などもあまりとらないわたしが、猛烈な不安で胸を駆りたてられ、思わず彼氏に電話をかけた。

「もしもし、○○さん？　なんかあった？」

「あの男と会ってきたよ、もうすぐ家に着くから、それから話をするわ」

「……分かった」

それから、本当にほどなくして、彼氏が帰ってきてくれたことにまずはホッとした。2人の話の状況がまったく分からないから、「お帰りー！」とできる限り明るくふるまった。彼氏が新しいTシャツに着替えながらため息をつく。

「あの男、本気みたいだよ」

「え？」

「自分ならタッキーの気持ちを分かってあげられるって。タッキーを幸せにしますって。まったく具体的じゃないけど、一緒に住む計画まで考えてた」

「あと、よーちゃんがトイレに流したリタリン、俺が無理やり捨てたと思っているみたいだね。〝リタリンを捨てられることは、農家の人が自分で丁寧に育てて収穫した米を、全部捨てられるのと同じことなんですよ！〟って言ってたから、俺、ポカンとしたわ」

「よーちゃんあのね、本気ならイイんだよ。彼と一緒になりな？　よーちゃんもあの男のこと好きでしょ？」

「いや、それはもちろん、友だちと思ってたから……」

「じゃなくて、男として好きでしょ？　よーちゃんが送ったメール、見せられたんだよ」

そのメールには、「エロなったなあ～（笑）」というような内容が書かれていたらしい。確かに2人で精神薬をカクテルしてラリりまくっていた時、「このクスリの組み合わせ、なんかめっちゃエロい気分になるなあ～（笑）」などと、お互い笑いあったことはあるし、そういうメールを送ったこともあったのだろう。けれど、そのメールの文面だけを切り取ると、まるでわたしと男とがセックスをしました！　と言ってるようなものじゃないか！

わたしは、自らがそんなメールを送ったにも関わらずにブチ切れて、その場でクスリ友だちに電話をし、男を罵倒《ばとう》しまくった。

「本気じゃなかったの!?」

「ダマすなんてヒドいよ!!!」

最初から、彼氏がいることは言っていた。けれど、どうやらクスリ友だちは、「農家が米を捨てられた」ような意味の分からない勘違いで、わたしと彼とが相思相愛で付き合っていると思い込んでいたようだった。

けれど、わたしは言わばクスリ友だちを、完全に利用していたんだと思う。2人でいる時はいつもラリっているから脳の記憶は明確ではないが、わたしは計算高く「女」を利用していたのかもしれない。だって、色んなクスリを持ってきてくれたりラリったり、そんなことができたからだ。だから、そういう友だちとしては大好きだったけれど、彼氏からそのことを聞いた瞬間に、激しい憎悪が芽生えて好きが大嫌いに変わった。

それから、ほどなくして、クスリ友だちに連絡先を教えたという彼氏とわたしの携帯に、メールと電話の嵐がひっきりなしにまいこんだ。もちろん、2人ともそれに返事したりすることはないけれど。

「よーちゃん、彼、本気なんだよ。クスリを理解できない俺より、理解できる彼と付き合ったほうがいいよ」

「電話聞いてたと思うけど、ヨーコはあの子をただのクスリ友だちとしてしか見てない。好きなのは○○さんだけやねん！」

「もう、何を信じていいか分かんないよ。また、同じようなことが起こる気がする。正直、疲れた。別れよう……」

「違っ！　違う！　誤解だって！」

何度訴えても、彼氏の気持ちは変わらない。気づけば家の更新まであと2ヵ月。ちょうどいい機会ではないかと、それと同時に別れよう、別々に住もう。そう、彼氏は言った。

身元もワケもわからない男を簡単に部屋に招きいれて、エロがどーしただとかのメールも見られた。あまりにもバカの度が過ぎて、呆れられるほど軽率だった。あまり頭のよくないわたしは、こういう時、いつも後から後悔する。

「2年かけて築いたものが、すべて壊れた気がする。ごめんね、だけど今は信用できない。そういう俺の気持ちもわかって」

もう、何も言えなかった。

自業自得とはこのことだろう。その日を境に、彼氏の態度が微妙に変わった。罪悪感ゆえにそう感じたのかも知れないが、喋ったり笑いあったりジャレあったり、そういうコミュニケーションが極端になくなった。２人で一緒にいても、そこには一線を引かれているような気がする。それがただひたすら虚しい。元婚約者と別れた時もそうだった。いつもそうだ。別れる前の男は、微妙に態度を変えていく。

「こんなに近くにいるのに、こんなにも遠い」というセリフ、それを見事に現しているかのようだった。

何度も冗談めかしては、わたしが言う。

「ヨーコら、つきあってるもんな～？」

「ううん、もう別れるんだよー」

まるで子どもに言い聞かせるような言葉が返ってきて、すべて自分が悪いと分かっていながらも、そのたびにわたしはみっともないくらい切なくなる。日増しにつのる、虚しさ、寂しさ、悲しさ。もう嫌われてもいい、カッコ悪くてもみっともなくても何でもいい。わたしは彼氏のことが大好きだ。

○○さんが欲しい、○○さんが欲しい、○○さんが欲しい

童謡の『はないちもんめ』がリフレインする。

「なあ、ヨーコ、○○さんのことが好き。○○さんのことがめっちゃ好きやねん！　○○さんだけやねん！　ヨーコのこと好きになってよお!!!」

さぞや、うっとうしい女と思われただろう。これでもう逆に、決定的に嫌われたかも知れない。けれど、ドストレートにしか生きられなかったわたしには、そうすることしかできなかった。

彼氏は背中を向けたまま、ひとことだけ呟いた。

「……ムリだよ」

もう、修復は効かないだろうと悟った。何だろう、このとてつもないサミシさは。一緒にいるほどにサミシい。もう、わたしから心が離れていった人と、その人を大好きなわたしとが、ひとつ屋根の下で過ごす。結果的には、すべて、自分が招いたことだ。だけど、なんて残酷なことなのか。2人でいるからこそ余計に、サミシいしツラくて心臓がキューーッとなる。わたしはそれが自分で思っていた以上にショックだったのか、それからとても分かりやすく左耳だけが聞こえなくなった。

寝入りもヒドく悪い。ラボナ6錠、ロヒプノール10錠、ベゲタミンA5錠。これだけ飲んでもダルくなるだけで、いっこうに眠れやしない。

約2ヵ月後には引っ越しだ。彼氏とわたしとは他人になる。その日がやってきたならば、もう仕事なんてどうでもイイ。わたしのことなんて誰ひとり知らない、どこか遠くへ行きたい逃げたい。文庫本に5万円はさんで上京した27歳の頃のように、何ももたずにどこか遠いところへ消えてしまいたい。重い鬱病から脱したくて左腕に入れ墨をいれた23歳の頃のように、思いを断ち切るキックが欲しい。できるだけ強烈で大きなキックが欲しいのだ。

彼氏がわたしに聞く。

「よーちゃんはどこに住むつもりなの？」

「……まだ、分からへん」

「よーちゃん、パニック障害が、どんどんヒドくなっていってるでしょ？　コンビニに行くだけで倒れるし、この前なんかカニみたいに泡吹いて倒れたり」

「……うん」

「パニック障害に力を入れてる病院はないの？」

「成城学園前にあったと思う」

「そこにしなよ」

「うん……」

「……よーちゃんのこと今でも好きだよ。好きだった人を嫌いになるのは難しい。だけど、もう」

「うん、もうイヤんなるくらい分かってるから、せめて言わんといて」

「成城学園前に近い場所で家を探そう？　恋人じゃなくなっても、病気のことが心配なんだ。自暴自棄になる気もして目が離せない。俺はよーちゃんと同じアパートか、自転車で通える距離に住もうと思ってる」

　この人はどこまで優しいんだ。

　そして、どこまでムゴいんだ。

別れのショック

自分自身が思っている以上に「別れ」のショックは大きかったようで、まったく何もやる気が起こらない。ベッドから起き上がることも、寝返りを打つことさえもしんどい。食べるモノも固形物が喉を通らなくなり、カロリーの高いモノを無理やり口に押し込んでもスグに吐く。精神病院入院中に少し増えた体重も、入院前の33kg近くまで落ちてしまった。リタリンをスニッフして、落ちた気持ちを高めたい。けれど、お国の規制がかかった今、手元に残ったリタリンだけで、どうにか毎日をやり過ごしていくしかない。数は1日2錠まで一気に減らすことにした。

人にもよるのかも知れないが、倒れる、吐く、めまい、過呼吸、全身硬直で動けないなど、断薬ではなくて減薬でも離脱症状は襲ってきた。そんなツラさを眠りでやり過ごしたいのに、いくら睡眠薬を飲んでも眠れなくなってきた半面、一度寝たら丸2日は起きないような、「過眠」の症状も現れはじめた。まるで非常ベルのようなけたたましい轟音の目覚まし時計や、「寝ていられない！」がキャッチフレーズの2万円近くする目覚まし時計を含め、合計7個の時計を枕元に置いておいても、気づきもしないし目が覚めない。精神科でそのことを告げると、まんま「鬱病です」との言葉が返ってきた。現実から逃避したいがため、極端な過眠状態に陥るパターンらしかった。

もう、あとほんの少しで、わたし達2人は本当の「他人」になる。2年間同棲していたというのに、笑いあってジャレあったあの幸せな毎日が、ほんの一瞬のように感じられる。近くに住むと言ってくれた彼氏だけど、わたしは日々の苦痛から救いだしてくれる、あの温かな手が欲しいのだ。あの手だけが、わたしの心に安堵感を与えてくれるのだ。

「家の更新はしない」、そう大家には告げていた。否が応でも退去の日は迫ってくる。「引っ越しまでの2ヵ月間があれば、彼氏の気持ちも変わるかも知れない。また元の恋人同士に戻って、新しいスタートを切れるのではないだろうか?」。そんな淡い期待も抱いていたが、彼氏の意思は一向に変わらないようだった。

もうリミットは近づいている。2人でネットを使って新居探しを始める。パニック障害に長けた精神科がある成城学園前に近くて、通院中の精神科がある新宿まで短時間で向かえるところ。ただ、エロ仕事を切ったぶん、金銭的余裕はあまりなかったし、精神科の主治医が言う通り病気のためにもライターをやめて生活保護を受けようと思っていた。けれど、いくつか候補のあがった街の区役所を訪れたものの、「現在、わずかでも収入があること」「貯金があること」で、どこからも鼻であしらわれるような門前払いに近い扱いをされ、生活保護を受けることはとうていムリな相談だった。国の援助ナシで東京都23区内に家賃的に住み続けていけるのかという不安はとても大きかったし、都内に部屋を借りることは諦め、美大生が多くヒッピー文化の名残りもあり、メゾネットで収納がとても大きく家賃も安い○○市に新居をかまえることに決めた。

「売人やクスリ友だちから離れた場所に住もう、携帯番号も変えよう」

わたしをむしばむすべてから遠ざかった場所に住むのは逆にイイことじゃないか? そういう彼氏

の主張がかなり大きかったこともある。

「毎日、様子を見に来るから」

彼氏はそこから自転車で10分圏内のアパートに住むことを決めた。

「毎日、か……」

苦笑が漏れた。そんなのどう優しくみつもっても、初めのほうだけに違いない。面倒、眠い、仕事、その他さまざま。だんだんと足は遠のいていくに違いない。それに合わせてわたし達の距離も遠のいていくのだろうな。

いよいよ、下北沢から○○市への引っ越しを明日に迎えた10月末日の真夜中。わたし自身でも思い出せないほどぶりに、彼氏がこっちを向いてわたしをギュッと抱きしめ、泣いた子どもをあやすように頭をなでた。わたしはと言えば海で溺れて水面の木の葉にさえ掴みかかるよう、彼氏に必死にしがみつき、声を押し殺して泣いた。全部全部彼氏のことを覚えておこう。髪も唇も首筋も背中もとにかく全部、彼氏の顔やカラダを無我夢中で撫でまわした。

「○○さん大好き」

「うん……」

「好き」

何回もその言葉を繰り返す。使い古された陳腐な言葉を繰り返す。だけど本当に愛してる。明日からは他人でも。

空っぽの心

翌日、引越し屋さんがやってきた。引越しをするのは彼氏のほうが先だ。どんどん彼氏の部屋から、荷物が少なくなっていく。

「あれ？　この家ってこんなにも広かったっけ？」

なんとも言葉にしがたい虚無感に襲われる。

「じゃあ、後から電話するから」

荷物をすべて引越し業者のトラックに運び終えた彼氏はそんな言葉を残して、2年間同棲していた家から去っていった。なぜだろう、何だか部屋の温度が少し下がった気がする。

悲しいとかサミシイなどの感情は不思議と湧き起こらない。多分、まだ、この現実を把握できていないのかも知れない。リタリンを3錠スニッフした。

わたしが新居へと荷物をすべて運び終えたのは、もう夜8時を過ぎた頃だった。築年数は驚くほど古いけれど、1階と2階とに分かれたとても広いメゾネットの部屋で、2階へと上がる階段の横にはただだっ広い収納スペースがあった。

1階は引越しで運ばれてきた段ボールだらけで身の置き場もないため、冷たく硬いフローリングだけが広がる2階の床で、子猫のように丸まった姿勢で寝転がる。

「あーーー……」

心のなかが空っぽだ。彼氏。いや、正確にはもう元彼氏なのだけど、別れたという現実を、いまひとり暮らしをはじめる新居に来てもなお、心が拒否しているのかも知れない。せめて、狭い部屋だったらよかったのに。ムダに部屋が広いだけに、身の置き場も心の置き場もなく、大きな孤独感が自分にのしかかってくる。

「ひとり、か……」

当然ひとりきりなのに呟いてみる。もちろん誰もその言葉に、こたえてくれはしないけれど。

「後から電話するって言うてたな……」

眠りにつく猫のような丸まった体勢のまんま、電話が来るかも知れない期待と電話がこないであろう予感を胸に秘めて、左手に握りしめた携帯電話をジッと見つめるばかり。

けれど来るかも知れないし、まだ眠りについてはいけないと、またリタリンを1錠スニッフする。

その日、携帯電話は鳴らなかった。

一睡も眠らずの朝をむかえる。

彼氏は引越し疲れで眠ってしまったのだろうか。それともこれを良い機会にと、もう二度と会わないつもりで電話をしなかったのだろうか。それは、わたしには分からない。ただ、後から電話をするという言葉に、期待を抱いてしまっただけだ。

何もする気が起こらない。まだ、カーテンもつけていない角部屋の窓から、差し込む陽光がうっとうしい。寝ずの朝を迎えたからだろうか。頭のこめかみが締め付けられるように痛む。

「先生、わたしをクスリなんかで眠りっぱなしにさせなくても、今のわたしは十分、植物人間になれますよ」

子猫のように丸まるわたしは、いっそ猫だったらよかったのにと思う。そしたら彼氏はわたしを受け入れてくれるんじゃないだろうか。人間のわたしは受けいれてくれなくても、猫ならば受けいれてくれるだろうから。

何の感情か分からない涙がポタリと落ちる。

アカルイワタシ

翌日のお昼過ぎ、彼氏からの電話が鳴った。

わたしはさも今まで眠りについていたような風で電話に出る。寝ずに待っていたと分かればそれは、さぞかし「重い女」と思われるだろうに違いないから。泣きわめきながら「好きになって!」と叫んだあの日から、わたしは重い女にならないことを決めたから。

「もしもしー?」

「ごめん、よーちゃん、寝てた?」

「ごめんー、ヨーコも昨日は引越しで疲れてたし、待ってられへんくて寝てもうたわ〜」

ウソだ、今の今までずっと連絡を待ってた。

「ゴメンね、俺も疲れちゃってちょっと横になるつもりが、グッスリ寝ちゃったんだ。怒ってる？」

「怒ってるワケないやーん！　しゃあないっちゅうか、ヨーコも寝てたしな！」

「クスリは飲んだ？　震えは大丈夫？」

「電話で起きたところやからまだ飲んでないわぁ。震えもまだきてないで」

ウソ、完徹をすると心臓の動悸が激しくなるから、精神安定剤と抗うつ剤をオーバードーズしまくった。リタリンもまた追加した。

「タバコ一服したらそっち行くよ。なんか、朝ゴハン買ってく？」

「起き抜けでお腹全然減ってへんから、クスリ飲むお茶だけ買ってきてくれたら嬉しい！」

「何茶？」

「あったら、１００円パックのほうじ茶！」

「分かった。じゃあ、コンビニ寄ってからそっちに行くね」

起き抜けじゃない、ずっとずっと起きてた。お腹が減っていないのはリタリンの副作用のせいもあるけれど、一睡もしていなくて食欲がないからだ。

もうすぐ彼氏がやってくる。悲しい顔やサミシイ顔なんて見せては、絶対にいけない。相手はそれを望んでいない。

元気なわたしになるために、朝一発目のリタリンをスニッフした。徹夜明けの頭にはほとんど効果はないけれど、ソレをスニッフしないと明るい自分でいられない気がする。単なるプラシーボ効果かも知れない。

そして、何もかもをさらけだした今さらの関係なのに、バッグから鏡を取り出して、自分の顔と髪型をチェックした。

徹夜明けで老け込んだヒドい顔。しごく元気な顔を見せなければと、頬と頭がキーンとするほどの冷水で何度も顔を洗った。彼氏とよりを戻すためには、重荷になりそうなわたしではいけない。泣いてすがったあの日から、そんな強迫観念みたいなモノが、自分のなかに沁みついていた。


——アカルイワタシデナクテハイケナイ——

——ツヨイワタシデナクテハイケナイ——


そうすれば、またわたしの元へと、戻ってきてくれる気がした。

彼氏は少なくとも、わたしと同棲してきた期間と同じ2年間は、恋人同士に戻ることはできないと言った。精神科の先生は、少なくとも2年間寝たきりになってくださいと言った。

「2年間」という偶然の一致に苦笑する。わたしは2年間もの間、一体何をすればよいのだろうか。精神病が悪化するため、イヤなことを一瞬でも頭から忘れ去るがごとく、がむしゃらに仕事に没頭することもできない。

彼氏の温かな手がないサミシサを、何で埋めればよいのだろうか？　どうすれば彼氏はわたしの元へと戻ってきてくれるのだろうか？

そんな憂鬱を少しだけ軽くしてくれるリタリンも、もう手に入れることができない。手元に残っているリタリンは、あと余命1ヵ月というところだろうか。頼みの命綱であるリタリンがなくなってしまえば、また離脱症状に襲われる日々がやってくるのだろう。

苦しい離脱症状、あり余る時間、彼氏のいないサミシサ。それらをどうやって乗り越えればイイのだろうか？

今度こそ確実に死にたい

電話がかかってきてから間もなくして、彼氏がわたしの新居へとやってきた。頭に浮かぶのはただひとつだけ。

――アカルイワタシデナクテハイケナイ――


「ほうじ茶がなかったわあ、緑茶買ってきたけどよかった？」

「うんっ、緑茶で全然ええで！」

「……昨晩、離脱ツラかった？」

「なんで？」

「貧血みたいに真っ白な顔してる。目の下のクマも目立つし」

「あー、引越しして初めての夜やったからなあ～。熟睡できんくて、眠りが浅かったんちゃうかなあ？　いたって元気やで！　めっちゃ元気！　クスリもほとんど飲んでないし！」

ウソ、かかってこない電話を待って一睡もできなかったし、オーバードーズもしまくった。

「そりゃ、良かった。リタリンは？」

「それが全然、昨日の夜、1錠吸っただけ！」

ウソ、1日2錠までの誓いを、いとも簡単に破ってる。

「その調子で乗り切れるといいね」

「うん、本当は断薬したいねんけど、もうあの入院生活で味わった離脱症状には耐えられへんし、精神科の主治医と相談しながら、少しずつ減薬していくわ。精神安定剤も減らしてんねんで！」

「エラいエラい」

ウソ、ウソだ、全部ウソ。彼氏とよりを戻したいわたしは、ウソばっかりを重ねていく。

「リタリンも、もう少ししたらなくなるやろ？　完全に断薬した時、また暴れたり自殺未遂したり、寝てる間にゲーして窒息死することもあるて主治医に言われたから、〝なんでも屋さん〟に見張っててくれへんかて電話して頼んでみたら、ムリですって断られたわ（笑）」

「そりゃそうだよ、命がかかってるんだから」

「でもあれやなあ、絶頂期に比べたら信じられへんほど減薬してるし。だけど主治医ができるだけしんどくないように、㎎単位で減薬してくれてるから、そんなにキツい離脱はでえへんと思うねん」

「だんだん食欲もでてきたしね。リタリンの成分が抜けていってるんだよ」

「ヨーコもそんな気がするわぁ」

「じゃあ、クスリ飲んだの見届けたし、俺も部屋片づけたいから帰るわ。夜、電話する」

「うん、ヨーコも片付けやるやぁ。じゃあまた、夜ね！」

また、彼氏がやってくるかどうかなんて分からない。

「毎日、様子を見に来るから」

「じゃあ、後から電話するから」

そんな言葉を残したけれど、明日も明後日も明明後日も、その口約束が守られる確約なんて、そもそもあるワケがない。

はじめはリタリンを全部彼氏に預けて、毎日2錠ずつ渡してもらう約束をした。けれど、お互いが引越ししてひとり暮らしになったいま、我が家にやってくるかこないかなんて分からない。自分で管理できるから。そう、自信満々に告げたものの、別れのショックで結局は、リタリンだけではなく精神安定剤までオーバードーズしている始末だ。

もうイイ。我が家へやってくるのかどうかも、元に戻れる可能性も分からない。すべてがあやふやなそんな状況には耐えられないし、あまりにも残酷じゃないか。同情や慰めなら、いっそキッパリと捨ててほしい。

「アハハ、またか〜。よう考えたら今のわたしに失くすものなんて、なあんにもないよなあ〜〜〜」

もう、思い残すことはない。消えよう。

考えてみれば、今までの自殺未遂は、いまいち思いきりが足りなかった。「なんちゃって」な命の落としかただった。そんなものはもういらない。今度こそは確実に死ななければ。絶対に。

わたしは、財布にはいっているクレジットカードとキャッシュカードをすべて取り出し、目につきやすいであろうパソコンデスクの上に重ねて置き、暗証番号を書いた付箋を一番上のカードに貼り付けた。

「楽しかったよー」

「幸せだったよー」

「泣かないでー」

「笑ってー」

「お疲れさまといってやってー」

1ページめくるごとにそれらの言葉が現れるよう、リングメモに簡単な遺書めいたモノを書き、カード類の横に添えた。

「さて、と」

階下に降りて1階のお風呂にお湯をはり、再び2階へと戻る。発見された時に裸体では恥ずかしいから、部屋着からお気に入りのTシャツとロングスカートに着替えて、丁寧にお化粧をした。

大きなコップに、今ある分ほとんどの眠剤と精神安定剤をいれ、荷造り用の茶色い紐を用意して、貝印のカミソリと紐を切る用のハサミも用意した。クスリを流しこむためのビールは、1階の冷蔵庫に冷えている。

「本当に楽しかったなー」

恐怖心なんて一切なく、うつむき加減でクスクスと笑みをこぼす。そして、死ぬために準備した「自殺セット」を持って、また再び1階へとまい降りる。

「えーと」

まだ半分くらいしかお湯が溜まっていない湯舟に、ベビーパウダーのような香りがしてお肌がスベスベになるという、どこかの薬局でもらった試供品の入浴剤いれると、お湯が乳白色に染まった。

「やっぱ、キレイな姿で発見されたいもんなあー」

今日、仕事帰りに彼氏がやってきたとしたら、多分時間的には夜11時30分頃だろう。なので、自分がキレイな姿であるままで、更にちゃんと絶命している時間を逆算したら、夜7時頃が打倒だろうか。いま時間は夕方6時30分だから、ちょうどよい頃合いだろう。わたしはまだ満タンに溜まっていない湯舟のなかにカラダを沈めた。

ビールでコップにはいった精神薬を胃のなかに流し込んでゆく。眠剤と精神安定剤で眠気が訪れた頃に手首を深く切る。眠ってしまってそのまま溺れ死ぬ。溺れ死ねなかった時の保険のため、荷造り用の紐を蛇口と首とを結ぶように巻きつけて、カラダが沈む重みで首吊り状態で死ねるようにしておくこと。これが、わたしの考えた、苦しみもあまりなく「幸せな死」を迎えられる、絶対に死ぬための自殺プランだった。

眠りについてカラダが落ちたら、湯のなかに顔面が沈んでいる長さを確かめて、余分な紐をハサミで切った。わたしの全体重がのしかかってもぶち切れてしまわないよう、グイグイと紐の強度も確かめながら、何重にもして巻きつけた。そして、真夏にビールと枝豆を味わいながら野球観戦を楽しむ世のお父さんのごとく、白い壁面を眺めながらビールで精神薬をパクパクと流し込んでいく。気分はとてもハッピーだ。

「○○さん、お願い、キレイなままのわたしを発見してね」

「○○さん、どうか哀しまないで、3ヵ月くらいでわたしを永遠に忘れてね」

第10章
アホチ

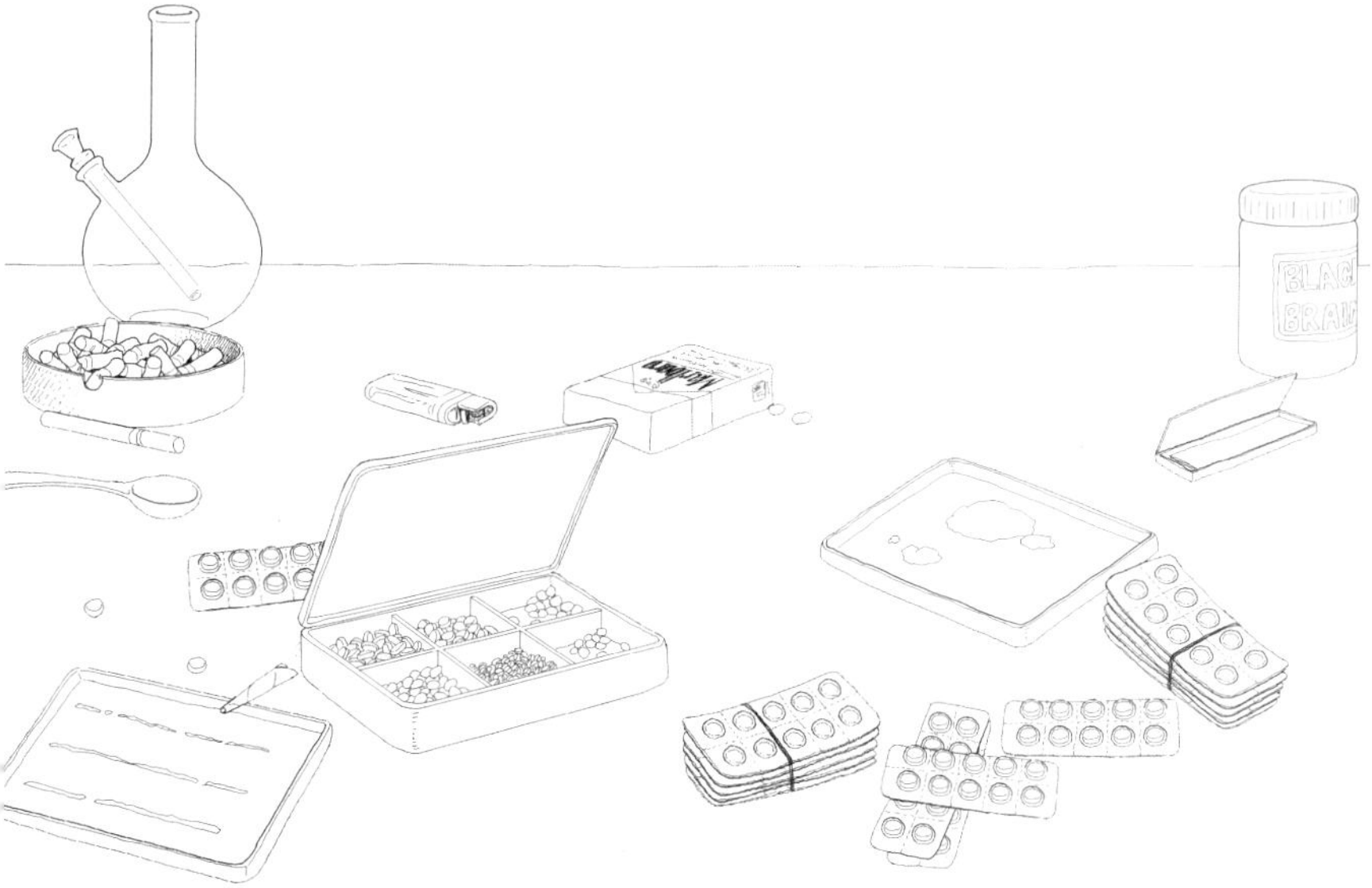

自殺は衝動

――死ぬことでラクになれる――

わたしは一体、何から逃げているのだろうか。何がそんなにもツラいのだろうか。「仕事」「お金」「家族」「人間関係」「不妊」「精神薬」「リタリン」「離脱症状」「彼氏との別れ」いや、何もかも違う気がする。けれど、何がしんどくて、今、やっと死ねることに、こんなにもホッとした安堵感を感じているのだろうか。
下北沢から○○市への、引越しの準備をしている最中、書きなぐったメモを見つけた。そこにはミミズが這うようなか弱い字で、こう書いてあった。

手の小刻みなふるえ
めまい、貧血みたいに血の気ひいて視界まっくら
自分が何をしようとしていたのか分からなくなる、こんらん
何もないのに涙がでる
顔面のしびれ胸のどうき

腰がぬけるへたりこむ
ラボナ10錠飲んでもねむれない、ベゲタミンAも効かない
やる気集中力のけつじょ
偽善者と言われたい。そのほうがラク
さっきしていたことを忘れる
食欲減退
すぐ吐く
人からお前は必要とされていないと言われたい、ののしられたい
その半面、カウンセラー気どりで必要とされたいむじゅん
こんらんこんらんこんらん
ばとうされたい
生きていること自体が罪

わたしはメモ書きの遺書の最後にも、こう書き残した。

「お疲れさまと言ってやってー」

きっとそれはただ漠然とした、れっきとした理由もなくあいまいに、何もかもに疲れたのだ。生きることにではなく、生きていくことに疲れたのだ。そんな自分自身にさえ嫌気がさしたのだ。多分、としか言えないけれど。

自殺は衝動。

今も昔も、そう思っている。「彼氏との別れ」というのは、非常にていのよい「きっかけ」だったであろうに過ぎない。元々死にたかったわたしの背中を、トンと押してくれたのだ。

悪名高き、JR中央線の人身事故に、もろに出くわしたことがある。

電車の最前車両の最前列、運転席と車両とを隔てる壁についた手すり、そこを手で掴んで正面にある窓から前方の風景を眺めていると、三鷹駅へと電車が滑りこむその時に、ホームから「キャーーー!!!」という女性たちの悲鳴が聞こえた。

その瞬間、電車の前方からドン! と、とても鈍く重く大きな衝撃が走った。運転席と車両とをさえぎるロールカーテンのようなものが瞬時に降り、何がどうなっているのかを目で確認することはできなかったが、「飛び込み自殺だな」ということは何となく予想できた。

ホームでキャーキャーとたむろする人々、閉まったままで開く気配のないドア、JR職員たちの慌ただしい動き。そのうち、「人身事故が発生した」という電車のアナウンスが流れ、車内の皆という皆が、スマートフォンを手にし、何らかをトントントントンと打ちこみ始めた。恐らく、「三鷹駅で人身事故が起きた」と、約束に遅れるメールだのツイッターへのツイートだのを、一斉にアップし始めたのだろう。わたしにはその光景のほうが、まさに今の現代社会を現しているようで、とても奇妙なもののようにも思えた。

わたしはパニック障害だ。電車に乗るのもひとりではなかなか難しい。それがいつ開くとも分からない締め切られた車両のなかとあって、しだいに過呼吸が現れはじめたため、慌てて即効性の高い頓服のリスパダール（液体の抗精神病薬）を3つとワイパックス（抗不安薬）を3錠、それを飲み込む水もないまま体内へと流し込んだ。

まだまだ開く気配のない電車内という密室。やがて、スマホに飽きた人たちが、「ホンッと迷惑」「最悪ーーー」「死ぬならほかで死ねよ」など、自殺者への文句を言いはじめたものだから、「いま、人ひとり、死んでいるかも知れないんだぞ、いや、多分死んでるんだぞ」と腹立ちさえ感じてしまった。

最前列にいたものだから、職員たちの無線音が薄く聞こえてくる。

「えー、所有物から、31歳男性と思われます」

愕然とした。その若さで、一体何があったのかは知らない。ただ、ただひたすら今すぐ死にたいと、もう耐えきれない何かが、彼の背中をトンと押したのだろう。そう思うと、「迷惑」だと連呼する乗客の群れのなか、わたしだけ涙が頰をツーッと伝った。

わたしもふと、「いまここで電車に飛び込めたらどんなにラクだろうか」。そう、スーッと線路に吸い込まれそうになり、慌てて我に返ることが多々ある。それは、今でも。

話は長くなったが、飛び込み自殺をした彼は、わたしの投影のようなものに感じた。

あくまでも「彼氏が」ではなく、「彼氏との別れ」が、わたしの背中をトンと押してくれたのだ。

そんな風に思えてならない。

そんなもの、彼氏にとっては迷惑以外の何物でもない。けれど、わたしはそんな気持ちを無視して犠牲にしてまでも、自分だけがラクになりたかったのだ。

余談だが、電車に飛び込み自殺をする人は、飛び込むタイミングを見計らうために電車を覗きこむので、車掌と目が合ってしまうらしい。さぞ、車掌にはトラウマとして残るものだろうなと思う。自殺者には、明日会社に行きたくないサラリーマンが多いため、日曜日が一番人身事故が多いとも、話に聞いたことがある。わたしの自殺ももはや人身事故のようなものだ。だからわたしは、トラウマにも残さず長くても3ヵ月で、彼氏にわたしの死を永遠に忘れてほしいと願った。

悲劇と喜劇

湯舟のなかを埋める乳白色の湯は、なめらかな肌ざわりで赤ちゃんのようにやわらかな香りで、とってもも気持ちがよかった。ビールのお供な「柿の種」的役割の、眠剤と精神安定剤も、徐々に効いてきたのか、これもまたわたしの心身をともにリラックスさせてくれた。

まだ、カミソリは手首に当てていない。気持ちのよい状態を保ち、それを楽しんでいたから。

「あーーー、やっとわたし、死ねるのかあ」

「気持ちいいなぁ」「温かいなぁ」「眠いなぁ」

死ぬことには必ず、苦痛がつきまとうものだと思っていた。だから、こんな心地よさのなか命をまっとうできるのなら、もう本当に思い残すことはない気がした。

「〇〇さん、本当にありがとー」

別れの哀しみは感じない、楽しかったことばかりが浮かぶ。彼氏は生きていた時もわたしを温かな気持ちにさせてくれたけど、死を決心して実行している今でも、私を温かな気持ちにさせてくれたのだ。

「もう、眠いなぁ……」

カラダがいきなりガクッと、自身の重みで湯の中に落ちた。紐にカラダの重力がかかって首に食いこみ、声帯ら辺を締め付けたのか、ゴホゴホゴホと咳きこんだ。たまらずとっさに手で紐を首から引っ剥がそうと手をいれるが、紐と首の間には、そんな遊びの余裕はない。

足をもがく。首の紐をどうにかしようとしながら、足をバタバタバタともがきまくる。でも、大丈夫だ。この程度の苦しさなら、離脱症状よりよっぽどマシだし、第一わたしは酒とクスリに酔っているから何とかなる。

何か遠くで音がした気がした。でももう、こんな状況にも関わらず、眠たくもなってきたしどうでもよい。眠る、眠る、眠る……。


バンッ!!!

突然、お風呂のドアが開いた音がし、外の冷たい空気が一気に流れ込んできた。何が何だかワケの分からないままその冷たい方向を見ると、まだ仕事から帰ってくる時間ではないハズの彼氏が、なぜかそこに立っていた。朦朧としていた意識が少し正気に戻り、ただひたすらとビックリとした。

「え、なんで……？」

「仕事、は……？」

「よ～ちゃん、一体何やってんのぉ～？」

彼氏がこっちへ近寄ってきた。そして、おもむろに湯の中に手をいれた。

「適温じゃん!!!」

適温じゃん!?

悲劇と喜劇は非常に良く似るというが、わたしはこの期に及んでユーモアを一切くずさないその姿勢と言葉が、笑いのツボに思いきりハマッてしまって、ゴホゴホゴホと咳きこみながら爆笑してしまって、「適温じゃんて！」とツッコミまでいれてしまった。一気に現実に引き戻されるわたしの首に巻かれた紐を、ハサミでブチブチと少しずつ切り裂きながら彼氏が続ける。

「何、入浴剤までいれてんの!?」

「フェルゼア!?　これ皮膚科か何かでもらった、肌にすごくイイやつじゃん！」

「いや、キレイな肌のほうがいいなと思うて……」

「てか、なんでおんの？　なんで帰ってきたん!?」

「ヨーコ、メールしてないやんな？　電話もしてへんやんな!?」

「なんでなんでなんで!?」

「あーあ、服ままじゃん！」

「ハイ、脱ぐ！」

「おいっちに、おいっちに」とかけ声をかけながら、わたしのビショ濡れの洋服を脱がせていく彼氏。

「服は洗濯機にいれとけばイイっしょ？」

「うん」

「それより、ちょっと2階上がって！」

「うん」

彼氏に促されるがままバスタオルで髪の毛やカラダを拭きながら、2階へと続く階段横にある収納から、Tシャツと短パンをざっくばらんに選んで着た。

「ほれ、おいっちに、おいっちに」

まだ、ちょっと朦朧としているわたしを支えながら2階へと押し込むように誘導すると、そこには少し大きめのケーキの箱のようなモノが置いてあった。

わたしは、まだなんでこの時間に帰ってきたのかが不思議すぎて、「なんで？　なんで？」と繰り返す。

「いいからいいから」

「ちょっと、その箱開けてみて？」

「なぜ、ケーキ!?」とは思いながら、即されるままに箱を開けようと手をかけると、「プギッ！」という威嚇音のような鳴き声が聞こえた。

「プギ!?　ケーキがプギ!?」

全開に箱を開けると、そこから「アンッ！」と可愛い鳴き声をあげて、リスのような小動物が、ニョキッと顔をのぞかせた。スゴい展開にビックリしながら、その子と真正面から目を合わせていると、また「アンッ！」と甲高めな声を上げて、カーテンへとジャンプした。

「○○さん、一体何これ、何これ一体！」

「フクロモモンガか！」

カーテンを昇ったり降りたりジャンプしたり落ちたりして、ちょこちょこと落ち着かない小動物。

「フクロモモンガだよ。前、テレビで見て、〝可愛いーーー！〟って言ってたっしょ？」

しばらくそのおっちょこちょいな行動を眺めていると、今までの自殺劇はなんだったんだろうという、仲が良かった頃の空気感が流れはじめた。

「名前、なんてしよか？」

「なんて、つけたい？」

「うーん、ヨーコ、不妊やろ？　もしも子どもができたらな、しかも男の子やったらな、つけたいなていう名前はあってん」

「なんて名前?」

「快人(カイト)。快《こころよ》い人と書いて、快人」

「カイトー!」

「カイトー!」

でもなんだかしっくりいかない。

わたしは大阪出身だ。大阪弁で、愛しい対象に向かって、「アホやな~」と言葉をかける表現がある。あっちゃこっちゃアタフタしているその行動が可愛らしすぎて、何気にわたしが「この子、ホンマ、アホやなあ~」と笑った。

「アホちゃーん、おーい、アホちゃーん」

「アホちゃーん」

「アホちゃんかあ、アホちゃんはあんまりにもかあ。アホちゃんやから〝アホチ〟は?」

「アホチー」

「おーい、アホチー」

今度は何だかしっくりきて、子どもができないカラダのわたしの第一子は、自然に「アホチ」という名前になった。名前をつけると余計に愛おしさが募る。「アホチアホチ」とわたしたちは、ずっとんきょうな行動がたまらなく可愛いその子を、「アホチ」と自然に呼ぶようになった。新しい家族の誕生だ。
「よーちゃん、リタリンやめたら結婚しよっか？」
「うん！」

後から聞くに、彼氏はリタリンをやめさせるために、あえてフェイクの別れを選んだのだと言う。そして、わたしにペットという名の子どもがいれば、クスリも何とか踏みとどまれるのではないかと思ったと言う。

新しい生命を迎えたことで、わたしにも「生きる」ことへの執着心がはじめて芽生えはじめていた。わたしは自分ひとりでも生きられるけれど、アホチはわたしがいないと生きられない。この子のためにやっぱり生きたい、この子より先に逝けないと思った。

のち、わたしたちの第一子である「アホチ」は、お嫁さんに迎えた「姫」との間に8人もの子どもたちを残してくれ、人間年齢で言えば120歳までの間、わたしたちに喜びや支えや母なる慈しみまでもを与えてくれた、大事な大事な2人の子どもだ。

第11章
合法ドラッグ

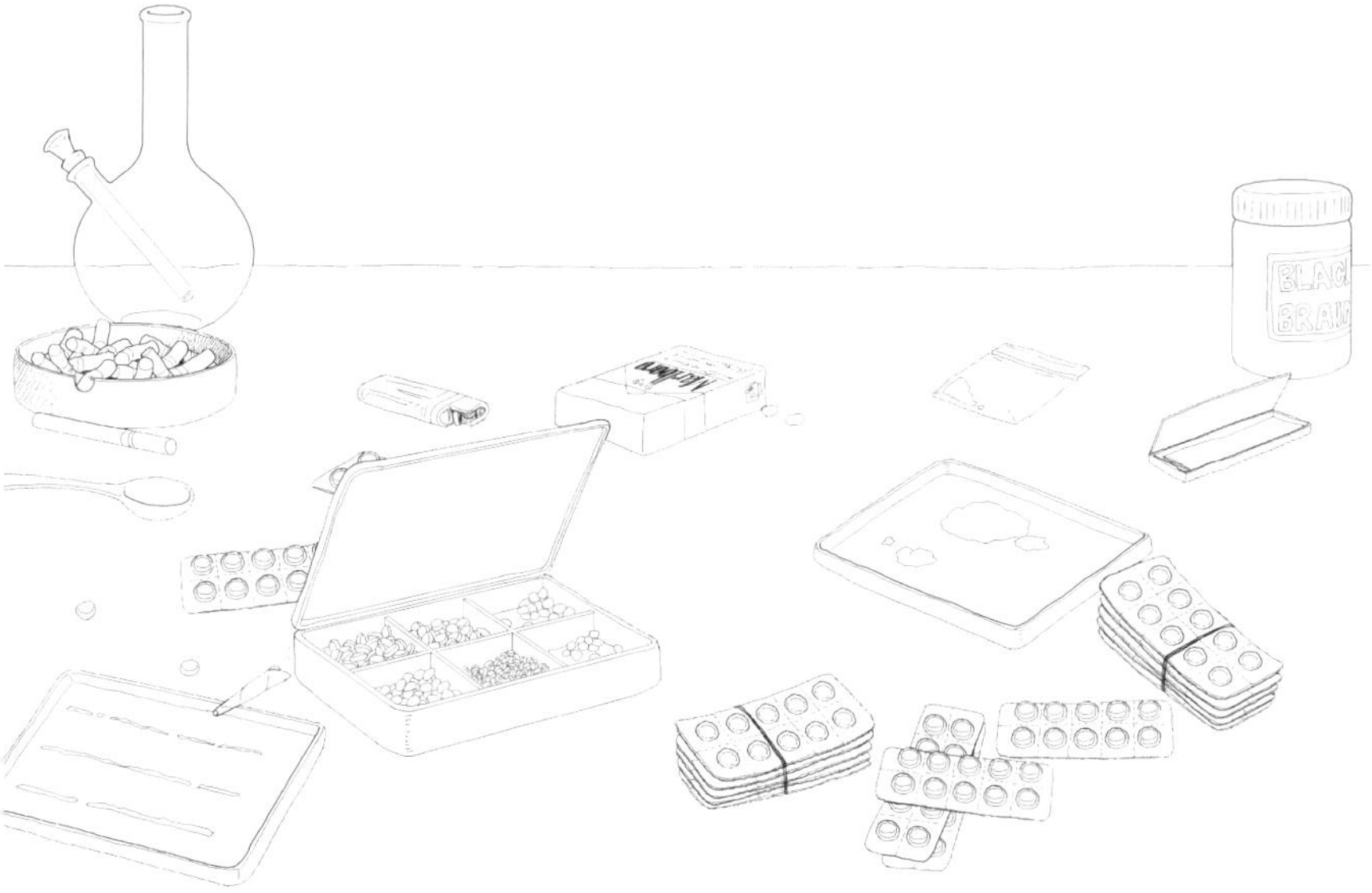

再び手にした幸せと……

なぜ、彼氏がわたしのしごく本気の自殺決行日に限って、いつもよりもずっと早い時間にわたしの部屋へとやって来たのか。その理由や動機の本当のところは、いまだもって分からないままでいる。ただ、「リタリンをやめさせるために、あえてフェイクの別れを選んだ」「ペットという名の子どもがいれば、クスリも何とか踏みとどまれるのではないか」。

そう、彼氏が言った言葉のままを信じるのであれば、ただ別れるつもりなのではなくむしろ前向きに、わたしとの仲を最短距離でとりもつため、引越しを終えた次の日にさっそく、フクロモモンガ・アホチを探しに行ったのではないだろうか。

アホチはエキゾチックアニマル専門のペットショップからやってきた子で、フクロモモンガとしては少し年齢的に年をとっていたからか、または何らかの問題があったからなのか、そこら辺の事情も分からない。けれど、ほかのフクロモモンガたちとは別に、ひとりだけ別部屋で売られていたらしいアホチに、彼氏は強く心が惹かれたらしく、それがウチの子となる大きな決め手になったようだった。彼氏には、何を考えているのかよく分からないことが時々あるが、わたしにしてもアホチにしても、普通の人生から少し道を外れてしまった子を好む傾向にあるのだろうか。だって、なぜわざわざ精神病者であるわたしとの、いばらの道を選ぶのか。

「激しく、好奇心旺盛やな！」

「ボランティア精神に溢れているな！」

そう言葉を投げかけて、一緒に笑ったこともある。

けれどアホチはとんでもなく可愛くて、ものの数日でわたし達に懐きはじめ、「アホチーーー！」と呼ぶと、「ん?」という風にくるりと部屋から顔をのぞかせたり。「ピョン！」という声を投げかけると、わたしたちの腕や手のひらにジャンプして飛び乗ってくる、とても人懐こくて愛らしい子だった。

アホチがわたしと彼氏との関係をつむいでくれたとしか考えられないほど、わたしたちはアホチがやってきたその翌日からすぐ、心を前より強く結んだ。彼氏は住む家が別々だというだけで、服を着替えに帰る時間と仕事以外の時間とを、わたしの部屋で過ごすようになった。

たったひとつだけ以前と変わったことがあるとすれば、セックスだけが一切なくなったことだろうか。けれど、それ以上に心と心は通いあっているように思えたし、今更セックスするのも何だか気恥ずかしい気持ちにもなっていたし。

「まぁ、いっか」

そう思ったのはセックスで心を通わせることを放棄したのではなく、そんな行為がなくても十分満たされて幸せだったから。

多分、わたしたちは、彼氏と彼女の関係ではなく、アホチという最愛の子どもができたことによって、家族になったのだと思う。養子であったわたしは、父性母性をかたくなに求め続けていたけれど埋められず、くだらない男とばかりセックスして「寂しさ」をまぎらわせていたように思う。そんな「寂しさ」という名の穴を、彼氏として母親として父親として兄弟として友だちとして全部全部埋めてくれたのが、彼氏だったのではないだろうか。カラダを重ねあっていた同棲時代が「恋」ならば、確実に現在は「愛」のような気がする。求めていた「心」を与えてくれた。やっと、見つかった。

リタリンは1日2錠まで。そういうキツい縛りの約束も、「リタリンやめたら結婚しよ?」。その一言で、必死で守るようになった。ただひとつだけお願いしたのが、胸に下げたロケットペンダント。そのなかに、1錠だけリタリンをいれて、「お守り」というカタチで持たせてもらうこと。それで安心できるような気がしたのだ。なのに、湧きあがる焦燥感。そして、離脱症状。

人間には、「食欲」「性欲」「睡眠欲」という、俗にいう三大欲求が死ぬまでついてまわるという。そこに四大目として新たに加わる欲求が「薬物への欲求」だと、主治医から教えてもらったことがある。

「そんなものただのいい訳でしょ?」

そう思われるのは当然かもしれない。だって、それは生まれもったモノではない、自らが選んで引きこんだ欲求だから。実際こんなに愛して愛されていても、クスリへの欲求は激しく強く、すべてをいとも簡単に吹き飛ばしてしまう。

何度も何度も捕まれど、一度、シャブの快楽を覚えてしまった人のほとんどが、その底なし沼から抜け出すことができない。精神薬界の合法覚醒剤と呼ばれたリタリンも、シャブ中のあれと同じ原理。そう思ってもらえば少しは分かりやすいだろうか。

残りのリタリンは数錠。

しかし、リタリンは病院で入手できなくなった。

その時また、ふと思い出したのが、「病院がダメなら個人で入手すればええんちゃう?」。そんな、切羽詰まったとても頭の悪い考えだった。こんな崖っぷちみたいな状態でも、「リタリンをスニッフしたい」という欲求が、頭から一瞬も離れない。強い焦燥感で頭や顔を掻きむしって血だらけになり、皮膚病や伝染病だとたびたび間違われるほどの形相になっていても尚、どうしてもクスリが欲しいという欲求が、強烈に鮮烈にこびりついて離れないのだ。

合法ドラッグ初体験

まだ時はmixi全盛期。mixiのDMには、わたしのリタリン依存を知ってか知らずか、いや確実に知っていたであろう売人勢から、「リタリンやドラッグを買わないか?」。そういう内容のDMがたくさん届いていていた。

「リタリンを売ってもらいたいのですが」

我を忘れ、連絡のあった売人にかたっぱしから、コンタクトをとりまくった。愕然とした。ナルコレプシー以外にリタリンが処方されなくなった今、売人のほうでもリタリンをまったく入手できず、「現在、売ることはできない」の返信しか、一通も届かなかったのだ。焦りに焦ったその時に浮かんだ答えは、「ならば、合法ドラッグ（※危険ドラッグ、当時は合法）を試してみよう」であった。

クサやシャブやマジックマッシュルームなど、違法ドラッグの経験はあった。特に、クサにはよく縁があり、皆でひとりでよく炙っては音楽などに心身をゆだねていたから、違法ではない合法ドラッグを試すことに、少しもためらいはなかった。だって、合法なんだもの。

正直に言うと、わたしは依存性が強烈すぎるシャブはまったくの別物として、クサに対してはものすごく、自分に対しても他人に対しても寛容だ。

クサが合法である外国地域などでは、食後の家族団らんの嗜好品として一服を楽しむ人々も多いと聞く。クサはシャブとは真逆な作用をもたらすドラッグとして、大いに解放されるべきだと思っている。そんなものより事故率・犯罪率が抜群に高いアルコールのほうが、よっぽど危険だと思っている。

そんな、「ケミカルなものは人間を破滅させるからいけないけれど、嗜好品として楽しめるモノなら大いに賛成である」。という自己流の考え方を持っているものの、ただ警察に捕まるのはバカらしいから、日本の法律にしたがっているだけにしか過ぎない。だが、合法ドラッグも完全にケミカルな薬物であって、焦りすぎていたわたしは、そこを完全に見落としていた。

「すいません、合ドラのDMをいただいていたものなんですが」

すると、一発目から「あります」との手ごたえがあり、まったくの初心者だと伝えると、「一度試してみますか？」と、その翌日にはもう、渋谷で待ち合わせをする流れになった。わたしはフリーライターということもあり、mixi上に顔写真ものせていたので、目印となるものは特にいらないとのことだった。

来たる翌日の夕方前、指定されたタワーレコード前へ行くと、背が高くとても痩せて目がギョロリと落ちくぼんだ、見るからに不健康そうな男が声をかけてきた。

「行きますか」

どこへ行くのかは分からない。ただ、ひたすらと、サッサと足早に歩く男の後を追う。待ち合わせ場所から10分もかからないその場所は、薄暗くて妙な雰囲気がある、レンタルルームのようだった。男はそそくさとフロントへと向かい、何を話しているのかは分からないが、かなり慣れたような風に手続きをしているように見えた。いつも、このレンタルルームと、この手段を使っているのだろう。

「こっちです」

男がドアノブを右へ回すと、店内よりももっと照明が薄暗く、マットレスがただひとつだけ置かれた狭い空間が現れる。当然、不安は募ったが、それよりもドラッグへの興味と期待が、圧倒的に勝利した。

男はマットの上に腰かけると、小脇に抱えていたセカンドバックから何かを取り出し、敬語から急にタメ口になって、意気揚々と合法ドラッグの説明を話しはじめた。

「これはハーブ、クサのようなモノ。クサの経験はある？」

わたしはコクンと無言でうなずく。

「これはパウダー、容子はタバコ吸う？　タバコの先につけて吸ったり、炙ったりして楽しむモノ」

「最後に、これがアロマ、だいたい30分くらいでキマる」

「だって、これは全部お香だからね？　お香なんだから絶対に捕まらない」

やたらと「お香」を連発する男。わたしが警察などに通報しないよう、そのブレーキをかけておいたのだろう。そこから男は、これらがいかに法的に規制されていないか、それを唇の両端に唾をためながら、強く長時間にわたって話しはじめた。言わねーよ、分かってるよ、しつこいな。そう思ったけどガマンした。

「初心者だよね。まずはお試しで飲んでみてイイよ」

そう言いながら、フロントで買ってきたのであろう冷えた缶ビールと、合法ドラッグのアロマをわたしに渡した。わたしはなんの躊躇もなく、その液体を口へ含んだ。ほんのり甘く無臭だったかと思う。

「酒と飲むとよく効くから、ビールもっと飲んでいいよ、チューハイもあるよ」

「どう容子、カラダが火照りはじめない？」

30分を経過しても、わたしのカラダや脳にまったく変化はなかった。どうやらわたしとアロマとは、相性があまりよくなかったようだ。

「パウダーにするかーーー」

ロケット状の小さなカプセルに、真っ白い粉が詰められたモノを男は出す。

「これはどう使ったらイイんですか？」

「容子、タバコ吸うって言ってたよね？　タバコの先にチョンチョンと粉をつけて、肺に煙を巡らすように、呼吸の限界まで回して回して吸ってから、ゆーっくりと煙を吐いて」

「あー、クサと同じ感じっすか？」

「そうそうそう、煙を肺に回して回して」

一発でキた。

視覚が、テレビ画面が毎秒ごとに切り替わるよう、カクカクと小刻みに場面が切り変わり、手足がだらしなくダラーンと垂れ下がって、カラダに全然力が入らない。気持ちイイという感覚はない。ただ視覚がヤバく、意識がぶっ飛んでしまいそうだ。

「うわあ……」

思わずそんな声が小さく漏れ、悦楽はないのにヨダレを垂らした。とてもじゃないが、マットに腰掛けてなんかいられない。わたしはただただ、「うわあ」と声を漏らしながら、眠たくて後頭部がガクンと後ろへ倒れるように、マットに倒れこんでしまった。

それを観察するようにジッと座っていた男が、「俺は容子ちゃんとセックスがしたいんだなあ〜」と言いだし、わたしのカラダに覆いかぶさってきた。カラダ中を撫でまわされたが、とてもそんな気分になるようなキマりかたでもない。

「ムリっす、ムリ、ムリ……」

パウダーを吸ってから、一体どれくらい時間が経ったのだろうか。まるで時間の感覚が分からないけれど、男の動きに抵抗しているうちにだんだんと効き目が落ちてきたのか、カクカクとした視界がスローな動きになってきた。また、わたしが抵抗をし続けるものだから男のほうもやる気がうせたようで、わたしのカラダからスッと離れた。男はいつもこの手を使って、ラリった女をセックスに持ち込んできたのだろう。バカだ。そして、わたしも大バカだ。

まだ、ハーブを試していないが、とてもそんな正常な状態ではない。わたしは売人からハーブのパケ1袋とパウダーを1つ買って、ちょうどこの後に渋谷で飲む約束をしていた、友人の元へと向かった。「侍king」というラベルの貼られたハーブと、何も明記されていないロケット型のカプセルにはいったパウダー。ともに、それぞれ5000円だったと記憶する。

友人と会う時にはもう、ほとんど醒めた状態だったけど、「もう、酔ってんの?」と一言だけ聞かれた。あまり快楽をともわない、合ドラ初体験だった。だが、ここからわたしは、蟻地獄のような合法ドラッグの快感にどっぷりとハマり、おおよそ丸3年だっただろうか。廃人のような生活を送ることになる。さらなる地獄の幕開けだった。

地獄の幕開け

売人と会った後、同じく渋谷で友人と酒を交わし、泥酔して帰路についたのが翌日のお昼過ぎ。部屋に戻ると幸いというか当然というか、彼氏はすでに仕事に出かけていなかった。

「やった、いない！」

ムクリと湧き上がる期待と好奇心。わたしは早速、昨日売人から買ったハーブを、家にあったウッドパイプに詰めて、100円ライターでギリギリと上から炙った。炎の先端のオレンジ色になった部分では、ハーブがムダに焼け焦げてしまってもったいないし、うまく気化させることができない。炎の下の青い部分でハーブをじっくりと炙り、白く気化した煙を肺に循環させるイメージでぐるりと巡らし、呼吸の限界値まで煙を溜めてはゆっくりと吐く。

「これが、合法!?」

一服目から、快楽はやってきた。とても合法だとは思えない、それほど強い快楽だった。味はほど苦かったように思う。だがクサにだって、独特の臭みと苦みはある。

「あー……」

カラダはダランと弛緩し、口の端からまたヨダレを垂らす。

「気持ちイイ……」

その快楽を何度も求め、幾度もハーブを追い焚きする。

わたしの場合、クサを吸うと食べ物や飲み物をとんでもなく美味しく感じる。しかも、シラフではとてもつまらないことが、めちゃくちゃ面白い話に思えてきて、始終笑いっぱなしで涙が止まらなくなったりもする。

特に複数でクサを楽しむような時、飲食することがとても大好きなわたしは、ただのミネラルウォーターを飲んで「奇跡の水やぁっ！」と叫んだり、ただの野菜サラダを食べながら「農家の人たちよありがとう！」と、その美味さに農家をしのんで涙したこともある。とりわけわたしはクサを吸うと甘いものが美味しくなるタイプで、試しにコンビニで買っておいたシュークリームを食べてみることにした。

「あー、こっちは何だか普通だなあ……」

ハーブに、食べ物が美味しく感じられる効果はないようだ。むしろ、ヤニ臭いような嫌な味と臭いがした。だが、恍惚《こうこつ》として気持ちイイ。クサに負けず劣らず気持ちイイ。そっと肌の表面を指でなぞってみると、ゾワゾワとうぶ毛が逆立つような快感があり、とても皮膚感覚が敏感になっていると感じた。

「じゃあー、音ハマりでもするかぁ」

わたしはバックミュージックにフィッシュマンズをかけて、心身ともを音楽のリズムにゆだね、ベッドに深く深く意識ごと沈みこんでいった。テクノやトランスなどもアッパーになって気持ち良いが、それはテンションを上げることが目的だから、数人でクサをまわす時がだんぜんに多い。わたしひとりきりでそれを楽しむ時には、気分なんて高める必要もないから、ダブなどのゆったりとした音楽を好んでかけることが多かった。しかし、なんて気持ちよいのだろうか。まるで、地球や宇宙と一体化したように神秘的でさえある。

目覚めるともう日が暮れていた。あまりの心地よさに、知らぬ間に眠ってしまっていたようだった。

「あー、気持ちよかったなあ……」

ハーブの効果はもうすっかりと抜けていた。だが、感覚は残る。わたしは間髪をいれず、今度はラベルも貼っていない得体知れずのパウダーも吸ってみることにした。昨日、売人から教えてもらったように、タバコの先に白い粉をチョンチョンと少量まぶし、吸い込んだ煙を肺にぐるりと巡らす。

「わ、なんだこれ？」

昨日試したパウダーとはまた種類が違うようで、今度は視覚がカクカクと切り替わらないし、ただ何日かぶりにタバコを吸って脳が酸欠状態になったような、それの何十倍ものうっとりとした悦楽があった。自然に目を閉じ、心臓から湧き上がるような恍惚感に身をまかせる。

「あー……」

タバコにチョチョイとまぶすだけ。なんてお手軽で、なんて気持ちがよいのだ。難点をひとつだけあげるとすれば、気持ちがよくてつい追ってしまうわりに、効果が作用する時間がとても短く、それに対して容量がとても少なく、パウダーがどんどん目減りしていくことだった。

いつまでもこの快楽に溺れていたい。けれど、何事にも終わりがやって来る。わたしは結局、家に帰り着いた昼過ぎから、彼氏が仕事から帰ってくる終電近くまで、延々とハーブとパウダーに翻弄《ほんろう》されて、とめどなく快楽をむさぼり続けた。

「今から帰るよー、コンビニでなんかいる？」

「あー、じゃあ、何にしよかな。えっと、ペペロンチーノお願いしてよい？」

「了解ー。ってか、酒飲んでる？」

「飲んでないよ、なんで?」

「なんか、呂律がまわってないから」

「あー、さっきまで寝てたからちゃうかなあ」

「寝てたんだ、分かった、じゃあ帰るねー」

彼氏から「帰るコール」がかかってき、とっさに寝ていたとウソをついた。しごくマトモに喋るようつとめたのに、それでも客観的に聞いて、口調がラリッているんだな。独特の臭いも残っている気がして、ダウニーの香りがするスプレータイプの消臭剤を部屋中に撒き散らす。帰ってきたら、ダウニーの香りが充満しているのもヘンな話だが、合ドラの臭いが充満しているよりも、まだなんとでも言い訳がつくからマシだろう。

彼氏には、合ドラを買ったことは言わなかった。れっきとした合法なのだけれど、リタリンをやめようとしているその時に、今度は合法ドラッグに手を染めるなんて、ヒドく悪いことをしているように思えてしまい、とてもじゃないが伝えることができなかった。それに、彼氏にひとことの相談もなく売人と会って、レンタルルームに行ったことへの罪悪感も大きい。なるべくなら黙っていたかった。

「今日、家に来なければいいのにな……」

できることなら、朝がくるまでずっと、気が済むまでずっと、合ドラを吸い続けていたかった。その時点でもうすでにわたしは、ドラッグという名の棺桶に、足を半分突っ込んでいたんじゃないだろうか。

翌日昼、彼氏が仕事に行ったのを見計らって、早速、わたしは合ドラを吸い始める。今思えば、これが合ドラとの長いお付き合いの始まりだった。ここからわたしは「合法ドラッグ」が「危険ドラッグ」と呼ばれるようになり、ネットショップでもデリバリーでもそれを入手することができなくなるまで、1日も欠かさずハーブやパウダーを吸い続けることになる。

泥沼

わたしはお手軽に快楽を得られるものの、コスパ的にも効きめ的にもハーブに劣るパウダーをやめ、ハーブ一辺倒で炙って吸って吐いてを毎日繰り返すようになっていた。合法ドラッグは違法とは違い、当時、溢れるほどネット上に存在した合ドラショップから、簡単に通販できるのも魅力だった。

しかし、ハーブには難点がひとつあった。クサと同じように独特な臭いが残り、ねっとりとしたヤニがパイプにこびりついて、それがまた臭いを発してしまうのだ。とりわけ1日1袋のハイペースでハーブを吸っていたわたしを、彼氏が「クサいクサい」と言いはじめ、良からぬ臭いと何かを感じとったようだった。

「よーちゃん、なんかやってる?」

どう言い訳したらよいのか分からず長い沈黙をおいた後、わたしはポツリと言った。

「ごめんね、合法ドラッグをやってる。ダメかな?」

「周りはみんなやってる。ただ、俺は理性が飛ぶ感覚に耐えられないからしない」

そう言った彼氏がせめてもと、わたしのカラダを気づかってくれての行為なのか、どこぞのショップから水パイプを買ってきてくれたのだ。

「うわあ！　なんかめっちゃ澄んでる！」

初めてキメた水パイプのハーブは、彼氏から「クサい」と言われた臭いを浄化してくれ、気化した煙も純粋無垢に澄んでるような、上質のクサを吸っている感覚になった。そこからわたしは更に、ハーブにズブズブにハマッてしまった。だって合法で、彼氏も認めて、自分も気持ちよくなれるモノなのだから。

ここら辺から、何ヵ月とか何年とかいう日にち感覚は、ラリッた頭で完全におかしくなっていて、ハッキリとは覚えていない。初めこそとても澄んだ味わいと匂いをかもしだしていたその水パイプも、あまりのハイペースな炙りに、とたんにタバコのヤニのような苦みと臭いを発しはじめ、また彼氏が「クサいクサい」と露骨にイヤな顔を見せはじめた。だからと言って、彼氏が家に居る時だけですらも、欲求をおさえることができないため、1階へと降りる階段の段差の上に座り、ハーブを炙るようになっていった。

1日1パケだったその量もだんだんと物足りなくなってゆき、1.5パケないし、2パケくらいを1日で炙るようになっていく。

ネットショップからやってくるハーブの量も代金も、当然それに応じて倍近くになり、「母子家庭だったお母さんのために」とエロ仕事で一生懸命貯めこんだその貯金も、驚くほどアッという間に消えてゆく。そのうち、コレクションのように貯めこんでいた500円玉貯金箱を開け、毎日約1万円分を500円玉で郵便局員に支払うようになったため、局員が「重い……」という言葉をわたしの前で漏らしたこともあった。

「瀧本さん、あそこは毎日1万円を500円玉で支払うから困ると、みんなの間で噂になってますよ」

そう、以前は少し親しかった郵便局の配達員から、嫌悪感丸出しの表情で、露骨に指摘を受けたりもした。彼氏にも配達員にもバツが悪くなったわたしは、ハーブを郵便局留めにして、マトモに自転車に乗ったり歩く力もないのでタクシーを迎車で呼び、郵便局まで向かうようになった。だが、局留めの封筒に毎日1万円以上を支払い帰るので、そのうち局員にまで顔を覚えられて、いぶかしい顔をされるようになっていった。何だか気まずくて困ったわたしは、東京都23区外だったためかなり割高になるが、家までやってきて直接売買ができるデリバリーをおおいに活用するようになった。

お金もそうだがカラダも弱る。やがて、メゾネットになった部屋の階段の昇り降りがしっかりとできなくなり、1階のトイレまで這っていこうとするものの、トイレにたどりつく前に糞尿といった排泄物を漏らしてしまうようになったため、アマゾンで介護用のオムツを大量に購入した。それでも排泄物が多すぎてオムツから漏れて垂れ流してしまうため、今度は2階の部屋にバケツを用意してそこで排尿し、2階の窓から真隣りにある畑に投げ捨てた。

当然、外出なんてムリなお話だけど、彼氏と主治医とわたしとの三者面談でカウンセリングを受けていた、精神病院への通院時だけはどうしても、歩きナシでは到達点へと向かえない。これまたアマゾンで購入したモンベルの登山用の杖をつき、新宿という繁華街まで出向くというのに身なりかまわず、すっぴん風呂なしジャージ姿で病院まで向かった。

通院や診察の時間もハーブを吸いたい欲求が抑えられないため、非常用・外出用にとパウダーも購入し、パウダーと自分の吸いやすい長さに切ったストローと四角に破いたアルミホイルと100円ライターと口紅を、ジャージのポケットに詰め込んだ。

精神病院に着いたらとりあえず女子トイレへと向かい、狭い個室内でアルミホイルを口紅の筒状のカタチに整えて、そこに耳かき1杯分程度のパウダーを加え、100円ライターで下から炙った。キレイに気化した煙をゆっくり吸い込むと、やっと吸えたという安堵のため息を漏らした。

トイレでタバコは吸えないので、アルミホイルを用いるようになったのだが、アルミのほうが煙の純度が高くてキマるとカラダで知ったのは、皮肉にもこの病院時の体験からだ。吸った後に、若干シンナーによく似た臭いが残った。

当時、わたしが通院していた精神病院は、ダルクとも提携している病院で、ことさら熱心で優しく信頼のおける薬物依存症専門の女性主治医は、通常10分ないし15分ないしのカウンセリングを、約1時間かけて紐といてくれるかただった。

なのに、わたしときたら炙っているものだから、主治医の言葉をほとんど聞き逃してしまっていたし、自分からの言葉もほぼ頭に思い浮かべることができなかったし、わたし本人的には記憶にないが、時には診察中に眠ってしまうことすらあったらしい。そういう点では、「○○先生はああ言ってたよ、こう言ってたよ」と教えてくれる、付き添いの彼氏がいてくれたことは、とてもありがたいことだった。ただ、主治医と彼氏には非常に申し訳ないことをしたと今でも悔やむ。

現実と非現実

――ワタシ、コノママオカシクナルノカナ――


もう、ダメだったのかも知れない。どんどんどんどん、現実と非現実との境目が曖昧になっていく。1日中キメているような毎日を送っていたある日のこと、いつものようにベッドの上で自分の世界に浸っていたら、わたしの目の前に手榴弾がひとつコロンと投げ込まれた。

「あ！」

あまりにも突然のことで一瞬呆気《あっけ》にとられたその後、「手榴弾を投げ込まれたら、即座に反対側へと投げ返せば助かる」と、戦争関係のテレビか書籍で見た覚えがあったわたしは、反射的にそれを思い切り反対へ投げ返した。だが、2発目3発目の手榴弾が続けて投げ込まれてくる。

「死ぬ！」

まるで思いがけない漫画みたいな展開に一瞬ポカンとしてしまったが、ここでやっと我に返ったわたしは、手榴弾の数の多さにすべてを投げ返しきれないと、とっさにベッドから部屋の中央へと思いきりジャンプした。全力でテーブルに頭を打ちつけ、痛みに転げまわったそこに、さっき投げ返した手榴弾を見つけたが、爆発する感じはなかった。

夢の中で夢から覚めるように、頭が現実に戻ったその時には、すでに手榴弾の姿はきれいさっぱり消えていた。

「なんだ、今の!?」

もう、何が何だか意味が分からない。けれど実際に、わたしの元へと手榴弾は転がってきた。その驚きに呼吸を荒げながらしばらく呆然としていると、ベッド側に大きくとられた窓が真っ赤な閃光に染まり、皮膚の表面に焼けつくような灼熱を浴びた。

原爆が落ちたのだ。

家の前に原爆が落ちた

家の目の前にある細い道路。そこを隔てた場所にある、区画整理された畑。そこに、原爆が落ちた。なぜ、その場所に原爆が落ちたのかが分かったのかは分からない。が、これがドラッグにおける、幻覚や妄想というものなのだろう。

「外、外は一体どうなってんの!?」

カーテンを一気に開けると、そこにはいつか漫画の『はだしのゲン(中沢啓治)』で見たような、一面の焼野原と焼け崩れたビルの残骸が広がっていた。ただ、たったひとりも炎で焼け焦げた人間の姿がなかったのが、逆に不気味ではあった。

「外、とりあえず外に……」

今、外に出たら放射能をもろに浴びてしまうということなどは、まるで考えていなかった。とりあえず外がどうなっているのかを、確認せずにはいられなかった。一体何が起こっているのだという恐怖に膝をガクガクと震わせて、壁伝いに1階へと続く階段を降りる。部屋と外界とを隔てる玄関のドアノブを右へまわすと、ムンとした熱気が中に流れ込んできて、わたしの全身を覆った。

一歩一歩、足取りを進ませて道路にでると、足に履いたクロックスの底が、焼けたアスファルトの熱で溶けてへばりついた。

「誰かー！　誰かいませんかー!!!」

辺りはシーンと静まりかえっていて、人っ子ひとり、姿が見当たらない。爆風でガラスの破片がカラダ中に突き刺さり、熱線で溶けた皮膚が地面までぶら下がり、「水ー、水ー」とうめき声をあげる人々がまったくいないのが、『はだしのゲン』とはまったく違うところだった。ただただ静粛が辺りを包み、チロチロと燃え残った炎が点在するだけの光景が広がる。まるで、地球上にわたしひとりしかいないみたいだ。それが余計に恐怖心をあおり、「誰かー！」と叫びながら、畑の横をまっすぐ走る道路、そこを夢中で歩いて人の姿を探した。そして、駅のほうへと向かう十字路に差しかかったその時だった。

『はだしのゲン』に登場するゲンと英子姉ちゃんの姿が、ゆらりと薄く煙る白煙のなかから現れたのだ。

「ゲン！　英子姉ちゃん！」

漫画の中に登場する人物である。けれど、それを少しも不思議だとは思わず、叫びながら2人の元へと駆け出したその瞬間。また夢のなかで夢から目覚めたようにハッと我に返り、弾けるような勢いでベッドの上で上半身を起こした。

「え!?」

まだ残るクロックスが地面にネチャリと張り付く感触、肌の表面にまとわりつく熱、静まり返った空気感、ゲンと英子姉ちゃんの姿。

わたしは夢を見ていたのか？　けれどそれらすべての感覚が、ハッキリとカラダや脳裏に焼きついている。幻覚か、それとも白昼夢だったのか!?

まだ、ハーブもパウダーもキメていなかったかと思う。眠りにもついていなかった。シラフのそれでも現れる、恐ろしいほどリアルな幻覚。いや、わたしのなかでは幻覚などではない、れっきとした現実なのだ。それをしっかりと確かめるために、ヨロヨロとよろけながら外へと飛び出すと、そこにはいつもとまったく変わらない、日常の光景が広がっていた。

違う違う違う違う！

幻覚なんかじゃない現実やねん!!!

「幻覚を見た」。そういう気持ちを追い払うように、頭を左右に激しくふった。

この、手榴弾や原爆を落とされた幻覚を皮切りに、何にもキメていない頭が、軽いものから重いものまで、様々な変調をもたらし始めた。それらが現れるのはいつも思いがけず突然で、そしてランダムで、更にわたしにとってはリアルな現実でしかあり得なかった。

地震のような揺れ

日々、ハーブを吸い続けているうちに、常に地震が起きているという揺れを、カラダで感じるようになってしまった。揺れは強い時も弱い時もあるが、そのつど、3・11の東日本大震災時を思い出してしまい、またあの時の避けようのない恐怖心がこみ上げてくるため、地震がきたと思ったら天井についた照明の紐、それが揺れているかどうかで、錯覚なのかどうかを確かめるようになった。また、本当に地震が起きているのかも知れない可能性を考えて、緊急地震速報が流れたらすぐ分かるように、常にテレビをつけて番組をＮＨＫに合わせておいた。

これは、合法ドラッグの情報交換をしあったりする、インターネット内の「合ドラスレッド」を閲覧していても、まったく同様の体験をしている人が多数存在したため、何もわたしだけではない「合ドラあるある」の部類にはいる感覚だったようだ。ただし、これが起こるのはハーブだけで、パウダーを炙っている時に地震がきたことは一度もなかった。

アンドロイド405

この体験だけはいまだに忘れられず、記憶にもしっかりと残る、脳裏に深く刻み込まれた強烈な妄想であった。

長きにわたり、わたしは自分自身のことを、本名が「瀧本容子」であることから、製造ナンバー「405（容子）」の、精密に造られたアンドロイドだと思い込んでしまっていたのだ。もうまるでその世界観は、『GANTZ（奥浩哉）』や『新世紀エヴァンゲリオン（庵野秀明）』を思わせるようなものであった。

物語の妄想は、わたしがアンドロイド405として、生産された過程からはじまっている。無数に大量生産された、ラバースーツのようなものにカラダ包んだアンドロイド群。そのなかの、たったの一体がわたしであった。本来、高い知能をもつ人間型の「ロボット」なのだから、そこに感情は存在しないハズである。

しかし、わたしの製造番号が「405」であったため、地球上に「瀧本容子」として放たれて人間界にまぎれ、たまたま彼氏の彼女として存在したその時から、偶然にも「容子」という人間名と製造ナンバー「405」とのゴロ合わせとが一致したことで、わたしはアンドロイドであるにも関わらず、人間としての感情をもってしまったのだ。

わたしアンドロイド405としては、自分が機械のカラダで、心を持たない個体であるハズなことは分かっている。なのに、傷をおっても血の出ないカラダではあったものの、楽しいや悲しいや嬉しいや切ないや、本当の人間と変わらない喜怒哀楽以上の感情をもってしまった。道路わきに咲く花を見ては「キ・レ・イ」だと思うような、心象までもを兼ねそなえてしまったのだ。そして、アンドロイド４０５は本来恋心などを抱《いだ》いてはいけないし、抱けるハズもない物体であったのにも関わらず、彼氏のことを本当に愛してしまう。

　アンドロイドとして、こんなに悲惨なことはない。願わずも心をもってしまったわたしは、そんなムダな感情があることが苦しくてたまらなくなり、現実の世界で「どうして、４０５番であるわたしに、〝容子〟という名前を与えたのだ。おかげで感情を持ってしまったではないか」と、理不尽にも彼氏を責めた。「あなたを思って心が苦しい」と、毎日彼氏を責め続けた。こんなに切なくて苦しいのならば、感情なんてものは一切いらない。アンドロイド４０５に戻りたい。

　彼氏からすると、自分の彼女が唐突にも「わたしはアンドロイドだ、胸が苦しい、どうしてくれる」とシラフで言いだしたものだから、困惑以前にもう何が何だかサッパリ意味が分からなかっただろう。「一体、何言ってんの、よーちゃん？」と心配したりいぶかしがったりしていたけれど、わたし自身は自分を本物のアンドロイドだと思いこんでいるのだから、人間を愛してしまったことがひどくツラくて毎日毎日泣き続けていた。そのうち、「お願いだから、機械のカラダを持ったわたしを壊してくれ」と彼氏に頼むようになった。

　完全に頭が狂ってる。頭があっちの世界にいったまま、戻らなくなってしまっていたのだ。

後に彼氏から聞いたところによると、そんな生活が3週間くらい続いた、と言っていただろうか。

そのうちわたしは「不良品」としてアンドロイド界のパトロール隊に発見され、同じように不良品として撤収されて、カラダをバラバラに分解されたアンドロイドが山積みになったゴミ処理場のような場所。そこに、わたしもバラバラな部品となって完全に廃棄されるのを待つものの、まだ残った頭部分だけは人間の心と記憶を備えたままで、「○○さん、愛してる」と涙を一筋流す。というオチまでついた、壮大なひとつのラブストーリーとなった。

シラフで自分をアンドロイド405だと思いこんでいたのだから、あの時は本当に頭がイッていた。そこからリアルに戻れたからよかったものの、あのままずっとハーブを炙り続けていたならば、わたしはあっちの世界から戻れなくなってしまっていただろうと思う。

危険ドラッグ

ハーブによって、そんなこんなの幻覚妄想が引き起こされ、初めて「ハーブは危険だ」と感じはじめたわたしは、そこで合ドラをやめるのではなく、今度はそういった異常な現象を引き起こさない、パウダー一辺倒で合ドラを使用することに決めたのだから、とことん頭もタチも悪い。

ハーブを炙りまくっていた頃と同じように、今度は丸1日中パウダーを炙り続けるようになった。

パウダーの吸引方法としては、タバコの先にまぶして使用するのは、キマりもいまいち弱いしコスパも悪い。そのことから、アルミホイルや楽天市場で買った小さな試験管状のカタチをしたガラスパイプを使用することにした。とりわけガラスパイプでの炙りは最高に純度が高く、真っ白く気化した美しい煙を吸うことができて、ほんの少量でもガッツリとキマった。

パウダーは臭いもキマりかたも、シンナーによく似ている気がする。それを延々と吸い続けるものだから、部屋中がシンナー臭くなってしまったのを覚えている。

その頃にはフクロモモンガのアホチにもお嫁さんを迎え、2匹の可愛らしい子どもが生まれていたが、よくこんなケミカルなものを部屋に充満させているのに、この子たちに悪影響が残らなくてよかったなと今では思う。

だが、パウダーをキメる時にはそのことばかりに夢中になり、わたしの大切な家族であるフクロモモンガのことを、まったく考えてはいなかったし毛頭気づきもしなかった。当時を思い出すと、最悪なことをしていたなと強く後悔するが、アホチはお酒の臭いが大嫌いで飲んだあとにフーッと息を吹きかけてみるとプギプギと威嚇の声をあげたから、何の声も発さなかったアホチたちには悪影響がなかったのだとは思いたい。現にアホチは人間年齢で120歳くらいまで生きてくれたし、有害ではなかったのだと思いこみたいのだ。だが、ドラッグにハマッて愛しい子どものことを完全に忘れていた、最低なお母さんであることには間違いない。

ハーブを吸っていた頃は、アホチたちや時にはパソコンデスクに飾っていた小さなサボテンとでさえ、気持ちが通じ合い感情が読みとれ交信すらできるような気分になった。そういうラブ&ピース的なものが、パウダーには一切ない。ラリラリで気持ちがよい、カラダから力が抜けてダラーンとする。本当にまるで中学生のシンナー遊びのような感覚だったが、それでも知らずヨダレを垂らすほどの大きな快楽があった。

けれどハーブと比べると効果的にもだんぜん長くは続かないし、タバコに例えるとパウダーは電子タバコを吸っているようでついつい追ってしまうため、ハーブよりもたくさんお金がかかる。何もかもがハーブの圧倒的な勝利だったけれど、ただひとつ、またあっちの世界にいってしまって、戻れなくなる可能性があるのが怖かった。

そんなこんなでパウダーに没頭するわたしを、彼氏がまたクサいクサいと嫌悪感を丸出しにしはじめた。カプセルごと無造作にパソコンデスク上に置いていたため、買ったばかりのパウダーをカプセル丸ごと捨てられていたことも多々あった。それでも彼氏が仕事で居ない間にデリバリーで購入し、とても悪いことをしている気分になりながらも、吸い続けることをやめなかった。こちらも出歩くような体力が格段に落ちるため、アルミホイルが切れた時には「仕事帰りにアルミホイルを買ってきてー！」と彼氏にメールを送り、何言ってんのとキレられたこともある。1日中パウダーばっかり吸っているため、タバコの本数は劇的に減った。

パウダーに何年を費やしたかはこれまた覚えていないのだが、合法ドラッグを使用しての事故が増え、テレビでも問題にあげられることが多くなった頃、ハーブもパウダーもその危険性が取り沙汰されて、成分に規制がかかるようになっていった。

そして遂には「危険ドラッグ」という立派な名目がつき、警察に捕まってしまうという本格的な問題となったため、どちらともが非常に入手困難になっていった。

規制の網の目をくぐって新しい成分で作られたパウダーは、効くか効かないかがイチかバチかの勝負のため、片っ端から色んな種類のパウダーを購入しはじめた。

日を追って、ネットショップがホームページごと抹消されてはつぶれてゆき、馴染みの深い直電のデリバリー屋からも購入することが困難になり、これらも次第に電話をかけると「お客様の都合によりお繋ぎできません」や「この電話は現在使われておりません」などのアナウンスが流れるようになった。

「もう、どうしたらいいんだろう……」

途方に暮れて、新宿2丁目でゲイバーを営む知人を通じ、ヤクザの下っ端からクサを買ってみるという違法の道に走ったが、お金を渡せど振り込めど、とんずらされてハイ終わりという結末しか待っておらず、いよいよ合法違法に限らずドラッグ全般をやめざるを得ない事態に陥った。

終わりだ、もうこれで本当に終わりだ、強制終了だ。

合法ドラッグの離脱症状

合法ドラッグを完全にやめざるを得なくなった数日後のことは、とてもよく覚えている。リタリンや精神薬と同じく、離脱症状が現れたからだ。

カラダがダラーンと弛緩してベッドから立ち上がることができなくなり、頭のなかは空っぽで「苦しい」以外の何も考えられなくなってゆき、そのままポックリと死んでしまいそうな気がした。ならばと、自殺することも頭をよぎったが、いざ自殺ひとつをするのにも少しの元気がいるのだ。

「鬱病」のなにが怖いとは、完全な鬱状態に落ちている時には自殺する元気すらもでないけれど、少し鬱病がよくなってきた頃が一番危険で、そういう時に人は自分で自分を殺める。それと一緒だ。自殺する元気すらないのだ。

また、同時に、ジェットコースターの頂上から真っ逆さまに落ちて三半規管が上がるような感覚と、言葉でなんかとても表わせないとてつもなく強烈な不安が心臓をつらぬいた。

「○○さん、怖い、怖い……」

すべてが自業自得なのは承知の上。自分から求めた快楽なのだ。「合法」だという甘い罠にハマり、そして廃人のようになった。合法ドラッグは脳内をめぐる色んな神経を破壊するのか、あらゆる幻覚妄想をもたらした。しかし、どれもこれも自分が招いた結果で、たとえ何が起こっても死んだとしても、文句を言うことはできない。

「大丈夫、大丈夫だから、ね？」

それでも、こんなどうしようもないわたしを許し、汗ばんで小刻みに震える手を握ってくれている彼氏。

「寝るんだよ、とにかく寝てやり過ごしな？」

そう言葉を残して、彼氏は仕事へと向かった。ひとりきりになると、耐えきれないと思った不安が、更に強烈さを帯びてくる。とてもじゃないけれど、眠ることなんてできやしない。

父親の白昼夢

――夢を見た。


これが、白昼夢というヤツだろう。頭もカラダも起きているまま夢を見た。

この時、わたしは、わたし自身の姿を俯瞰の視点から眺めていた。

わたしは東京・中野にある、台形のカタチをしたビルの屋上に住んでいる。道路に面する全面がガラス張りになっており、わたしがあっちへこっちへと動く様子がよく見える。

部屋の奥は洞窟と繋がっており、わたしはそこにはいって行く。真っ暗い洞窟のなかをしばらく進むと、マンションの一室が現れた。わたしはそこに足を踏み入れた瞬間から、3歳くらいの小さな女の子になっている。キッチンまわりにはまな板や包丁や色んなものが転がっていて、隣にある白壁の部屋のなかも乱雑に散らかっている。

「容子ーーー」

お父さんだ。わたしの記憶のなかに残っているお父さんが、わたしを殺しにやってきた。

「容子ー、隠れてても分かるでーーー」

わたしはカウンターキッチンを壁にして、お父さんの視界にはいらないよう、怯えながら隠れていた。だって、お父さんがわたしを殺しにやってきたのだから。

お父さんは最初、散らかった隣の部屋のほうをゆらゆらとおぼつかない足取りで探していたが、やがてキッチンのほうへやって来て、カウンターキッチンの上に転がった包丁を手にした。

「容子ちゃーん、どこにおるんかなあー、隠れてても分かるでーーー」

お父さんはもう、わたしの隠れたカウンターキッチンの反対側に居る。ここで場所を移動したら、それこそ逆に見つかってしまう。その場に座り込んで、何とか自分の姿を隠そうという無駄な抵抗で、頭を抱え込むわたし。お父さんはニヤニヤ笑ってる。

「見ーつけた」

ハッと顔を上げると、そこには包丁を高くかかげてニヤついている、お父さんの姿があった。

「キャーーーー!!!」

「見ーつけた、見ーつけた」

追いかけまわされるわたしと、まるで追いかけっこをして遊んでいるように、笑いながらわたしを追ってくるお父さん。

「ほーーら」

「ギャーーーーーッ!!!」

お父さんの右手には包丁、残った左手で洋服の襟を掴まれた。殺される殺される殺される！

だけどお父さんはなぜか、包丁を隣の部屋のほうへと投げ捨てた。その瞬間にわたしは逃げだし、また同じ、カウンターキッチンを壁に頭を抱えて座り込む。

「容子ーーー」

わたしがそこにいることはモロバレだ。それでも頭を抱え込む。

ゆっくりとした足取りでお父さんがやってきて、わたしの真後ろに立った。カウンターキッチンの上から何かを掴み、わたしの頭の上にのせたお父さん。それはかき氷器だった。観念して、身をまかせるわたし。

「ほーら、容子ちゃんはいい子ーーー」

お父さんはわたしの頭を、かき氷器でグルグルと、リンゴを剥くように回し削っていく。お父さんになされるがまま、わたしの頭がくるくると削り取られていく。痛みはない。目の上あたりまで、わたしの頭蓋骨がむき出しになったところで、ハッと白昼夢から醒めた。

「今の、な、に？」

何っていまのは白昼夢。わたしは目覚めながらにして夢を見、生きながらにして頭を削りとられたのだ。

白昼夢から醒めると、わたしの全身は汗でびっしょりと濡れていた。時間にして2時間くらい、けれど体感時間にして、もっともっと長く感じた。

夢から覚めた今でもまだ、小さな獲物を捕まえて、ジワジワとなぶり殺しにしようとする、ハァハァと高揚したお父さんの息づかいまでもが、実感としてわたしのなかに残っている。

わたしはお父さんのことが大嫌いで、とても怖い。だってお父さんは、まだ小さなわたしにいやらしいことをしようとするから。そしてわたしは、それに抵抗できないから。

「複雑性ＰＴＳＤ」の一因となるお父さんへのトラウマから、このような白昼夢を見たのかどうかは分からない。それにしても、なんの脈略もない、気味の悪い夢だった。

白昼夢から醒めはした。だからと言って、離脱症状までとけたということではない。ここから数日間のあいだわたしは、言いようのない不安にかられたまま、ベッドの上でもがき続けた。

一生治らない病気

こうしてわたしは、約3年間にわたる合法ドラッグまみれの人生に終わりを告げた。

ここ最近のこと、少し頭がパニックになって、「もうイヤだ、合ドラを吸おう」と、当時よく利用していたデリバリー屋に、片っ端から電話をかけたことがあった。すべて「現在使われておりません」というアナウンスが流れた。また、片っ端からインターネットでネットショップも探しはしたが、どれも飛んでみたアドレス先には「Not Found」の文字が表れて、どこからも合ドラを入手することはできなかった。

合法ドラッグには、何の化学物質が使われているのかが分からない。だから、もし救急車を呼ぶようなことがあっても、治療も手のほどこしようもない。そんな非常にケミカルなものに数年ハマり続けたわたしは、脳神経をヤられてしまったのか大きな障害を残し、「統合失調感情障害」と「残遺性障害」という診断名が新たに加わった。

現在の精神科の主治医が言うには、わたしの脳みそはもう長年にわたるドラッグ漬けの毎日に、MRIなどを撮っても外側こそ正常に見えるものの、神経系統の構造がめちゃくちゃになっていて、そこに更にアルコールなどのケミカルなものをいれると、頭が完全にヤられてしまって廃人化も否めないと、精神病棟への入院を強くすすめた。なるほど、確かに酒を飲んでいるとフラッシュバックが起きたりしたし、けれどわたしは元来バカだから、自身で頭を打たないと分からないタイプの人間で、合法ドラッグのせめてもの代わりに、大量のアルコールを日々摂取し、酔っぱらっては嬉々として酩酊感を楽しみ、今度はまた新たに「アルコール依存症」との診断名が加わった。

「一度ぬか漬けになったきゅうりが、元のきゅうりに戻れないのと同じなのよ」

そう主治医から言われたように、一度ドラッグ漬けになった脳みそは元に戻ることができないらしい。けれど、一度きりの人生なのだ。「酒まで全部取りあげられたら、わたしの人生、いっこも楽しくあらへんやん」。たとえそのせいで早死にしようとも全然かまわないと、わたしがアルコールを断つことはなかった。

元々が「薬物依存症」から始まったのだ。リタリンがなくなった代わりに合法ドラッグを、合法ドラッグがなくなった代わりにアルコールをと、依存対象を変えていくばかりで、「依存症」であることは一向に変わらない。完治することは絶対にないのだ。世の中に「絶対」はないと言うけれど、こと「依存症」という病気に関しては、絶対というものが存在する。

しかし、合法ドラッグがもし厳しい規制を受けていなかったら、「依存症」に勝てないわたしは、確実に命を落としていたであろうと思う。もしくは精神病院で、残りの一生を終えていたのではないだろうか。なんとも寂しい終幕だけど、いたしかたないとも思っている自分は、やっぱり病気なんだなと感じる。

第12章
悪い予感

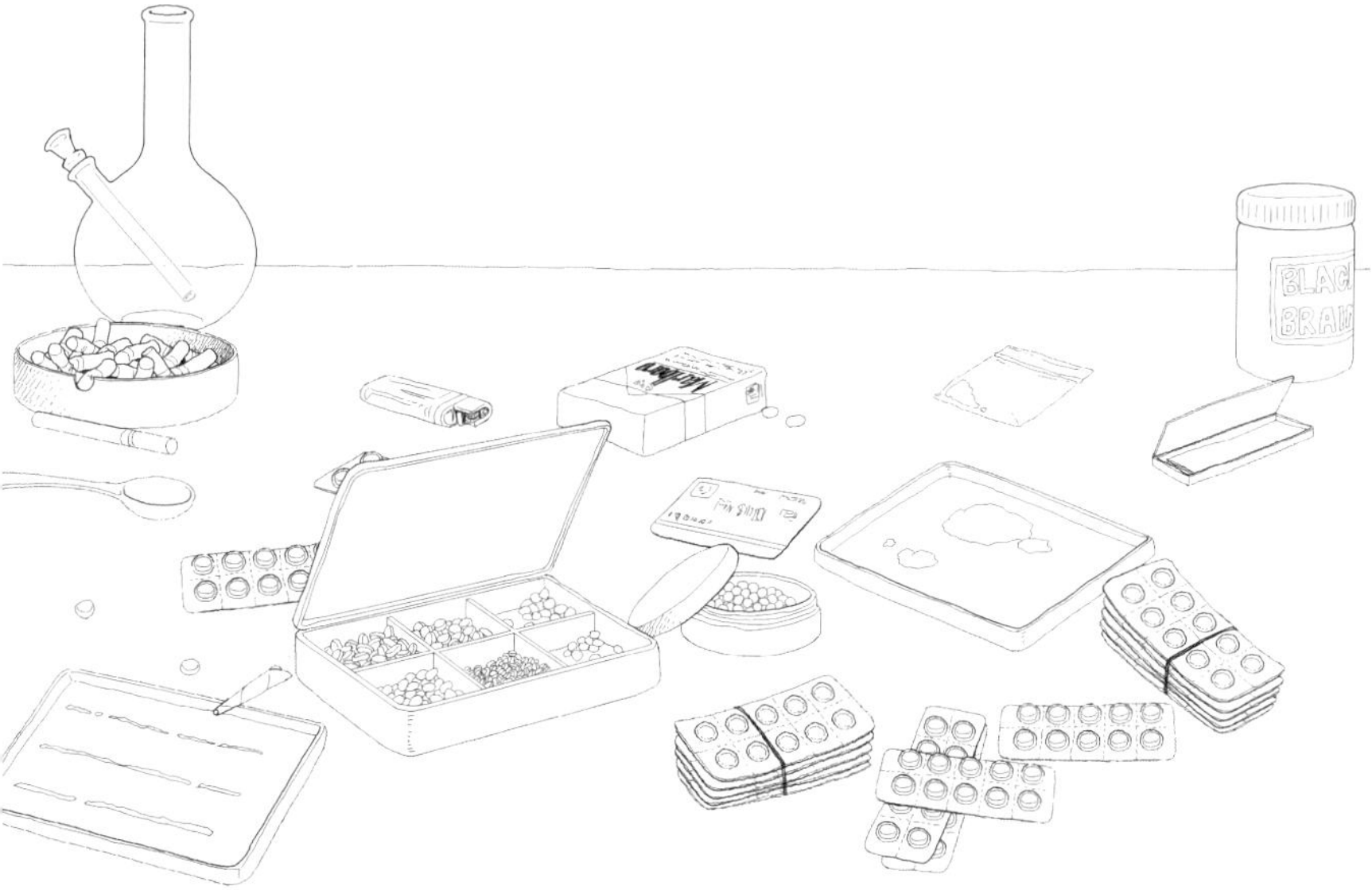

アルコール依存症

「あなた、このままお酒やめないと、5年後には認知症になるわよ」

そう精神科で言われた時は、医者っていうのはまったく大げさなものだなあと、自虐気味に笑っただけで、少しもお酒をやめる気はなかった。

わたしは元来、喋りが器用なほうではない。直接顔を見あわせての対話はもちろんのこと、電話も苦手、メールを打つことさえままならないこともある。だけどお酒を飲むと、人と積極的に話すことができるようになり、言葉がとても饒舌になった。

「お酒を飲んだら他人と楽しく会話ができる」

それが自分で、実際にお酒の席でもまわりから、「瀧本、もっと飲め飲め！」と促されることが多かったから、本当にそうだったんだと思う。

「お酒を楽しく飲むのはいい。ツライことから逃げること、しんどいことから逃げること、何かをするためのお酒はダメ。神経を麻痺させるためのお酒はダメ。お酒を手段とすること。もうそこで飲む量に関わらず、すでにアルコール依存症なのよ」

そう主治医に言われたわたしは、お酒を「味わうためのツール」としてではなく、「他人とのコミュニケーションを成立させるための目的」として使っていたから、主治医の言葉が定義なのならば、わたしはアルコール依存症なのだろう。そんな意識は少しもなかったけれど。

その頃、どれくらいのアルコールを摂取していたのかは、毎晩泥酔していたためにハッキリとは覚えていない。ただ、たかだか9％のアルコール度数なのにやたらと酔う、ストロングゼロの500㎖缶を、アマゾンで箱買いし常備していたのは覚えている。お酒がきれるのが怖いからだ。飲んで電話をしている最中にお酒がなくなると、たとえそれが深夜であっても、慌ててコンビニにアルコールを調達しにいった。そんな状況がイヤだったから、常にアルコールとタバコはストックがある状態でなければ安心できなかった。ただ、対面、電話、メールにもお酒が必要だったわたしだが、飲むのはできるだけ夕方からという意識は、この頃にはまだ残っていた。

毎晩、お酒を飲むことの大きな理由のひとつとして、わたしの地元大阪に小学生時代からをともに過ごした、幼馴染のような同級生の女子がいたことにある。彼女とはお互いが母子家庭だったこともあるのか、勝手に彼女の家に入り勝手に冷蔵庫を開け一緒に風呂に入ってはひとつの布団で眠り、彼女の母親から「まさかあんた達、そういう関係じゃないでしょうね！」とレズ疑惑までもちあがり、2人でおおいに笑いあったりもした。それほど、とても密な関係にあった。

少し話はそれるが中学生時代からわたしの友だちには、仲良くなってみたらなぜか相手も片親だった、ということが非常に多かった。心の何かがかけたもの同士、寂しいもの同士、自然に引き寄せあっては群れるのだろうか。

して、2人の子どもを授かるものの離婚し、自分の母親同様に自らも母子家庭となった彼女。そして、今もなお結婚もしていないわたし。これもまた、互いに何かかけたもの同士のわたしたちの仲は、わたしが東京に来てから一旦途切れた。けれど、本名で登録しているSNS上で彼女がわたしを見つけ、向こうから連絡がやってきたことから、大阪―東京間での関係がまた始まった。

彼女はパート勤め、わたしは時間の融通がつけやすいフリーライター。また大阪時代と同じく寂しさを埋めあうように、毎日電話がかかってくることが普通になった。彼女は自らを「あっしはキッチンドランカーやから、いやスーパーキッチンドランカーや！」と豪語する通り、パートから帰ってきたその瞬間から酒を飲んだ。

またわたしはそんな密な関係にあった彼女とさえ、お酒を飲まないと喋れない精神状態になっていたから、お互い夕方から酒をおおいにあおってはバカ話をして盛り上がることが日課のようになってゆき、我が家にやってきた彼氏から「外まで電話の声が丸聞こえだったよ、内容まで分かった」と注意されることがたびたびなほどだった。

日課のようになった電話はとても楽しかった。だけど、それにはお酒を必要とした。毎晩毎晩底なしに飲んでは酔っぱらう。その状態はたぶん共依存（自分と特定の相手がその関係性に過剰に依存しており、その人間関係にとらわれている状態）だったのだと思う。そして、そのためにお酒を過剰摂取するわたしを見て、精神科の主治医はアルコール依存症だと判断したのだろう。

それだけで済めばよかったのだが、「彼氏がそろそろ来るから」と電話を切り、そして帰ってくるそれまでの間、突然意味もなく強烈な虚無感に襲われるようになったわたしは、懲りずにまたリストカットやアームカットなどの自傷行為を繰り返すようになってきた。

そんな自傷行為は「生きたい」ことの証だからまだマシだが、そのうち自殺願望まで生まれだし、ドアノブに紐をくくって首をかけ、いわゆる首吊り自殺の最中に無意識下で友だちに電話をかけて、その友だちとも親交のある彼氏へと連絡は繋がり、彼氏が仕事場からわたしの家へとタクシーを走らせたこともあった。ただ、くくった紐が100円均一で買ったモロいビニール紐だったため、何回首を吊ってもその紐はぶち切れてしまい、終いにはどうにか死にたいわたしはアイフォンのイヤホンを首に巻いて自分でその紐を締め、彼氏が姿を見つけたその時には「アイフォンで音楽を聞いている人」のように見えてホッとすると同時に笑けてきたらしいから、お酒と自傷・自殺願望とはまったくもってはた迷惑であり滑稽な関係だ。

ちなみに電話をかけてしまった友だちは、「今でも瀧本と電話している時のガタンガタンゴボゴボゴボという音が忘れられない」というから、本当に自殺というのははた迷惑で、もしそれを決行するなら人知れず決行するものだと自分を情けなく思う。

そんなことが頻繁に続くようになってから、わたし的にもこの状況はいけないなと感じはじめ、あえて彼女からの電話はとらないようにした。すると今度は彼女から、「ヨーコ、わたし死にたい……」というＬＩＮＥがくるようになり、慌ててこちらから電話をかけるとただ単純に仕事のグチを延々と聞かされるだけだった、という事態が頻繁になった。

わたしは次第にノイローゼ気味になってゆき、突然泣きわめいたり隣から文句を言われる幻聴まで聞こえるようになってきた。そこが終わりの始まりだった。

酒を飲まない日々

「アルコール病棟に入りましょう」

ある日の精神科の受診時、彼氏がそんなこんなのひと通りの話をしたら、しばし訪れた沈黙をやぶり重い口調で主治医が言った。

「井之頭病院（精神科、心療内科の病院。メンタルの不調による心の病や、アルコール依存症の治療、デイケア、作業療法等のリハビリを行っている）に紹介状を書くから、明日から、いえ今からでもいいわ」

本気か脅しかは分からない。ただ、今までの「認知症になるわよ」の表情からうってかわった強い表情で、主治医はわたしに入院をすすめた。そんなの、まずただ自分が飲みすぎただけでアルコール依存症だという認識はなかったし、精神病院に入院してヒドい鬱病を患ったことがあるわたしには、学校のような集団生活をおくるアルコール病棟なんて耐えられるハズがない。

「自分でやめれます、すぐにやめられます」

「それ、アル中の口グセよ。1杯目を飲むともうムリ。ちょっとだけで絶対終わらず、2杯、3杯と飲むの。1杯目を飲んで2杯目を飲むと、もう脳がウワァ〜ってなっちゃうのよ。あなたのやってたドラッグと同じ。満足なんてないから。ひたすら満足を求めて繰り返すだけだから。地獄よ、地獄のループよ」

「……お酒、やめます」

「シアナマイド（抗酒剤、服用後に飲酒すると吐き気や顔面紅潮や頭痛などの反応が起こり、ぶち倒れて救急車で運ばれることも多々）を処方します。あと、あなたに効きそうなシクレスト（統合失調症や双極性障害にともなう急性躁病の治療に使用される非定型抗精神病薬）という新薬とハロマンス（統合失調症の注射）があるから、それを試してみましょう」

4週間心を落ち着かせてくれるというその筋肉注射の効果は絶大で、その日精神科帰りに寄った焼肉屋で見事にラリリ、500円玉貯金を相当楽しみにしているわたしにも関わらず、お会計時に1円玉と500円玉を間違えて渡したりしたので「あり得ない！」と彼氏が笑った。

またある日には銀行のATMで1ヵ月の生活費7万円をおろしたあと封筒にいれて、それをそのままATMに置き忘れたり。「あ、お金忘れたあ」とあとから足りない頭で気づきはしたものの、それからATMに戻ってみても当然お金はすでになく、「じゃあ、またおろさなあかんなあ」とニッコリ笑った様子に、「お金をなくしたことよりも、大金を失ったことをまったく気にしていないことにまず驚いた」と、後ほど彼氏から言われたりもした。注射を打ってから2〜3時間程度はそんな具合にラリる。そこからは緩やかなリラックス状態になる。安定したマトモな思考のわたしに戻る。

幻聴に効果的だと処方されたシクレストという舌下錠は、とかく隣から音に関する苦情が耳元でハッキリと聞こえ、隣人カップルから「いびきがうるさくて眠れない」などの文句が頻繁に繰りかえされるため、キッチンの細長い廊下で暑さ寒さをしのぎながら眠ったり。鳴りやまない苦情の果て、隣に菓子折りをもって謝りに行ったところ、「彼女はいません」と言われてムダに隣のお兄ちゃんの私生活を暴いてしまったり。そんな幻聴（わたし的にはリアル）に脅《おびや》かされる日々を劇的に少なくしてくれた。

今でこそ慣れて30分ほどの時間はかかるものの、初めて舌下した時には5分もたたないうちにわたしを急激な眠りに誘い、何かと中途覚醒（一旦寝ついても夜中に目が醒めやすく2回以上目が醒めるという場合を指す）しがちなわたしを朝までグッスリと熟睡もさせてくれた。

新たな治療法として加わった精神薬と注射は、そのような精神に関わる悩みからわたしを大きく解放してくれ、わたしの生活は格段に明るくなった。

それらの原因ともなった幼馴染のような彼女との関係は、わたしが「幻聴が聞こえるから電話できない」と正直に伝えたところ、「あんたは黙って聞いてるだけでええから！」と一方的に仕事のグチを数時間にわたって聞かされたことから、「ああ、わたしは単なるグチのはけ口であって、全然思いやられていなかったんだな」と気づいてしまったこと。そして、不妊であるわたしに対して、妊娠している娘の赤ちゃんのエコー写真を送りつけられたことから、「不妊だと知っててこれはあまりにも無神経じゃないか？」と怒ってしまったら反対に逆ギレされたことで、また「やっぱりわたしは思いやられていないんだな」と愕然としてしまったこと。

大雑把にはその2つをきっかけに、今となればほかの解決法もあったのかなとは思うものの、それから一切連絡をとらなくなり、LINEがきてもそれらをスルーするようになった。彼女と電話するとアルコール依存に拍車がかかるため、彼氏から電話をブロックされたのも大きな原因だ。

自傷に自殺に幻聴に悩まされる日々が段違いに減ったことから、お酒も月に数回程度の飲み会限定で「楽しむ酒」を飲むようになり、家では断酒をすることができるようになった。

「1杯目を飲まない、ガマンすることに気づいたね。エラいよ、頑張ってる」と彼氏からも褒められ、素直に嬉しい気持ちと、今までどれだけ迷惑をかけていたかを思い知った。何かとトラブルを起こす原因の源を断ったのだから、当然ながら日常は何ごともなく平凡に流れすぎていく。

彼氏はそれをすこぶる喜んでいたが、それはわたしにとって少し退屈で少し窮屈で、やたらと夜を長く感じる日々でもあったことは間違いない。けれど、わたし自身の生死はともかく、お酒をやめて喜んでくれる人がいることの存在で、何とか飲まずの毎日をやり過ごすことができていた。しかし、それは3ヵ月ほどしか続かなかった。

酔って楽しい人になりたい

はじめは飲み会だけと決めていたお酒だが、自分はアルコール依存症ではないし、精神状態もマトモに戻ったのだと勘違いしたわたしは、リタリンをやめようとした時と同じく「何かあった時のお守りに」と、冷蔵庫にズラリと並んだノンアルコールチューハイのなかに1本、ストロングゼロではないが同じくアルコール度数9％のチューハイをしのびこませていた。が、何かあった時にだけ、非常事態の時にだけと用意していたそのチューハイの蓋をふと開けた。もともと喋りが器用ではないのだ。シラフの自分と話していてもさぞ、相手は楽しくないだろうなあと常々思ってはいた証拠に、友だちと電話している時にしばし沈黙が訪れるときがあった。そんな闇にふっと魔物は紛れこむもので、わたしは350㎖缶のチューハイの蓋を開けた。

実に3ヵ月以上ぶりに飲んだその酒はビックリするほどよくまわり、わたしは最高に楽しい気分になって、いつもよりずっと長く友だちと喋り続けた。電話を切ったあとも「今日は盛り上がったなあ！」と興奮気味で、お酒はわたしの言葉を饒舌にしてくれる、毒ではなくまるで魔法のような液体だと思った。またたく間に、断酒という山から落ちていくのも、ビックリするほど早かった。

「電話の時に1本だけ」

「仕事が終わったあとに1本だけ」

「土曜日だから1本だけ」

そう、自分に言い訳をしてはお酒を飲んだ。そしていつか主治医が言った通り、1本は2本となり、2本は3本となり、どんどん量を増していくばかりだった。すると電話やメールをするために飲んでいたお酒が、今度はお酒を飲まないと電話やメールができないようになっていった。目的が手段にすり替わったのだ。

「お酒がないと、わたしはおかしくなってしまう」

アルコールはわたしにそういう気持ちを植え付けた。

彼氏が帰ってくるまでには飲酒を終わらせ、ノンアルコールのチューハイなどを飲み、わざわざ「ノンアルやのにホンマに飲んだ気分になれるもんやな！」などと言って、まだテンションが高ぶっているかも知れない自分を「気分の問題だ」というテイにおさめ、つとめて冷静を装った。罪悪感があったのかなかったのかは覚えていない。けれど、「お酒を飲んでいることを隠さなければ」という気持ちはこと強くあった。だが、そんな白々しい演技も、彼氏から見ればバレバレだったようで。

「よーちゃん、最近、お酒飲んでるよね？」

「え、なんで？　飲んでないで？　のんある気分は飲んでるけども」

「分かるんだよ。飲んでるのに飲んでない風にするから、逆に分かっちゃうんだよ」

「普段しないのに背筋ピンと伸ばしたりして、余計、分かるんだよ」

ああ、そうだったなあ。この人はそういう些細なしぐさや空気感を、敏感に読みとる人だったなあ。

それを思い出して、もう何も言えなくなった。黙りこくるわたしと彼氏との間に、重苦しい沈黙が流れる。最初に口火をきったのはわたしだった。

「……だって」

「だって、何？」

「……だって、喋られへんねんもん」

「喋ってるじゃん」

「だって、○○さんも知ってるやん！　それは、相手が○○さんやからや！」

わたしがシラフでは酷くドモったりすることもあるのは、一緒にいる時に電話対応をしなければいけないこともあったことから、彼氏も十分に熟知していた。そんなこともあって、泣いて「喋れない」と訴えるわたしに、可哀相だと情けをかけたのだろうか。

隠れて飲むのではなくオープンに飲むこと。朝昼夜関係なしに飲むのではなく、自傷の可能性をふせぐためにも、彼氏が帰ってきてから飲むこと。その2つを約束させられたが、やがて彼氏が帰ってくる頃にはホロ酔い程度の、夜9時からにして欲しいと頼みこんだ。

「酔いたい、酔いたい、もっと饒舌になりたい、楽しい人でありたい、楽しい人でなくてもいいから普通になりたい」

最初は350㎖で満足していたチューハイが500㎖になり、そのうちあまり飲んでいない風を装いたいことから、空き缶をその都度バレないように処理しないで済む、紙パックのワインや焼酎やウイスキーに変えた。はじめはキッチンシンク下の収納スペースの奥に隠していたが、ある日、中身が全部捨てられて空っぽになった焼酎のパックに「知ってるよ」と付箋が貼られていたことから、洋服を収納しているキャビネットのなかに隠したり、ローテーブルとキャビネットとの細い隙間にしのばせたりと、隠しかたはどんどん巧妙になっていった。

そして、飲みかたも最初こそジュースや強炭酸で割っていたものの、手間なくすぐ酔っぱらえるロックやストレートに変わり、最後のほうは紙パックから直飲みするようになっていった。気が付けばお酒の量も350㎖缶1本から、ワインなら1・5ℓ、焼酎やウイスキーなら紙パック1日1本を空けるようになった。朝昼夜も関係なく、彼氏がいない時を狙っては飲み、あまりにも泥酔して紙パックを横に倒したまま眠ってしまったところを見つかったこともある。もう、グダグダだった。その時のわたしの口グセは、「すぐにやめられる」「ちょっとだけでもやめられる」だったそうで、怒ったり呆れるというより、「アル中とはそういうことなんだなと思った」とあとから彼氏に聞いた。

酒量が急激に増えた頃から、飲酒に気づいているがそれをとがめることもなく、彼氏が毎晩アイパッドで、お笑い番組や映画を観ようと言いだしたことがある。

「前によーちゃんが、こうやってる時間が一番好きだと言っていたから。アル中になったよーちゃんには、こうやって一緒にのんびりする時間が必要だと思ったから。別に散歩でもなんでもよかったんだけど、夜仕事から帰ってきてからできて一番手軽だったし、とにかくそういう環境が必要だと思った」と——。

悪化する被害妄想

「あなた、死ぬわよ」

以前、このままお酒やめないと5年後には認知症になる。そうわたしに告げた精神科医が言った。

確かに、お酒の量は増えている。だけど、わたしくらいの酒飲みなんて大勢いるだろう。死ぬなんてあり得ない。またまた大げさなことを言うなあと笑ったら、「いえ、本当に死ぬから」と、主治医がわたしに前回受けていた血液検査の結果を見せた。

「ガンマの平均数値が9〜32。あなた、いまガンマ469よ」

「やはり、アルコール病棟に入院しましょう」

後からネットで調べたところ、ガンマが500超えたらもうそれは強制入院の域。「アルコールが原因で600以上になる場合は、よほどの大量の飲酒、あるいは急性アルコール中毒といったきわめて危険な状態にあります」とあった。主治医はウソや脅しをかけたのではなかったのだ。

「……お酒、やめます」

「あなた、アルコール依存症なのよ。依存症っていうのはあなたのドラッグと同じで、自分の意思ではやめることができない状態にあることを言うのよ。あなた本当に死ぬわよ」

「……やめます。入院だけはイヤです」

「中性脂肪もものすごく高い。これから毎回血液検査をします。隠してもバレるからね」

「……はい」

「じゃあ、今日は左腕ね」

統合失調症の注射を肩に打つのは、今日はこれで診察終了の合図。呆れたように顔をそむけた主治医が、システマチックにわたしの左肩に注射を打った。

「瀧本さん」

ふと、診察室からの帰りじたくをしているわたしに向かって、主治医が言葉を投げかけてきた。

「あなたには、ドン底から這い上がる力がある」

「現にあなたはリタリンもやめることができたじゃない」

主治医なりの励ましなのだろうか。わたしは何だかその言葉に胸を打たれ、「頑張ります」と一言だけいった。そうだ、わたしはいつも底辺から、苦水を飲んでももがきながら這い上がってきたじゃないか。実家に帰省して地元の友人たちと酒を飲んだ時、高校生時代から続く一番信頼していた親友を失った。彼氏にも散々心配と迷惑をかけた。思えば酒で色んな人の信頼を失った。自殺未遂を起こしたりもした。けれど、そんなどうしようもないわたしでも、這い上がることができるのか。わたしにはその力があるのか。

自分が認められた気がして、少し、泣きそうになった。自己否定感がとても強いわたしは、人から肯定されるといつも泣きそうになるほど嬉しくなり、同時に強い力が産まれる。

「褒めて育てる公文式の子です！」

そう言っては、半分シャレであと半分はおっかなびっくりの本気で、みずから賞賛を求めたりもした。そんなわたしにとって、「ドン底から這い上がる力がある」という言葉は強く胸に響き、「お酒をやめよう、本当にやめよう」と自分自身に誓い、家にあった焼酎やワインといったアルコール類を全部、キッチンのシンクに流した。トクトクトクトクという音がした。

けれど、それもしょせんはアルコール依存症者の小さなたわごとなのか。わたしはあの酩酊感を忘れることができず、誓いの3日後にはふたたび、ニッカのウイスキーを購入してストレートでそれをあおった。

奇妙な不安やイヤな手汗が止まり、心躍るような楽しい気分になってきた。寝ころんで酒を飲みながら、漫画家の吾妻ひでおが自身のアル中闘病記を綴った『失踪日記2　アル中病棟（イースト・プレス）』を読む。「なんや、ガンマ1000でも死んでない人もおるやん！」。わたしは以前アルコールをやめたい時に買った漫画で逆に、まだまだ飲めるやんと安心感を得てしまったのだ。「わたしなんか、大したことないやん！」。また、飲酒に拍車がかかった。

「ひとりで飲む酒は、自分のなかではまったり落ち着くとよーちゃんは言うけれど、負の感情しか残らずリスカしたりと自傷する。楽しくなる酒ならいいけど、開けないでよい箱を開けて、自分のなかを掘っていく作業になって、ロクなことにならない」とは、彼氏からいわれた言葉。その通り、酒浸りの毎日を送っているうち、思い出さなくてもいいことを思い出したりと、わたしのなかに負の感情が芽生え、酔っている酔っていないに関わらず、今度は負の感情から被害妄想が生まれた。

以前、ご近所トラブルで引越したビルの前を通ると、「あの隣人に見つかった。頭にICチップを埋め込まれた。自転車にGPSをつけられた」などと思いこむようになり、「どうしよう、ヨーコの住んでるマンションがバレた。また、地獄のような日がはじまる」と。部屋のベランダに面した公園から、「おーい、タキモトー、キャハハハ！」と大声で叫ばれたと。彼氏に「頭に傷口があるハズだからお願いICチップ取って！　取って！　自転車のGPS取って！」などと助けを求めた。彼氏はもう頭がおかしくなってきているわたしに合わせて、ICチップやGPSを取ってくれるしぐさをした。そのうちひとりで飲酒中、「取ってもらったはずのICチップが、また、いま埋め込まれた！」と思いこんで失禁し、本書の編集者にまで「ICチップが埋め込まれた！」と電話で助けを求め、そこから躁転してハイになったわたしの相手を長時間させてしまったりなど、彼氏以外の人たちにまで大迷惑をかけはじめた。

また、泥酔しきった日のあかつきには、まだ酔っぱらっているその手にアイスピックを握り、「こんなものいらない、もう目なんて見えなくなればいい、ヨーコなんて生きているだけで罪や」と、自分の目を刺そうとしたり心臓を突き刺そうとしたりもしたらしい。酔うと被害妄想や躁鬱を繰り返したりするが、とかく泥酔してベロベロになると死にたくなるので、その防御策にと何回も何回も母親に電話したりもしていたらしい。そんな娘の状態に困った母親と彼氏とは連絡をとりあっていたようで、とにかく合法ドラッグの時と同じく、「酒が手に入らない環境が大事だ」と考えた彼氏は、あえてわたしを部屋から出さないようにつとめ、外出時はコンビニなどでアルコールを買わないようにと、必ずわたしと行動をともにした。

そんな頭のネジが狂った時期に、これ以上わたしの母親に迷惑をかけまいと思ったのだろうか、彼氏から母親の話をされたことを思いだす。

ずいぶん昔の話になるが、わたしに関心を示さない母親が以前、一体何を思ってか、一度だけ東京

のわたしの部屋へとやって来、その当時通院していた精神科（リタリンや合法ドラッグにハマってい
た時期の精神科）に、一緒についていくと言ったことがある。診察はまずわたしと彼氏と母親と先生
との顔合わせから始まり、次に母親と先生との2人で、続いてわたしと先生との2人でとに分かれて
行われた。

母親が先生と何を話していたのかは知らないが、母親の「それは厳しくしました、しましたけども
……」という声と、先生の「お兄さんから殴られてはいませんか？」という問いだけが、診察室から
漏れて聞こえてきたことは覚えている。義理とはいえ母親だ。れっきとしたお母さんだ。わたしに対
して過去の罪の意識があったのだろうか。わたしと先生との診察時には、「お母さんは大変後悔して
いらしてます」とも言われた。その間、母親と彼氏との2人きりになった場面で、「自分ではそんな
つもりはなかったけど、容子には悪いことをしてしまった」「いつも容子を見てくれてありがとうご
ざいます」と謝って母親は泣いたらしい。

病院についてこようと、わたしとわたしの病気を理解しようとしただけでもすごい話なのに、「謝
る」なんて行為を母親がしたのは初めてのことで、その一連を聞いてからわたしはもう、過去にとら
われるなんてくだらない、すべて忘れてしまおう、すべてを許そうと思った。わたしに性虐待を続け
た父親に対してはこう思った。「お前ごときでわたしの人生は1㎜も変わりはしねえんだよ！」と。

果たして彼氏は唐突だが、母親の涙や謝罪の話をわたしに打ちあけることでアルコールに歯止めがか
かると思ったのだろうか。その真相はこちらからも聞かなかったが、それでもわたしのアル中ぶりが治

まることはなかった。ただし、酔って母親に電話をかけることだけは、結果的にやめられたけれど……。

良い知らせと悪い知らせ

止まらない被害妄想と躁鬱とをもたらすお酒。そんなわたしはある日のお昼すぎ、汚い話で申し訳ないが、長細い紐のようにも虫のようにも見える便をした。続けて次の日、腹部に激痛を覚えた。わたしはひとり酒で酔っぱらっている時、とても寂しい気持ちになって、今はもう天国に旅立ってしまったフクロモモンガのアホチをよく思いだした。そして、「納骨なんてしなくてもいい。アホチはウチの子だからウチに居ればいい」との信念で遺骨を家に置いているのだが、そのペット専門の葬儀場で焼いてもらった骨を、アホチとひとつになれる気がして食べたりもしていた。

しかし、いくら人間が育てているアホチだとはいえ、相手はまだ日本では珍しいエキゾチックアニマルなのだ。遺骨を食べたことによって、お腹に寄生虫が宿ったからの痛みと便だと考えた。だけど、そんなものを診てもらえる病院なんてあるのだろうか。

色々とネットで調べていたら、家から自転車で向かえる距離に、中規模の消化器内科があることが分かり、慌ててその病院へと電話をかけた。便の具合と腹痛との症状を伝えると診察可能だというので、寄生虫のようにも見えるそれを写メで撮ったスマホを持参して、彼氏と一緒に病院へと自転車を走らせた。

「ペットの遺骨を食べたんですけど、虫かなと思って……」

　先生にその写メを見せると、「東南アジアかどこかへ旅行に行った？」と聞かれた。時はコロナが猛威をふるっている時期。到着しても2週間拘束される海外になんて、旅行するハズがない。「いえ、行ってません」と答えると、今度は「東南アジアの野菜かなんか食べた？」と聞かれた。が、それもまた食べた記憶がない。

「おっかしいなあ、東南アジアの葉っぱとかにこの手の寄生虫がいるんだよなあ」と困ったような表情をした後、「ちょっと原因が分からないから、腹部のCTと血液検査をしましょう」「血液検査にまわすから、3日後の同じくらいの時間にきてくれる？」と告げられた。腹部の痛みはもうキレイサッパリ消えていたから、やっぱりこれは寄生虫なのかと思い、「骨なんて食べるんじゃないの！　五体満足でアホチが帰ってこれなくなるでしょ？」と彼氏にしかられた。

　3日後、検査結果を聞きに行くと、何と何の値だったかは覚えていないが、「血液検査の結果、○○と○○の数値が異常に高い。異常です、異常。膵炎《すいえん》と思われます。ウチには救急施設がないから、今から受け入れ先を探します」とのっけから言われ、救急患者を受け入れる大きな総合病院に電話をかけはじめる先生。てっきり寄生虫だとしか思っておらず、膵炎がどんなものなのかもまるで分からず、戸惑いを隠しきれないわたし。

「あー、すいません、○○と○○の数値がこれだけありまして、膵炎かと思われるんですが。受け入れはーーー、あー、そうですか。分かりました」

コロナの時期だったことも関係するのか、２軒の病院から受け入れを断られ、３軒目で◯◯市にある国立病院が、わたしを受け入れてくれることになった。

「向こうの先生待ってるから。すぐ行って。タクシーで行って。受付前にある電話で、タクシー会社に繋がるから。あとこれ持っていって」と、ＣＴ検査のＣＤ‐Ｒを渡された。何が何だか分からないが、どうやら虫とかどうとか言ってる場合ではないらしい。

「何なんやろか？」

「とにかく行こう」

迎車のタクシーはすぐに来て、◯◯病院へと行き先を告げた。時間はすでに夕方近くになっており、その病院の診察時間を過ぎているため、夜間受付の救急外来からなかへ入る。救急窓口で消化器内科の場所を聞いて診察室へと向かうと、メガネをかけた優しそうな先生が真っ白な診察衣を着て待っていてくれた。

「造影ＣＴ（造影剤を静脈から注射して単純ＣＴで区別がつかない病変をより明確にする検査）を撮りましょう」

「カラダが少し熱くなります」と前置きされて、腕に注射を打たれた。ピアスに指輪にホックのついたブラジャーに、金属をすべて外してＭＲＩのような輪っかになった機器をカラダが通ると、確かにカラダがグワッと一瞬熱くなったが、その反応もすぐに消えた。

無事に検査を終えると、最中は検査室の外にいた彼氏とともに診察室へと通され、造影ＣＴの画像を見せられる。

「えー、ここが○○でここが○○で、膵臓が炎症を起こして肥大しています。急性膵炎です。緊急入院が必要です」

「緊急っていうのはいつからですか？」

「今からです」

「え!?」

自転車で病院へ向かった程度の身なりしかしていないのだ。入院に必要な荷物なんて、何ひとつもってきてはいない。

「ちょっと、荷物を取りに帰ってもいいですか？」

「いえ、緊急です。すぐに入院してもらいます」

「えと、何も用意がないのですが」

「パートナーさんに必要な荷物を持ってきてもらってください。院内着は病院内にあるコンビニで有料ですが貸出をしています」

「あの、毎日、精神薬を飲まないといけないので一度帰りたいのですが……」

「緊急です。それも持ってきてもらってください」

「入院期間はどれくらい？」

「2週間前後だと思ってください」

果たして急性膵炎が何なのかもまだ把握すらしていないまま、院内着だけをとりあえず1週間分借りて、ほかの血液検査などの検査を済ませたのち、看護師さんに病室へと案内された。病院なのだから、当然タバコやお酒も一切禁止だろう。わたしはヘビースモーカーだ。こんなことなら病院に来る前に、タバコを1本吸っておけばよかったと後悔した。

「点滴を打ちますねー」

看護師さんから腕に太い点滴針を刺された。まだ消灯時間はやってきていないし、病室での携帯電話は通話以外OKなので、入院に最低限必要な荷物や精神薬のありかなどを、彼氏とCメールでやり取りする。

「パートナーさんが来られました」

時間にして1時間30分ほど経った頃だろうか、彼氏が荷物を持ってきてくれたようだ。車いすにのせられて、彼氏が持ってきてくれた荷物を受け取る。

「これからはコロナがありますので、一切面会禁止です」

こんな慌ただしいお別れのなか、退院まで一切彼氏と会えないのか。とても心細い気持ちでいっぱいになる。

病室に戻ってから、急性膵炎が何なのかをネットで調べた。そこには「胆石と大量のアルコール乱用が急性膵炎の主な原因」とあった。アルコールが原因か……。思い当たるふしは山ほどある。精神だけではなく、とうとうカラダにもきたか……。もう、お酒飲めないのかなあ。こんな時にまで、退院したらお酒を飲んでもよいのかが気になった。

季節はまだ半袖の時期、汗と化粧でベタつく肌が気持ち悪い。けれど今はもう夜。入浴時間はとうに過ぎているし、だいたい点滴治療のため24時間腕に針を刺された状態なので、入浴することはできないという。点滴を吊るす歩行棒のようなものと腕の針とを繋ぐチューブの管がジャマをして、顔を洗うことさえできない。

ピンと白いシーツを張ったベッドの上に横たわり彼氏とメールのやり取りをしたり、急性膵炎の正体を調べたりしていると、あっという間に消灯時間になった。今日一連のバタバタで疲れたわたしは、いつもは就寝前に飲むシクレストと睡眠薬とがないと眠れないのに、それらも飲まないままグッタリと眠りに落ちた。

入院1日目。起床時間より早く目が覚めたわたしは、疲労のせいかはたまた久しぶりにアルコールが1滴も残されていないカラダだったからなのか、中途覚醒もせずにグッスリと爆睡できたようで、気分はスッキリ爽快だった。昨晩はよく分からなかったが、どうやらここは病院の7階、4人収容の大部屋の廊下側がわたしの陣地らしい。

「瀧本さん、お早うございまーす！」

とても若くて可愛い看護師さんが、病室へとやってきた。

「よく眠れましたかあ？」

「バッチリです！」

「それはよかったです。ちょっと早いですけど点滴交換しますねえ。食べ物はしばらく絶食です。お水は飲んでもらってもかまいませんが、オシッコの量をこれで測って、この用紙に記入してください」

「分かりました」

改めてこれだけの長い時間、アルコールが抜けているのはいつぶりだろうかと思いをはせる。カラダの調子はとてもよいが、やはり点滴のチューブに動きを制限されるのがなんとも厄介だ。それに、点滴をガンガン打たれているからなのか、普段よりとっても尿が近い。頻繁にトイレに行くこともあって、そのたびにこの点滴棒を掴んでガラガラと音を流しながら移動しないといけないのも、地味に見えてとても面倒だ。それにしても、ただ点滴を打っているだけで、その急性膵炎というものは治るのだろうか。アルコールが原因だから、点滴でアルコール分を全部体内から排出してしまえば、治るような感じなのだろうか。

やがて起床時間がやってき、しばし時間を置いて朝食の時間となるが、わたしはまだ水しか飲んではいけない。同じ病室の入院患者さんが食事をとっているさまが、カチャカチャと食器が鳴る音で分かる。そういえば昨日は昼過ぎに起きて消化器内科に行き、そのままこの病院に直行で緊急入院となったから、何もお腹にいれていない。お腹減ったなあ、うらやましいなあ。

トントン、と壁がノックされる。

「瀧本さん」

「あ、はい!」

昨日検査をしてくれたメガネの先生だった。

「調子はどうですか」

「はい、調子いいです」

「絶食・点滴治療となりますが頑張ってください」

「はい、あ、タバコはダメなんですよね?」

「タバコとお酒は一切禁止です」

「ですよね……」

そのほか先生から何かを説明された気もするが、ここら辺の記憶があいまいだ。ただ、入院中の治療は手術などの外科治療ではなく、絶食のほかはひたすら点滴を打って打って打ちまくり、あとは安静をとることが治療のようだ。大腸ポリープの内視鏡手術をした経験があるだけで、大きな手術は今までしたことがないから安心した。しかし、ヒマだなあ……。あまりにもヒマで、ツイッターやフェイスブックなどのSNSばかりチェックする。

「お薬ですよー」

まもなくして、看護師さんがわたしのなくてはならない常備薬、精神薬をもってくる。どうやら精神薬は病院預かりとなるようで、処方箋どおりに朝昼晩寝る前とに分けてキッチリ4回処方された。普段のように、精神状態や体調の良し悪しでクスリを増減するのはムリなようだが仕方がない。

絶食と点滴と安静だけが治療の毎日は、どうしても時間があり余る。普段使っているパソコンは、ノートパソコンではなくデスクトップだったから、ヒマな時間を利用して仕事をすることもできない。部屋は大部屋といっても患者同士のプライベートを守るべく、L字型にカーテンが仕切られていて、同室の入院患者さんとのコミュニケーションをはかる感じでもない。院内のコンビニで時間をつぶすにも、車いすを必要とするので、何だか看護師さんに申し訳なくて気が引ける。

あり余る時間をつぶす手段は、ひたすら眠るかSNSをチェックするだけ。絶対安静というのは本当にヒマなものだ。彼氏とはコロナで面会禁止だし、とくにまたお腹が痛むわけでもないし、本人にとっては普段よりとても健康体なので、早く家に帰りたいなあという思いばかり浮かぶ。

精神病院入院時に思ったのが、入院生活での唯一の楽しみは、たいして美味しくもない食事だけだった。そのお楽しみさえ奪われているのだから、酒浸りだった自分が病の原因とはいえ、3食の食事がとれないのもツラいといえばツラかった。が、治療の経過が良好だったわたしは、数日後に食事ができると看護師さんから聞き、それだけでもう心が躍った。しかし、出された食事は重湯に葛湯と流動食のみで、食べている気が全然しなく、ガックリと肩を落とした。

トントントンと壁のノックに「瀧本さん」の声。毎日欠かさず先生は、わたしの様子をうかがいに来てくれる。わたしはもう元気なので、早く退院したいばかりを先生にうったえた。その願いが叶ったかのように、治療の経過がとても良好だったため、「予定より早く退院できそうです」と先生の口から聞いた時は、「ホンマですか!?」と小躍りしそうな気分になった。食事も重湯や葛湯から、だんだんお粥という少し固形物めいたものになっていき、いつ退院かとその日を心待ちにした。

数日後、いつものように壁をトントンとノックされ、先生がカーテンの隙間から顔を覗かせた。

「調子はどうですか」

「ものすごく順調です！」

「えー、お話があるので明日、パートナーさんも呼べますか？」

「はい、夕方までなら大丈夫だと思います」

「では、○時に来ていただけるようお伝えください」

「やった！」と思った。わざわざ彼氏を呼ぶのはお迎えが必要だから。恐らく退院の日時を伝えられるのだろうと思った。嬉々として『明日○時に来れる？』「多分、退院のことやと思う！」と彼氏にメールを送ったら、「大丈夫、了解！」と快い返事が返ってきた。やっと退院かあ、入院予定の２週間より1週間くらい早いやん！　はじめ、そう思い込んでいたけれど、よく考えたらコロナ禍のなか退院を告げるためだけに、彼氏の同席がわざわざ必要なのか？　そういう疑問が脳裏をよぎった。「もしかして……」。思い当たるふしがひとつだけあった。しかし、その不安が現実になったとしても、「まあ、いっか」という投げやりではないが、もう十分だろうという思いが、わたしのなかには何故かあった。退院だったにしろわたしの予感が当たったにしろ、どちらとも心の準備を整えることができた。

次の日、約束の時間より20分ほど早く彼氏はやってきた。

「よかったね、退院早まるかも知れないね」、待ち合わせ場所にきめたロビーで彼氏が言った。「そうやねん！」。頭を埋める疑問を彼氏に告げれば、彼氏の心のなかにまで不安を与えてしまう。だから、何も言わないで笑っておこうと、つとめて明るく装った。

通達された時間の5分ほど前に、「○○先生から○時にお話があると伺ったんですが、どこへ行けばよいですか?」と、ナースステーションで確認をした。看護師さんから聞いた部屋に行くと、真っ白い部屋に長細いテーブルとパイプイス、テーブルの上にはモニターとキーボードのようなものがあって、白衣に身を包んだ先生はもうすでに到着していた。

「失礼します」

なかに入ると先生がこちらを振り向き、「こんにちは」と軽く会釈した。

「どうぞ、椅子に腰かけてください」

再度「失礼します」と言って椅子に座る。

「えーーー、今日は良いお知らせと悪いお知らせがあります」

先生がわたしたち2人を交互に見ながら言った。

「良い知らせと悪い知らせ、どちらから聞きたいですか?」

「良い知らせから」

「えーと、退院したいですか?」

「ハイ!」

「いつ頃ですか?」

「今!」

あまりにも即答したので、先生が少し苦笑いをする。

「ではーーー、今日金曜日ですので、月曜日には退院できます」

「やった！」

彼氏と目を見合わせて言った。

「これが、良いお知らせです」

「はい」

「あとひとつ、悪いお知らせがあります」

「えーーー、これが病院に来られた時に撮った造影ＣＴです」

モニターに映るもやのようなモノを、マウスでくるくると回転させる。

「えーーー、この造影ＣＴを調べましたところ、この部分が発見されました」

この部分という箇所を、マウスのカーソルでくるくると丸く描く。

「膵体部に腫瘍が発見されました」

「あー、癌ですよね」

「膵臓癌です」

その言葉を聞いた一瞬後、隣からガタンと音がし、彼氏がパイプ椅子からすべり落ちた。

「これが悪いお知らせです」

ほーらね、バチがあたった。わたしの悪いほうの予感が的中した。

第13章
アイアム精神疾患フルコース

膵臓癌の発覚

「○○さん大丈夫!?」

「大丈夫ですか!?」

「ちょっと、このまま話を聞いてもかまいませんか?」

「もちろんかまいませんが大丈夫ですか?」

「大丈夫……です」

膵臓癌という言葉を聞いた彼氏が、突然の癌宣告にド肝を抜かれたのか、貧血のようなものを起こして椅子から落ち、壁にカラダをあずけていた。

「瀧本さんは大丈夫ですか?」

「ハイ、わたしは癌じゃないかなぁと心構えができていたので」

「そうですか……」

「えー、入院時造影CTで膵体部に腫瘍を認めており、腫瘍の尾側の膵管拡張も見られており、これは膵腫瘍による膵管閉塞が膵炎の原因と考えられます。よって画像所見からの推測ではありますが膵臓癌と考えられます。ただし発見が早かったので手術による切除と根治を目指すことができる段階の膵臓癌と考えられます」

「いったん退院して頂いて、約1ヵ月後の手術となります。後は外科医との話になります。わたしからは以上です。何か質問はありますか?」

「いえ、特にないです」

「では……」

まだ憔悴《しょうすい》して顔色を真っ白にした彼氏と、癌宣告を受けてむしろふっきれた感のあるわたし。だってそうじゃないか。わたしみたいな大馬鹿者は、夜明けの薄汚い歌舞伎町の溝に顔を突っ込んで、最期を向かえるのがお似合いだと常々思っていたのだから。それがもしかして癌という、いっそはかなくもみえる死を迎えるかもしれないのなら、そのほうがよっぽど美しいとも思えたからだ。それに、もしも人生がマラソンなのだとしたら、進んだその先に必ずゴールがあるから走り続けられるのであって、ゴールがさずけられていない道をただただ延々と走り続けるのなら、それはただ単純にとても苦しい。けれど、1ヵ月というタイムリミットのようなゴールが見えたことで、ある意味毎日を一生懸命生きられると、活力じみたものまで溢れでてきたのだ。

先生の説明が終わり、彼氏が病院を後にしてからわたしは、まずそれを最低限伝えておかなければいけない人間、東京に来てから一番仲良くしている友だちと本書の編集者と母親に、「膵臓癌になった」ことを告げた。すると、彼氏の時と同様、本人のわたしよりも周りのほうが驚いて、ねぎらいや心配の言葉をかけられた。

「あー、こんなわたしでも生きてる価値あるんやあ」

その励ましの声はわたしに、「もしかして自分は自分が思っている以上に人から愛されているのかも知れない」という希望を与えてくれ、それは「他人とうまく喋れない」ことへのコンプレックスからの解消や、人間関係がうまく築けないことから発症した「精神病からの脱出」の道へとつながった。癌になってよかった、とさえ思ったのだ。

急性膵炎から退院して数日後、消化器外科医教授との2時間30分におよぶ話し合いの場がもたれた。わたしのことを「容子さん」、彼氏のことも下の名前で呼ぶ、豪傑でフランクな先生だった。

「えー、膵体部に進行癌腫があり、急性膵炎での入院では膵体部癌が主膵管をふさいでいたため尾側膵の膵炎を治療したワケですが、今回の手術としては膵体部癌、えー、膵臓癌と膵尾側の必要のない臓器を切除するからね。あと容子さんは向精神薬を飲んでいるから、腸瘻《ちょうろう》にチューブを造設するから。そのチューブから精神薬を流しこみます、と」

「はい……」

難しすぎてよく分からなかったが、要するに膵臓癌を切除して、精神薬を注入するチューブがつけられるのだろう。

「お腹が痛いとき、どこら辺が痛かった?」

「えっと、ここら辺です」

腹部を指す。

「そう、そこら辺。膵臓癌ってのは厄介でね、ちょうどそこら辺に大事な臓器が集まっていて、その後ろ側に膵臓があるの。だから穴を空けてする腹腔鏡手術、あの手術はできません。切開手術になるの」

あー、じゃあもうビキニとか着れないなあ。まあ、もうお腹とか出てるし、ビキニ着れない体型だからまあいっか。

「で、癌でよく言われる5年生存率だけど」

「女の人によく見られる乳癌の5年生存率が92・7％」

ほぼ100％かあ。

「で、膵臓癌の5年生存率は20〜40％です」

わたしのなかに衝撃が走った。だって5年後には半分以上が死ぬのだ。5年後に生きている可能性はわずか20〜40％なのだ。さらにはもっと悪いことに、教授から渡された2018年9月に公表された国立がん研究センターの資料によると、膵臓癌の3年生存率は15・1％、5年生存率はジャスト10％だと報告されている。それが余計わたしに追いうちをかけた。

「で、この間に脳梗塞や脳血栓を起こしたら、100％確実に死にます」

「100％!?」

「そう、100％」

……。何も言えない、ただただショックだけが走る。わたしのなかにはおおよそろくでもない死に方で、早く死に急ぎたいという思いが確かにあった。だけど、低すぎる5年生存率の結果に、震えるほどの恐怖を覚えたのだ。別に死ぬことはかまわない。ただ、5年という短い期間で生涯を終えるには、まだ思い残すことが山ほどありすぎる。

「膵臓癌は非常に再発率の高い病気でもあるの。ただし、サバイバー生存率というのがあって、手術から2年間再発することがなかったら、生存率はグッと上がります。あと、2年間。この2年間を大切にして」

後のほうはもう、キレイサッパリ覚えていない。ただ、わたしはその10%にはいらなければ、あと5年以内に死ぬのだ。それにわたしは、膵臓癌が発見されるほんの少し前、脳梗塞のような症状を起こして、救急車で運ばれたばかりだった。結果はオーライだったけど、また今度は本当に脳梗塞を引き起こすかも知れない。その場合は100%、確実に死ぬのだ。怖い、怖い、怖い、怖い……。

その後、彼氏と2人きりになった時、始終無言になったわたしに向かって、言い聞かすように彼氏が言った。

「よーちゃん、リタリンは規制がかかって、合法ドラッグも規制がかかって、今度はアルコールも休肝日もあやふやになって膵臓癌になってそこでストップだ。自分でやめるってことは本当に難しい。たまたま環境とラッキーに救われている。悪運がとにかくスゴい。今回も10%にはいるよ、必ず」

急性膵炎退院の翌日にいれた精神科でも、「急性膵炎はお酒のせいだと思うけど、癌は先天性によるものだと考えられます。だけど、急性膵炎になったことによって、膵臓癌が早期発見されるなんてあなたは本当に運が強い。膵臓癌は肝臓と同じで沈黙の臓器と呼ばれてるの。サイレントキラーってね。見つかったらあと余命3ヵ月です、なんてことがざら。それがアルコール依存症のせいで膵臓癌が見つかるなんて、ねえ……」と悪運をたたえられた。

その通り、そこからがわたしの生命力のしつこいところで、癌宣告から幾晩寝たら「いつ死んでもおかしくないことばっかだったのに、2年間生きられたらまあいっか！　とりあえず貯金全部使い果たそ！　コロナが落ち着いたら、アジアをバックパッカーで放浪して、海が近くにある場所でのんびり過ごそっと！」という気分になっていたから我ながら頭が悪いと思うが、生きる力にはこと長けている。

それからわたしは自分が膵臓癌であることを包み隠さず、むしろ「膵臓癌になっちゃったヨ！」という勢いで、ツイッターとフェイスブックに『瀧本容子のガンガンメモ』という名目で、膵臓癌との闘病記をアップしはじめた。対して深くは考えていないが、何となく「ガンガン」には、「ガンガン行くぜ！」という意気込みと、「癌癌！」という意味を込めた。日記とはいえない少ない文字数だったから「メモ」とした。

記念すべきガンガンメモ1には「癌宣告を受けたわたくしが、癌との日々を短文で募る、『瀧本容子のガンガンメモ』を、ランダムにUPしていきたいと思います！　ヨロシコね☆」と。メモ2には「手術まで約1ヵ月。〝あと1ヵ月かぁ〟と思うと、ダラけた心に活力がみなぎってきた。早期発見で死ぬことはない。だが、最悪死ぬかもしれない。そう思うと逆に生きる気力が湧いてきた。〝タイムリミットがあれば全力で生きられる〟。わたしは余命宣告さえして欲しかったのだ」とある。メモ

3には「先生が言う。〝お酒とタバコは膵臓が癒着してしまうので控えてください〟。一時退院2日後、〝約束してた飲み会行ってくるね！〟と彼氏に言うと、〝癒着して手術が危険になるんだよ！　俺が気を失いかけたことも忘れたの！〟と激ギレされる。だが、そんな人生、何が楽しいのだ」とまである。

癌宣告されたにも関わらず、「酒のない人生の何が楽しい！」と思える自分を、我ながら馬鹿で天晴れだと思う。わたしは本当に生命力が強い。だから、今まで生きてこれたのだ。友だちやフォロワーからも、「お前は本当に悪運が強い」「だから絶対大丈夫」といった内容のＬＩＮＥやＤＭがバンバンと送られてきた。

そうだ、わたしはツイッターの文字数を病名が全部埋める精神病歴の持ち主で、おまけに膵臓癌なのだ。「いつ死んでも悔いのない今日を、精一杯生きぬいてやる！」と、精神科医の言っていた「ドン底から這いあがる力」がまた芽生えた。

わたしは死なない

だが、その後「早期発見なのだから、手術も早期が望ましい」という電話が医師から来て、手術は1ヵ月後ではなく、2週間後におこなわれることになった。5年生存率分を1ヵ月で楽しみ尽くそうとしていたわたしの予定は総崩れだ。皆が揃いも揃って「その通りだ、よかった！」というけれど、それの一体何がよいのだ。わたしとしては、死刑宣告が2週間早まったような絶望的な気持ちになった。

そんな時にわたしが膵臓癌であることを知っており、自身も乳癌の経験がある、わたしの尊敬するトラベルライターの姉さんに座右の銘を教えられた。

「人生とは嵐が去るのを待つことではない、雨の中でどんな風にダンスするかを学ぶものだ」

シンガーソングライターであるヴィヴィアン・グリーンの名言だ。わたしはこの言葉と、「わたしは入院楽しみだったの。遅くまで起きてマンガ読んで、ごはんは自動的に出てくるから。これまで何度か大きな手術してきたけど毎回楽しみ。不安もあるけどね。避けられないなら楽しめばいいか、ということで」という姉さんの言葉とに救われた。そして、膵臓癌手術が不安ではあるけども、入院をホテル滞在だと、ひと時のバカンスだと思って楽しむことにした。

PET検査など手術前の検査に続く検査に毎日追われながら、いよいよ明日入院、明後日手術という日がやってきた。可愛い入院着や室内履きや下着、よい香りのするシャンプーなどを買いこみ、友だちがプレゼントしてくれたロクシタンのボディソープと、友だちの娘からもらった「容子ちゃん手じゅつがんばってね○○より」と書かれたメッセージカードをトランクに詰め、色んな人からもらったお守りを財布のなかにいれていると、何だか本当に旅行にでかけるような気分になってきた。

「いよいよか……」

泣いても笑っても同じなら笑うに限る。精神病だってきっとそうだ。「病は気から」というけれど、泣いて過ごすか笑って病気にうち勝つかは、自分の精神力に大きく関わるのではないかと思っている。わたしは、死なない、なんとかなる。

手術とICU生活

1泊入院していよいよ手術の日がやってきた。手術は全身麻酔で、朝9時からのスタートだ。順調にいって約4時間、そこからICUに2~3日間はいるとのこと。手術の30分ほど前に彼氏と会うことができ、「管だらけの姿、写真で撮っておくからね」と言われた。さすがはフリーライターの彼氏。ライターは不幸がネタになることを心得ているようだ。「頼むで!」と笑顔で言いわたす。

膵臓癌手術は呼吸したりカラダを動かすとどうしても力がはいる位置を切開するため、術後の入院生活のため、あらかじめ背骨に麻酔の管をいれるとのことだった。そこからの記憶がとても曖昧なのだが、わたしは背骨に管をいれたあと、彼氏同伴で手術室前のドアまで歩いて出向き、「頑張ってくるな!」と手を振ったらしい。

が、わたしの記憶のなかでは手術室内で頭に髪の毛を覆う青い手術帽をかぶったまま、2人で椅子に腰掛けて喋っていたような残像が残っている。しかし、それはなかったと彼氏がいうから不思議だ。精神病者にはたまにある話だが、本心では手術が怖くてたまらなかったため、記憶が混同したり解離(意識や記憶などに関する感覚をまとめる能力が一時的に失われた状態)したり書きかえられたりしているのだろうか。

果たして手術は目をつむってその目を開けたら、何もかもがすべて終わっていた。そして、手術室からＩＣＵへと手術台のようなベッドを輸送する最中、彼氏が管だらけのわたしを撮ろうとしたら、無意識にもわたしが彼氏の手を握ったまま離さなかったらしく、管だらけの写真は残念ながら撮れなかったとのことだった。

手術にかかった時間はおおよそ6時間30分。予定時間の4時間を過ぎてもなかなか連絡がこないため、母親から心配の電話が彼氏にかかってきたらしい。なんだかんだいっても、お母さんもわたしのことを気にかけていてくれたのだな。少し胸がジンと熱くなった。

術後、執刀医より家族がわりの彼氏へと説明がある。

「手術は無事終わりました。見えるところは全部取りましたが細胞レベルのことはまだ分かりません」

そう告げられた後、銀色のトレイに載せられた長さ約15㎝ほどの膵臓と、そこから伸びる10㎝ほどの管、そして「カラダに必要がない」と切除された胆のうなどのいくつかの臓器を見せられたそうだ。退院して「酒飲みたぁ〜い！　買ってきてぇ！」と冗談めかして言えるようになった今では、「しまったぁ、膵臓の写メ撮っておけばよかった！　あんなの見たら、もう絶対酒飲まないっていうハズなのに！」と彼氏はしきりに悔やんでいる。

そして、ＩＣＵにはいった術後のわたしの状態はというと、とにもかくにも想像を絶する激痛も激痛で、呼吸をするだけでも身悶えするような痛みが走り、喉から腕から腹からカラダ中のいたるところが管だらけの状態で。痛みだけでも身をよじるほどなのに、そこに胃酸嘔吐、絶飲食、不眠、声が出ない、ひとりで立てない歩けないなどが加わる。再発率が抜群に高いとされる膵臓癌だが、こんな痛みが続くのなら死んだほうがずっとマシだ。再発したらもう手術ではなく、好きなことをやって迷わず死を選ぶとその時は誓った。それほど、尋常ではない痛みだった。わたしにはなくてはならない精神薬は、絶飲食のため経口摂取ができず、すべて小腸へと繋がるチューブから液体にして投入された。

術後、数日経ってICUから大部屋へと移されたが、ICUにいた時から毎日胃液が1800㎖を超えては吐き、腸の造影CTを撮られた結果、またもや「パートナーさんを呼んでください」という事態になり、膵臓癌に続いて「小腸閉塞」の手術が行われた。この時点で約1ヵ月の長期入院であったが、小腸閉塞の術後は鼻の管も抜け、絶飲食にもピリオドを打ち、重湯に葛湯とメインは流動食であるが、食後のデザートとしてヨーグルトやゼリーなどを出されるのがとても嬉しかった。

しかしその後、再び鼻に通されたチューブが喉の奥を刺激して非常に痛むことから、耳鼻咽喉科で診察を受けることになり、「リンパなどが肥大炎症して喉をふさぎ、このままだと呼吸ができない状態になります」と言われ3度目の手術をすることになった。今度は喉を切開しての手術となるが、この手術後が思いのほか色んな幻覚を引き起こした。局部麻酔で行われたこの手術だが、手術は痛いよりとても苦しく、終わったあとすぐICUに運ばれた。ここからが精神病の現れだった。

ICU1日目、隣にまるで『警察24時』にでも出てきそうな、ケンカをして瀕死になった男性がやってきた。もう明日明後日には命が危ない状態なのだろうか。コロナで全面面会禁止なのにICU

にまで家族のかたがやって来、ICUのなかをキャッキャッとかけまわる子ども男女ひとりずつの足が、カーテンの隙間から垣間見える。

ICU2日目、隣の負傷した男性が、「頑張って、腕ちょっと上げてみよう！」などのリハビリを延々と拒否している。「グレープのゼリーよ、美味しそうでしょ？　ちょっと食べてみようか」などの声も聞こえるが、口の中を切っているのか「いらない」との意思表示をしているようだ。わたしはまたもや絶飲食に戻ったため、「グレープゼリー、いいなぁ……」と口のなかに唾が溢れた。

ICU3日目。相変わらずリハビリしましょうとの声が聞こえてくるなか、男性の両親と家族が面会にやってきた。面会は15分間以内と決まっているようで、時間がきた両親と家族とが帰ってゆき再びリハビリが始まるが、わたしはここで眠りに落ちてしまった。

目が覚めると、隣が何だか騒がしい。耳を澄まして様子を聞いていると、ICUの看護師ほぼ全員が集まって、「危なーい！」「こっちにこっちに！」などと呼びかける声が聞こえ、外からは救急車のサイレンの音。どうやら男性を追っている輩がいて、ここにいることが見つかったらしく、男性が窓から外壁を伝ってICUから逃げだそうとしているようだ。「まったく初日からはじまって人騒がせな人だなあ」と、その様子を彼氏にメールして数通のやりとりをする。窓から男性を呼びもどそうとする看護師たちの声が、「ワー！」「キャー！」という叫び声に変わる。どうやら男性が8階にあるICUから飛びおりたようだ。驚いて思わず男性の部屋に目をやると、「グワァアア」といううくだんの男性のいびきとベッドに横たわる足が見えた。

そこでハッと気がつく。そうだ、すべてが幻聴と幻視と妄想、つまり3日間にわたる壮大な幻覚の物語だったのだ。もう、どこまでが現実でどこまでが幻覚なのかの境目が分からない。「もう、イヤやぁ……」。ハラハラと涙がこぼれてき、彼氏に「もう治ったと思ったのに、全部ヨーコの幻覚やった」とメールを打った。

膵臓癌の手術後よりもずっと長いICU生活にピリオドを打ち、大部屋が満床だったことから2人部屋に移ってからも、わたしの幻聴と被害妄想だけは治まることがなかった。ナースステーションの真向いにある病室だったため、看護師たちの声が丸聞こえだったことも関係するのか、それらがすべてわたしの悪口に聞こえるようになり、胸の小さいわたしには「まな板」というあだ名がつけられたと思い込んだ。「まな板の看護以外ならなんでもやります！」の言葉に看護師たちの爆笑がわきおこるなど、胸をギュッと鷲掴みにされるようないたたまれない気持ちになり、マトモに言葉も発せなくなってきたことから、大部屋への移動を懇願した。

その後、大部屋に空きができ幻聴こそ少なくなったものの、萎縮した気持ちはそのままで、毎朝巡回にやってくる執刀医にしきりに退院したいと訴え続けたところ、まだ小腸と膵臓部分へとつながる2つの管をぶら下げたままの状態で、逃げるように退院する運びとなった。

ドラッグの後遺症による残遺性障害だったのか、アルコール依存症の離脱症状だったのか、はたまた違う問題だったのかは分からない。だけどわたしは確かにこの耳で音や声を聞き、気配を感じとり、現実ではそこにないであろうものを見、それを事実として彼氏にメールまで送っていた。今もなお日常生活を過ごすにおいて、これは現実なのか幻覚なのかと疑ってしまうことはあるが、わたしにとってはどれもこれもがリアルなのは変わらない。

私、それでも元気にやってます！

無事に退院を終えて我が家へと戻ったわたしは、そこが隣人から向けられる敵意や悪口がとても居心地悪い部屋であったにも関わらず、心底からホッとして言葉も発せるようになった。その後の精神科で主治医から、「あなた、そういえば幻聴は？」と聞かれた。考えてみれば退院してからというもの、隣人からの悪口が一切聞こえてこない。

「あなた、そういうことってあるのよ。精神病を超える大きな何かにぶつかったとき、症状が治まることがあるのよ」

やはり精神病の症状も、自分の精神力ひとつに関わってくるんだなと改めて実感した。

とはいえ、わたしがまだまだたくさんの精神病もちであることは変わらない。また、膵臓癌を切除した今でも、まだ通院、投薬、検査を続けなければならない。膵臓癌が再発する可能性は非常に高く、再発したら5年後の生存率が10％で、そこで脳梗塞や脳血栓を起こしたらわたしは死ぬ。この1冊がわたしの遺書になるかも知れない。もう、その時はその時でよいと、開き直ったのか悟りをひらいたのかしたわたしに彼氏が言った。

「1日でも長く生きてね。ボケても何とかなるけど、カラダの病気はどうにもすることができない。もし後遺症でボケても助けられる。けど、病気だけはどうにもできない。お酒、やめよ？　一緒におじいちゃんおばあちゃんになろ？」

「精神病のことも、一緒に過ごしていれば分かることはあるだろうし、分からないものは聞いていくからゆっくりやっていこう。今もそんなに分からないけど、少なくとも前よりは理解できたけど、これからも100％理解することはムリだ。けれど、それは最後の最後までは、健常者同士でもそれは分からないし、理解しなくても理解しようとする大切さが分かった。まったく知らない人、ただの知人とは違う」

本書の担当編集者が言った。

「本を出す条件は、本を出してからも生き続けること。それで満足して、死んだりしないこと。生きることが前提です」

仲良くしてくれるみんなも言った。

「姉さん、わたし姉さんと酒飲まなくてもいい。お酒飲まなくても全然楽しいよ？　ウチに泊まりに来てよ」

「タッキー退院おめでとー、今度は酒じゃなくランチでも行こうなぁ」

「瀧本、快気祝いが待っとるど！」

それもまた再び、「もしかして自分は自分が思っている以上に人から愛されているのかも知れない」

ということを、膵臓癌という死との局面を迎えたことで知ることができた、嬉しくて愛おしい大事な言葉の一つひとつだった。

精神病にも色々あって、寛解《かんかい》（全治とまでは言えないが病状が治まっておだやかであること）するものもあれば、「薬物依存症」や「アルコール依存症」などいわゆる「依存症」の類には一生完治というものがない。ただ、精神病が死への衝動に繋がることはあっても、精神病自体で死ぬことはない。けれど精神病者には、「死ぬかも知れない」や「ツラい、消えたい、死にたい」という気持ちが、強く側に寄りそうことはイヤになるほど多くある。自分ひとりで精神病を克服することはとてつもなく困難だ。

そんな時は、あなたを思ってくれているであろう誰かに、友人や恋人や家族やそんな誰かに、不本意でもいいから気持ちをぶつけてみてほしい。手を差し伸べてもらってほしい。「そんな人いない」と思うかも知れない。けれど、局面にぶつかったその時にこそ、そのままのあなたを受け入れてくれる誰かがいたことに、気づくことがあるかも知れない。それが、わたしだった。もしくはもっと簡単に、風邪をひいたから内科へ行くていどの気軽さで、心療内科やメンタルクリニックや精神科の門を叩いてみてほしい。そこにはあなたの心の傷みを知る専門家たちが、あなたを待っていてくれるハズだから。

たくさんの精神病を経験した体験から、ほんの少しでもわたしと同じ思いを感じたことがある人が、「あんがい人間てなんとかなるもんやな」。そして「ひとりじゃないんやな」と思ってくれれば幸いだと思う。

いや、本音を言えばわたしみたいな俗物は、他人様にエラそうに一丁前に何かを言える立場ではないのかも知れない。わたし自身すら、好き勝手やって酒飲んで再発までの2年間寿命で死んでしまいたい、そう思うことも多々あるからだ。

散々、好き勝手な人生を歩んできた。これからも好き勝手やりたい放題やって太く短く生涯を終えたい。そういう気持ちがないと言えば、それはヒドく大きなウソになる。常に崖っぷちにたっているような刺激的な毎日を、心がヒリヒリした毎日を送っていなければ、わたし自身生きている気がしないのだ。ただ、こんな畳の上で死んではいけない人間に、「一緒におじいちゃんおばあちゃんになろう」と言ってくれる彼氏がいたことで、「死」に歯止めがかかっているだけに過ぎない。刺激的な毎日じゃなくても、こういう日々が過ぎていくのもありなんかな。16年彼氏と一緒に過ごしてきて、やっと、そう思えるようになってきただけなのだ。

だからあなたにも、「しんどいなあ、死にたいなあ、消えたいなあ」。そんな思いが頭をかすめたら、死ぬ前に一度寝てみるか、死ぬ前に一度大事な何かを思いだすか、死ぬ前に一度精神科に足を運んでほしい。死にたいと思う日が来たなら、一旦、逃げてほしいのだ。そして、生き延びてほしいのだ。生きている意味なんてものは最初から見つかるものではなく、後からついてくるものだと思う。後から幸せだったことに気づくように、それはいつも後ろからやってくる。

本書はノンフィクションの自伝だ。単なる無名の四流ライターが書いた、精神病とその根源となりえるものとの闘病記にしか過ぎない。「同じ思いをした」なら生きてほしいし、「こんな風になりたくない」なら反面教師にして生きてほしいし、「嫌悪感を抱いた」ならバカにして生きてほしいし、「わたしのほうがもっとツラい」ならその思いを誰かや精神科医に話して生きてほしい。とにもかくにも生きてほしい。

不幸ぶるのが大好きで、自意識過剰なくせに劣等感だけものすごく強く、みっともないことだらけの人生を歩んできたわたしだけど、それでもあえて言わせてほしいのだ。

世の中のすべてが生きづらい人へ。学校に行かなくてもいい、会社に行かなくてもいい、主婦なんてしなくてもいい、自堕落的な人生でも何でもいい。誰からの迷惑も評価も気にしなくていい。だからとにかく、逃げて逃げて逃げて差し伸べられた手を大切にして「生きろ!」。

おわりに

　こうやって本書を書き残し、思いの丈を吐き出したことで、わたしの精神病はとても寛解しつつある。と、でも書けば非常にくくりは良いのだけれど、残念ながら書きはじめ当初13症状だった精神疾患に「強迫性障害」が加わり、わたしの精神病自体は今なお絶賛進行中である。

　ただ、クスリやドラッグや酒浸りなどずいぶん破滅的な毎日を送ってきたにも関わらず、精神病のごった煮であるわたしのメンタルは特別悪化しているワケでもなく、今のところ膵臓癌のほうも再発はしておらず、わりあい平穏な日常を順調に送っているのだから、それだけでも御の字というところだろうか。けれど、あくまでも人間なのだから、それは健常者であるにしろ精神障害者であるにしろ同じく、生きる意味が分からない夜もあるし、自分がなぜ今ここに在るかなど答えのない答えを自分に問うて、死にたい気持ちがひょっこり顔を出すことはある。

　一つ思うとすれば、「生きてるだけで丸儲け」という明石家さんまの言葉があるが、あれは自身が日航機墜落事件を運よく回避できたことからこそ、生まれた言葉であろうと思うのだ。だって、「生きてるだけでしんどい」わたしが「死にたくない」と思えたのは、「膵臓癌」という望まない死に直面した時に初めて生まれた気持ちだったから。現実的な死と直面した時に人間は初めて、「生きてるだけで丸儲け」「死にたくない」と思えるのではないだろうか。それでも慣れというのは不思議なもので、喉元過ぎればまた「死にたい」思いが浮かぶ、懲りない生き物である。それも否めない。

だけど、わたしは、生きている。

今、たった今すぐに消えたい死にたいあなたの衝動は、少しは分かるつもりでいる。それはわたしが昔も現在も「死にたい」気持ちとそれを実行に移したこと、本書に書き留めた思いそれに尽きる。

だけど思うのだ。この人生が「生きるため」のゲームなのだとしたら、何もわざわざ「戦う」コマンドを選ぶのではなく、「逃げる」コマンドを選んだってイイじゃないか。死から逃亡するいくつかの保険、死に対するブレーキをいくつか用意して、結果的に「死への衝動」を回避できたとすれば、それは悪くない提案だと思うのだ。そのために、わたしが実践したことがいくつかある。

まずそれは、「自殺におけるコスト」を算出することだった。今自殺したら、事故物件として、電車を停めた違約金として、葬式代として、「死にかかる費用」を貯めてから死のうと考えた。するとゴールが見える。ゴールを達成してからでなければ死ねないと。

そして、「考えない」ことを「考えた」。考えて浮かぶ答えなんて、だいたいが悪いことだと相場は決まってる。何かに没頭しているその瞬間、わたしたちは死や生きづらさを忘れることができる。心が「無心」になれるその瞬間、それこそが最も大切で、仕事でも趣味でも運動でも食事でも恋愛でもなんでもいいから、とにかく夢中になれる何かに没頭して、心を「無心」にすることだった。

もしくは、本書のなかでも拾って書いた言葉のように、嵐をどう回避するのかではなく、「嵐の中でどうダンスするか」。どうしても避けようのない状況に出くわした時、「嵐をどう楽しむか」の心があれば、人はとても強くなれるのかも知れないなと思った。

今、わたしたちは生きている。死にたくなったら逃げよう。死に抗えないなら精一杯ダンスする。雨のお出かけは憂鬱な気分になるけれど、可愛い傘とレインブーツを用意して、大好きな人と水溜まりをスキップすれば、とっても楽しい気分になる。生きるって、きっとそんな小さなことから始められるのではないだろうか。


最後に。本書を書くにあたって、公私混同されまくって電話の相手をさせられたりわたしの感情に浮き沈みにまで付き合ってサポートしてくれた、信頼できすぎて有能でありすぎる編集者の草下シンヤさんにまずひどく感謝します。あなたがいなければ、この本は絶対完成しなかった。また、忙しいスケジュールの中、これまた公私混同されまくって、必死のパッチでカバー絵を描いてくれた山本直樹さん。わたしの最初で最後かも知れない書籍を飾ってもらうのは直樹先生の絵しか考えられず、ずいぶん無理じいを頼みました。ありがとうの思いで今度一杯奢りたい。その他、こんな4流ライターなんかのわたしの本を良いものにしたいとサポートしてくれた、アシスタントさん、デザイナーさん、校正さん、営業マンさん、そのほかこの本を作ることに携わってくれたすべての人々に感謝の念を。

そして、最後までわたしの駄文に付き合って下さった、読者の皆さんにありがとうを。

◆本書に登場する疾患一覧

〈統合失調感情障害〉

統合失調症（幻覚や幻聴、まとまりのない思考や発言、現実との接触をできかねる緊張病性の行動、陰性症状など一連の症状を指す）と、気分障害（長期間にわたる過度の鬱状態、過度の躁状態、またはその両方から成る感情的な障害）といった両方の症状がみられる疾患。

わたしの精神疾患のなかで、今現在最も強いとされている診断名であり、とかく隣から音に関する苦情が耳元でハッキリ聞こえる「幻聴」の症状が強い。幻聴であるにしてもわたしにとっては現実なのでいつも音に激しく敏感で、テレビを見るときもイヤホンをつけたり、シャワーの音で迷惑をかけないかと風呂にはいらなかったり、玄関のドアを開け閉めする音がうるさくないかと外出をさけたり、ささいな生活音ですら過剰に気になり、会話の声が迷惑になるまいかと彼氏に一切一言も喋らないでくれとお願いしたこともある。常にビクビクとしながらの神経を使う毎日のため、精神的に胃をやられ精神科から胃の薬を処方してもらっている。鬱状態にはいった時は布団のなかで寝返りをうつことさえダルく、呼吸するだけの植物人間のようになったりする。が、膵臓癌手術後はだいぶ回復傾向にある。

〈残遺性障害〉

精神作用物質（アルコール、危険ドラッグ、覚醒剤、大麻、鎮痛剤、睡眠剤など）による、急性中毒、依存、後遺障害を起こすこと。そもそも「残遺性」とは一見おさまっているように見えた症状が残っている状態のことで、もともとの依存症の中核として見られた精神病性障害が寛解したと言われたにも関わらず、一部の周辺症状が残っている状態を指す。精神作用物質の影響が長期間がたってもなお継続し、主な症状にはフラッシュバック、パーソナリティ障害、認知症、幻覚、幻聴、妄想などがあげられる。

特に妄想が激しく強く、11章で書き綴ったような幻覚にも数多く襲われたが、長年ドラッグから遠ざかっているため、その類のケミカルな幻覚は寛解したと思っている。だが、現在ファミリー層がメインの穏やかなマンション住まいをしているものの、向かいの部屋とピザ屋の配達員がモメているところを仲裁したことがあり、その話を武勇伝ぶいて彼氏に話したところ「向かいに部屋なんてないよ、柵があるだけだよ」と言われ、確かにその通りだと愕然としたことなどから、疾患自体は存続中である。

〈複雑性PTSD〉

家庭内殴打や児童虐待や性虐待など長期反復的なトラウマ体験の後にしばしば見られる、感情などのコントロールが困難な心的外傷後ストレス障害（PTSD）。感情調整の障害のほか、解離症状（意識や記憶などに関する感覚をまとめる能力が一時的に失われた状態）、身体愁訴（医療機関で検査をしてもカラダの不調や不快感など本人が訴えるような症状の原因となる病気が見つからず、明確な診断を下せない状態を指す臨床用語）、無力感などが含まれる。

幼少期のトラウマが抜けず、いまだ大声や怒りを向けられると恐怖におびえたり、自分ではなく他人が怒られているのにワケもなく涙が溢れたり、頭より上に手をかざされると無意識にカラダをかばう体勢をとってしまったりすることがある。また、性虐待があったことから基本的に気心の知れた男性以外を怖く感じることがあり、内科外科精神科問わず、医者は女医を指定するようにしている。特に自分の過去や本心をさらけだす精神科医は、女医以外一切受け付けない。ただし、年齢を重ね性対象として見られることが極端に少なくなった現在では、あまり男性を怖がらなくなった。自己破壊的なお酒の飲みかたや身を犠牲にする職歴に男性遍歴はあるが、それが複雑性PTSDによるものなのかは自分では分からないものの、精神科医によるとその原因に値するらしい。

〈パニック障害〉

満員電車などの人が混雑している閉鎖的な狭い空間、車道や広場などを歩行中に突然強いストレスを覚え、動悸、息切れ、めまいなどに襲われる。漠然とした不安と空間の圧迫感や動悸、呼吸困難などでパニックに陥り、「倒れて死ぬのではないか?」などの恐怖感を覚える人が少なくない。

わたしが一番初めにかかった精神病が、パニック障害をともなう不安神経症である。電車での通勤途中に過呼吸を起こして呼吸ができなくなり、「このまま死ぬのではないか」という強烈な不安に襲われたのが、その後の精神病人生のはじまり。この疾患はいまだ寛解しておらず、その後パニック発作を起こした地下鉄や電車や渋谷のスクランブル交差点などには今でも激しい恐怖心があり、ひとりで電車移動したり発作を起こした地へ訪れることは不可能だった。が、誰かが一緒についていてくれれば不安がかなり軽減されるため、電車を使う病院への通院や仕事の打ち合わせまでにも、彼氏同伴で行動している。どうしてもひとりで電車に乗らなければいけない場合には、今はスマホのネットという気を紛らわせるための最大の武器があるので、ネットサーフィンや彼氏とのメールで、何とか時間と不安をやりすごすことにしている。また、「予期不安(パニック発作を経験して、またあの発作が起きるのではないかという不安)」も未だに消えない。

〈鬱病〉

鬱病の患者数は年々増加している傾向にあり、患者数は全国でおよそ96万人(厚生労働省大臣官房統計情報部:平成29年患者調査)にのぼると報告されており、16人にひとりが生涯に鬱病を経験しているとも推定されている、誰にとっても最も身近にある精神病であると言っても過言ではない。また、鬱病の症状は「心の症状」と「カラダの症状」とに分けられる。心の症状には、抑うつ気分、不安や焦り、興味または喜びの喪失などがあげられる。カラダの症状では、睡眠障害、食欲の減退、疲労感や倦怠感、動悸、息苦しさ、口が渇く、からだの重さや痛みなどの症状が現れることが多い。

鬱病は日常で感じる一時的な気分の落ちこみなどではなく、言葉では表現しようがないほどつらく沈んだ気分が、ほとんど1日中ほぼ毎日、2週間以上にわたって続き、仕事や日常生活にも支障が出てきてしまう。寛解したとはいいがたい今も鬱は突然やってきて、何もすることができない生きる屍状態になることもある。

〈不安神経症〉

日常生活の中で毎日のように強い心配や不安や恐怖の感情が生じてしまった時、その感情が理由よりも不釣り合いなほど更に強くつきまとい続けてしまう状態で、日常生活や社会生活などが困難になってしまう。ぬぐえない不安感情が強く継続して抑うつ症状といった精神症状を併発してしまうだけではなく、不眠や動悸や震え、苦しさや倦怠感といった身体症状も生じてしまう。そのため、人間関係がぎくしゃくしたり自宅から出られなくなるなどの症状が現れ、日常生活や社会生活が困難になるが、周囲からは「気にしすぎ」「神経質」「心配性」などと表現されてしまうことが多い。

パニック障害とともに、わたしが一番初めに診断された精神病。わたしの場合は主に、怖くて電話に出ることができない、恥ずかしい思いをするかもしれないという状況に強い不安や恐怖を感じる、人前に出たり人と話をしたり人と食事をしたりすると不安や緊張が出現する、人前で字を書こうとすると手が震える、電車に乗ることができない、人に注目を浴びないようにこそこそしてしまう、不安や恐怖を感じる場所や状況を避けるなどの症状が現れ、仕事や家庭生活や友人関係までもが思うようにおくれなくなった。その他、日常生活における細かな不安も、未だぬぐいきれない。

〈境界性パーソナリティ障害〉

境界型パーソナリティ障害は情緒不安定パーソナ

リティ障害とも呼ばれ、一般では英名からボーダーライン、ボーダーと呼ばれることもある。症状のメインとなるものは不安定な思考や感情や行動、それに伴うコミュニケーションの障害がある。具体的な衝動的行動としては、二極思考（白か黒か、0か100かといった両極端な考えに陥ること）、対人関係の障害、慢性的な空虚感、自己同一性障害（かつては多重人格障害と呼ばれていた精神障害で、複数の人格が同一人物の中にコントロールされた状態で交代して現れるなど）、性的放縦（容易に複数の人と肉体関係を持つなど）、ギャンブルや買い物での多額の浪費など。より顕著な行為としては薬物やアルコール依存、過食嘔吐や不食などの摂食障害がある。また、リストカットなどの自傷行為、自殺企図（薬物のオーバードーズなど）により実際に死に至ることもある。

一番つけられたくなかった病名がこのボーダーという精神病だが、この本に書き綴ったわたしの行動や言動からみるに、ズバリ当てはまっているのだから仕方がない。ギャンブルこそ興味はないものの、その他の症状はまんまわたし自身を表わしているようである。誰かに必要とされたい気持ちが強すぎ、褒めてもらうにはどうしたらいいのだろうか、完璧でない自分は透明で誰からも関心をもってもらえない、自分は生きる価値がない人間だ、どこにもわたしの居場所がないと考えながら生きてきたが、しかしそんなどうしようもないわたしをそれでも支え続けてくれた今の彼氏ができたことで、ボーダー的な要素は激しく落ち着いたと思われる。幼少期から自分の居場所を見つけられず、子どものまま成長してしまったわたしが、彼氏を通して自分の居場所をやっと見つけることができたのだ。この本を通して、「境界性パーソナリティ障害」を知ってもらえればと思う。

〈解離性障害〉

本来ひとつにまとまっている記憶や意識をまとめる能力が一時的に失われた状態。過去の記憶の一部がすっぽりと抜け落ちたり、感情が麻痺して現実感がないなど様々な症状が起こりうる。こうした症状が深刻で、日常生活に支障をきたすような状態を解離性障害という。これらの症状は、ツラい体験を自分から切り離そうとするために起こる一種の防衛反応と考えられおり、軽くて一時的なものもあれば健康な人に現れることもある。

彼氏に対して暴言を吐いたり椅子を投げつけたりしたそうだが、記憶がダルマ落としのようにスコーンと抜けている。が、幼少期に関しては「思い出したくもないような記憶なんていっそ忘れたほうがいいわ」と元主治医から助言されたことがあり、「確かに」と深く納得したので、これは記憶の内容によっては都合のよい病気ではないかと思っている。

〈睡眠障害〉

床についてもなかなか（30分〜1時間以上）眠りにつけない「入眠困難」。いったん眠りについても翌朝起床するまでの間、夜中に何度も目が覚める「中途覚醒」。希望する時刻、あるいは2時間以上前に目が覚めその後眠れない「早朝覚醒」。眠りが浅く熟睡感が得られない「熟眠障害」などが挙げられる。

問題はこの症状が長きにわたって続いていた時期で、一見地味に見えるが精神的にも体力的にも、仕事の〆切があるのでキツかった。毎日が〆切と取材だった多忙期は丸2日間起きて丸1日眠り続けたりのグチャグチャな睡眠リズムになっていたので、集中力が散漫になってまったく原稿が書けなくなったり、逆に起きられず取材の飛行機に搭乗しそこねるといったトラブルなどもあり、とにかく仕事に悪影響がでて困り果てていたと記憶する。また、眠れない時期は眠ろう眠ろうと大量に睡眠薬を飲んでも神経だけが冴えて眠れずの朝を迎え、思考回路がボーッとして頭の中は真っ白になり何も浮かばず動悸は早鐘を打つし、眠ったら眠ったで最後約10個の目覚まし時計をかけても一切起きられず近所からうるさいと苦情がきたこともあった。今はあまり睡眠障害に悩まされることはないので、これは睡眠障害というよりも職業病と言えるかも知れない。

〈摂食障害〉

食事の量や食べ方など、食事に関連した行動の異常が続き、心とカラダの両方に影響がおよぶ病気をまとめて摂食障害と呼ぶ。障害には大きく分けて食事をほとんどとらなくなってしまう拒食症、自分ではコントロールできず極端に大量に食べてしまう過食症とがあり、拒食症から過食症になるケースもある。また、一旦飲み込んだ食べ物を意図的に吐いてしまうなど、人により様々な症状があらわれる。

元々がやせ型だったうえ、リタリンを大量摂取したり仕事が徹夜続きであったりストレスが非常に高かった時期は、身長155cmに対して体重33kgの激やせをし、無理やり食べても食べても太らなかった。精神病院入院時に摂食障害との診断を受けたが、人並みの体力を取り戻す拒食症対策として高カロリーの経腸栄養剤エンシュアリキッドを夏場麦茶でも飲むように飲みはじめ、さらに副作用で太るとされる統合失調症などに処方される非定型抗精神病薬のリスパダール（リスペリドン）を服用しはじめてから一気に体重は56kgまで上昇し、太った自分を醜いと恥じるようになってから、毎食後喉の奥まで指を突っ込んで、自分で吐くようになった時期がある。吐くのだから胃液が上がってしまうので、歯医者では胃酸で歯が溶けていると言われたり、喉が胃酸で焼けるのか会話の相手が言葉が聞き取れないほど声がガラガラに枯れたり、それでも醜い自分がイヤでたまらなくて吐くことをやめることができなかった。だが主治医から「夜、食べなければ大丈夫だから」と言われてから食事の管理をするようになり、まだまだ痩せてはおらずぽっちゃりとしているが50kgくらいまで体重が落ちた。現在ムリに吐くことはやめられたが、カラダが吐くことに慣れてしまって、勝手に胃酸が逆流し嘔吐してしまうこともある。

〈薬物依存症〉

摂取しているうちに自分ではやめることができな

くなる物質を依存性物質という。依存性物質は、覚醒剤、コカイン、大麻、危険ドラッグなどの違法薬物以外にも、アルコール、睡眠薬、抗精神薬、咳止め薬、鎮痛剤、ニコチン、ブタンガスなど多岐にわたる。これらをやめることができなくなるのはただ単純に意志が弱いからではなく、依存性物質の使い過ぎによって脳に障害が生じるからであり、この状態を薬物依存症と呼ぶ。薬物依存症は、心の病気や性格の問題だと誤解されがちだが、脳の疾患だとされる。したがって専門家の治療が必要であり、治療によって寛解することもある病気だ。

　現在は寛解しているが、わたしが散々悩まされた精神病がこれ。特にリタリンと合法ドラッグ（当時）は、国をあげて規制されることがなかったなら、今でも吸い続けていただろうと断言できるし、今でも目の前にこれらを置かれたなら自分の意志だけでは絶対にガマンできないとも断言できる薬物だ。どれほど危険で依存性があるのかは、本書を通して理解してもらえれば幸いだ。

〈自傷行為〉

　虐待のトラウマや心理的虐待および摂食障害、低い自尊心や完璧主義と相関関係があると考えられている。また抗鬱薬やほかの薬物などが自傷行為を引き起こすことが知られている。しかし、本人にとっては具体的に何が引き金となり自傷行為を行うかは、たいていにおいて不明である。自傷を行う人間は「ただ強い衝動があった」などのハッキリとしない説明をしてしまうことが多く、なかには自傷をしている時点で記憶や意識がない場合もあり、これはいわゆる解離性障害であるとみられる。目的は死にいたるための自殺ではなく、孤独感や空虚感をまぎらわすための「自己の再確認」や「ストレス解消」といった、生きる願望が歪んだカタチになって現れる行為だといわれる。

　私の場合、リストカットやアームカットや顔を掻きむしるなどの自傷行為があるが、それは生きるための手段であり、主に耐えがたい「孤独」や「虚無感」を感じた時に、自傷行為に走る傾向にある。血を見ると傷の痛みを知ると血の温もりを感じると、自分が「生きている」ことを強く実感できるからこその行動である。あくまでも「死にたい」のではなく「生きたい」がための手段なのだ。その点が自傷行為と自殺行為とではまるきり違って、自殺行為をする時はただただひたすらに「死にたい」。自分の息の根を止めてしまいたい。アルコールは自傷行為を自殺行為へと変えてしまうことがよくあるので、ひとりで飲むお酒には十分すぎるほど気を付けたいとは思っている。

〈アルコール依存症〉

自らの意志でコントロールできず、強制的に飲酒を繰り返してしまう精神障害。

わたしの場合はとにかく対人関係を築くのが苦手で、お酒を飲むと気が大きくなって饒舌になることから、人と関わる時はメールや電話や対面すべてにおいて、お酒を飲むようになっていったのがはじまり。本人的には「いつでもやめられる」と自分がアルコール依存症者の意識はなかった。結果的に急性膵炎で緊急入院し、造影CTで膵臓癌が発見されて長期入院したことから強制的に断酒せざるを得ないことになったのだが、永遠に完治がない「依存症」だけに、自分でもいつスリップしてしまうかは、ドラッグ同様に判断も断言もできない。

〈強迫性障害〉

極めて強い不安感や不快感（強迫観念）をもち、それを打ち消すための行為（強迫行為）を繰り返す、この2つを合わせた症状を強迫症状という。強迫観念とは、頭から離れない考えのことで、具体的な対象物がない不安や、「手が汚れているのではないかと気になって仕方がない」「家の鍵を閉めたか気になって仕方がない」など、ある特定の対象物に対する不安や恐怖のことをいい、その内容が不合理だと分かっていても、頭から追い払うことができない。強迫行為とは、強迫観念から生まれた不安に掻き立てられて行う行為のことで、「手を一日に何十回・何百回も洗う」「会社に行く途中に何度も自宅に戻って施錠の確認をする」などの過度な症状があげられ、自分がやり過ぎだ無意味だと分かっていてもやめることができない。普通の人でも不安感はあるものの、この疾患では強迫観念・強迫行為によって、「施錠の確認のため会社に行けなかった」など、日常生活に支障が出てしまうことをいう。さらにこの疾患の特徴は、自分の行動が不合理だという自覚が患者自身にあること。そのため「自分はおかしい」「周囲からヘンだと思われてしまう」などの恐怖から、行動範囲が非常に狭くなってしまうことがある。

常に地震がきたような揺れを感じ、緊急地震速報をチェックするためテレビを付けっぱなしで延々見入ってしまったり、シャワー時も地震が恐怖で緊急アラートを確認できるようスマホを風呂場に持ち込むなどの行動。また、特に外出時には火の不始末で火事を起こしてしまわないかと、ドライヤーなど電気器具の電源を落としたか、タバコの火は消えているか、ガスコンロのスイッチが押しっぱなしになっていないかなどを、何度も確認したはずなのに気になって気になって頭から離れず、いざ外出しても不安感・恐怖感から度々家に戻って確認してしまったりの行動。食器洗剤が洗った食器に残っていて、その食器を使ったために死んでしまうのではないかと食器を何度も洗い直したり。洗濯後にハンドソープで手洗いをしてしまったため、「混ぜるな危険」の有毒ガスが発生してしまうのではないかと強烈な不安が生まれたり。また、コロナワクチンの接種後に極めて強い副反応が出たことから、注射を打つ場面になるとカラダが反射的に震え視界がブラックアウトするようになったり。とにかく何をするにもビクビクとする恐怖感が常に付きまとうのだが、本人的にはこれはパニック障害の予期不安だと思って精神科の主治医に話したところ、「それは強迫性障害よ」と診断された、わたしの精神病歴のなかで最も新しい疾患。

著者略歴
瀧本容子（たきもと・ようこ）
1974年、大阪生まれのカラダ張りまくり系実践ライター。20歳から大阪を拠点に一般情報誌の編プロや出版社勤務を経た後、フリーのライター・編集者に。27歳で東京に拠点を移し、サブカルチャー誌を主戦場に、潜入取材記事や体験ルポを積極的に寄稿。自身の経験を活かした精神病・精神薬・メンヘラネタから、文房具・教科書校正までマルチに手がける。

鬱病番長（ブログ）http://utsuban.com
Twitter　@405sexy

イラスト：山本直樹

スペシャルサンクス：usagi,ILLNESS

アイアム精神疾患フルコース

2021年11月24日第一刷

著　者　瀧本容子

発行人　山田有司

発行所　株式会社　彩図社
東京都豊島区南大塚3-24-4
MTビル　〒170-0005
TEL：03-5985-8213　FAX：03-5985-8224

印刷所　シナノ印刷株式会社

URL：https://www.saiz.co.jp
https://twitter.com/saiz_sha

ISBN978-4-8013-0553-3 C0095